Joe R. Lansdale

Wilder Winter

Roman

Deutsch von Richard Betzenbichler und Katrin Mrugalla

FUNNY CRIMES
Herausgegeben von Richard Betzenbichler

SHAYOL

FUNNY CRIMES bei SHAYOL
»Wilder Winter«
Die Originalausgabe erschien 1990 unter dem Titel »Savage Season«

Verantwortlich für das Programm der Reihe FUNNY CRIMES
ist Richard Betzenbichler: funny-crimes@web.de.

Joe R. Lansdale, *Wilder Winter*
Erste Auflage: Juni 2006

Published in agreement with the author
c/o BAROR INTERNATIONAL, Inc., Armonk, New York, USA

Redaktion: Hannes Riffel
Korrektorat: Heinz Scheffelmeier
Titelbild: Fotodesign Sigrun Lenk, Freising
Umschlaggestaltung: Sigrun Lenk & Ronald Hoppe
Satz und Produktion: Ronald Hoppe
Druck: FINIDR s.r.o.

SHAYOL Verlag
Bergmannstraße 25
10961 Berlin
E-Mail: shayol@epilog.de
Internet: www.shayol-verlag.de

ISBN: 3-926126-60-4

Jeff Banks in Freundschaft gewidmet

»Wenn der Bedarf an Illusionen groß ist, kann eine Menge Intelligenz in Ignoranz investiert werden.«

Saul Bellow

»Setz alles auf eine Karte – und spiel sie im richtigen Moment.«

Mark Twain, *Querkopf Wilson*

KAPITEL 1

An dem Nachmittag, als die ganze Geschichte ihren Anfang nahm, war ich mit meinem alten Freund Leonard Pine auf dem großen Feld hinter meinem Haus. Ich schoß mit einer zwölfkalibrigen Flinte, und er zog die Vögel hoch.

»Zieh«, sagte ich, und er zog, und die nächste Tontaube flog gen Himmel. Ich riß die Flinte hoch und holte sie runter.

»Mann«, sagte Leonard, »triffst du eigentlich nie daneben?«

»Nur wenn ich will.«

Ich hatte schon vor langer Zeit von echten Tauben auf tönerne umgesattelt. Ich hatte keine Lust mehr, irgend etwas zu töten, aber das Schießen machte mir immer noch Spaß. Anlegen, abdrücken, den Rückstoß an der Schulter spüren und sehen, wie dein Ziel in der Luft zerfetzt wird – das hat schon etwas sehr Befriedigendes.

»Ich muß 'ne neue Kiste aufmachen«, sagte Leonard, »die Täubchen sind alle tot.«

»Dann lade ich jetzt mal 'ne Zeit lang nach, und du schießt.«

»Ich habe zweimal so lange wie du geschossen und nicht mal halb so viel erwischt.«

»Mir egal. Mir verzieht's allmählich schon die Optik.«

»Blödsinn.«

Leonard stand auf, wischte sich die großen schwarzen Hände an seiner Khakihose ab, schlenderte zu mir herüber und nahm die Flinte. Wir waren gerade dabei zu laden, er die Flinte und ich die Startschleuder, als Trudy um eine Ecke des Hauses bog.

Wir sahen sie im selben Moment. Ich hatte mich gerade umgedreht, um eine weitere Kiste Tontauben zu öffnen, und Leonard hatte sich gerade umgedreht, um eine Schachtel mit Munition aufzuheben. Und da kam sie im Sonnenlicht auf uns zugeschlendert.

»Scheiße«, sagte Leonard, »jetzt gibt's Ärger.«

Trudy war ungefähr vier Jahre jünger als ich, sechsunddreißig, aber sie sah immer noch aus wie sechsundzwanzig. Langes blondes Haar und Beine bis zum Hals – tolle, dunkel gebräunte Beine mit kräftigen Schenkeln. Und sie verstand sich zu bewegen. Sie beherrschte diesen speziellen Hüftschwung, der auch ihre Brüste sanft mitwippen ließ, gerade so, daß Männer von der Straße abkamen, weil sie es nicht lassen konnten, ihr hinterherzuschauen.

Sie trug ein enges, beigefarbenes Sweatshirt, und man konnte sehen, daß sie nach wie vor keinen BH brauchte. Dazu, wie es gerade modern war, einen kurzen schwarzen Rock, der mich an die späten 60er und ihre Minirock-Zeiten erinnerte – an damals, als ich sie kennenlernte. Als sie noch eine große Künstlerin werden und ich irgendwie die Welt retten wollte.

Soweit mir bekannt war, hatte sie es in puncto Kunst nie weiter als bis zu einem Zeichentisch und zum Ankleiden von Schaufensterpuppen gebracht. Und was meine Weltrettungsaktionen betraf – die beschränkten sich im wesentlichen auf ein paar Unterschriften unter alle möglichen Petitionen, vom Metall-Recycling bis zur Rettung der Wale. Inzwischen warf ich meine Dosen in den Müll, und ich hatte keinen blassen Schimmer, wie es den Walen ging.

»Nimm dich vor ihr in acht«, sagte Leonard, bevor sie in Hörweite war.

»Sowieso.«

»Du weißt, was ich meine. Komm bloß nicht heulend zu mir gerannt, wenn sie dich wieder rumkriegt und dann wieder hängen läßt. Hör auf mich, kapiert?«

»Ich hab schon verstanden.«

»Ja, ja, und das Hirn setzt aus, wenn der Schwanz steht.«

»So ist das nicht, und das weißt du auch.«

»Dann ist es eben so ähnlich.«

Trudy kam näher, und jetzt, als ihr die Mittagssonne voll ins Gesicht schien, sah ich, daß sie doch nicht mehr ganz wie sechsundzwanzig aussah. Die Poren auf ihrer Nase waren etwas größer, unter ihren Augen hatte sie Krähenfüße und um die Mundwinkel herum Lachfältchen. Sie hatte immer gern gelacht, und sie konnte über alles lachen. Eine meiner glücklichsten Erinnerungen war ihre Art zu lachen, wenn wir miteinander schliefen.

Dann war ihr Lachen hell und klar wie der Gesang der Vögel. Ich wollte nicht daran denken, aber die Erinnerung war sofort wieder da, wie ein Dorn in meinem Hinterkopf.

Sie lächelte uns zu, und ich spürte, wie der kalte Januartag ein wenig wärmer wurde. Sie konnte einem Mann dieses Gefühl geben, und das wußte sie auch. Trotz Emanzipation hatte sie diese Fähigkeit nie bekämpft.

»Hallo Hap«, sagte sie.

»Hallo«, antwortete ich.

»Leonard«, sagte sie.

»Trudy«, antwortete Leonard.

»Was treibt ihr Jungs denn gerade?«

»Wir schießen auf Tontauben«, antwortete ich. »Willst du auch mal?«

»Klar.«

Leonard reichte mir das Gewehr. »Ich muß los, Hap. Ich meld mich später nochmal. Vergiß nicht, was ich dir gesagt habe, okay?«

Ich blickte in das Gesicht mit den harten Zügen und der dunklen Haut, die an die Farbe einer Dörrpflaume erinnerte, und sagte: »Das vergeß ich schon nicht.«

»Na dann. Tschüß Trudy.« Mit langen Schritten ging er über die Wiese Richtung Haus zu seinem Wagen.

»Was sollte denn das jetzt?« fragte Trudy. »Ist er wegen irgendwas sauer?«

»Er mag dich nicht.«

»Ach ja, hatte ich ganz vergessen.«

»Hattest du nicht.«

»Okay, hatte ich nicht.«

»Willst du zuerst schießen?«

»Eigentlich würde ich lieber ins Haus gehen und eine Tasse Kaffee trinken. Es ist ganz schön kalt hier draußen.«

»Du bist nicht gerade angezogen, als ob es kalt wäre.«

»Ich hab Strümpfe an. Die sind wärmer, als du glaubst. Nur eben nicht warm genug. Außerdem habe ich dich ziemlich lang nicht gesehen ...«

»Fast zwei Jahre.«

»... und ich wollte unbedingt gut aussehen.«

»Das tust du.«

»Du auch. Du könntest ein paar Pfund mehr auf den Rippen vertragen, aber ansonsten siehst du gut aus.«

»Tja, bei dir ist kein Gramm zuviel oder zuwenig. Du siehst super aus.«

»Jazzgymnastik. Ich habe eine CD, nach der ich trainiere. Wir älteren Damen müssen schon was tun für unsere Schönheit.«

Ich lächelte. »Okay, alte Dame, laß uns den Kram einsammeln, und dann gehen wir ins Haus.«

Sie saß am Küchentisch und lächelte und machte Small Talk. Ich holte den Kaffee raus und versuchte, nicht daran zu denken, wie es mal zwischen uns gewesen war, aber das gelang mir nicht sonderlich gut.

Sobald die Kaffeemaschine lief, setzte ich mich ihr gegenüber hin. Die Gasöfen erwärmten die Küche halbwegs, und so nah, wie ich ihr jetzt saß, stieg mir ihr Geruch in die Nase – eine Mischung aus Minzseife und einem Hauch von Parfüm, das sie vermutlich hinter den Ohren, in den Kniekehlen und unterhalb des Bauchnabels aufgetragen hatte. Jedenfalls hatte sie ihr Parfüm früher immer so aufgetragen, und beim Gedanken daran wurde mir ganz flau.

»Arbeitest du noch immer auf den Rosenfeldern?« fragte sie.

»Vor kurzem haben wir sie umgegraben, aber die letzten Tage war nichts mehr zu tun. Der Mann, für den Leonard und ich arbeiten, ist mit dem Abschnitt erstmal fertig. Wird ein paar Tage dauern, bis er uns wieder braucht.«

Sie nickte und fuhr sich mit ihren langen Fingernägeln durchs Haar. Ein kleiner goldener Ring blitzte in einem ihrer Ohrläppchen auf. Ich weiß nicht, was mich an dieser Geste oder dem Glitzern des Schmucks so sehr berührte, jedenfalls wünschte ich mir sehnlichst, sie in den Arm zu nehmen, auf den Tisch zu ziehen und ihre zweijährige Abwesenheit ungeschehen zu machen.

Statt dessen begnügte ich mich mit einer meiner liebsten Erinnerungen: An jenem Abend gingen wir zu einer Party, und Trudy hatte eine gestreifte Bluse und einen gestreiften Minirock angezogen. Ich war dreiundzwanzig und sie neunzehn. Die Art, wie sie tanzte, die Art, wie sie sich bewegte, wenn sie nicht auf der Tanzfläche war, ihr Geruch, das alles hatte in mir eine irre Lust geweckt.

Ich flüsterte ihr etwas ins Ohr, und sie lachte, und dann gingen wir raus zu meinem Chevy und fuhren zu unserem Lieblingsparkplatz auf einem mit Pinien bestandenen Hügel. Ich zog sie aus, und sie zog mich aus, und wir liebten uns lange und genüßlich auf der warmen Motorhaube meines Autos. Der Mond schien auf uns herab, als hinge er in dieser Nacht nur für uns am Himmel, und eine kühle Sommerbrise strich wie der Flügelschlag eines Vogels über unsere Körper.

Am tiefsten eingeprägt hat sich mir – abgesehen vom Liebesakt selbst –, wie gottverdammt stark und unsterblich ich mich damals gefühlt hatte. Alter und Tod schienen so weit weg und so irreal wie die Geschichten eines Betrunkenen über seine Spaziergänge auf fernen Planeten.

»Wie geht's ... wie heißt er doch gleich? Howard?« Ich wollte sie das eigentlich nicht fragen, aber irgendwie platzte ich doch damit raus.

»Gut. Wir sind geschieden. Seit einem Jahr. Ich glaube, ich habe kein Talent zur Ehefrau. Die Ehe mit dir habe ich ja auch in den Sand gesetzt.«

»Kein großer Verlust.«

»Dich habe ich wegen Pete verlassen, Pete wegen Bill, und Bill wegen Howard. Mit keinem hat's funktioniert, und mit denen zwischendrin, die ich nicht geheiratet habe, auch nicht. Mit keinem war es auch nur annähernd so wie mit uns. Und Männer, die wenigstens halbwegs so sind wie du, sind immer schwieriger zu finden.«

Die Schmeichelei war reichlich dick aufgetragen, also sagte ich lieber nichts dazu. Der Kaffee war fertig, und ich goß uns beiden eine Tasse ein. Als ich ihre auf den Tisch stellte, sah sie mir tief in die Augen, und ich wollte irgend etwas Unverfängliches sagen, aber ich brachte einfach nichts über die Lippen.

»Ich hab dich vermißt, Hap, wirklich.«

Ich stellte meine Kaffeetasse neben ihre, sie stand auf, ich nahm sie in die Arme, und wir küßten uns. Der Boden unter meinen Fuß begann nicht zu schwanken, und mein Herz hörte auch nicht auf zu schlagen, aber es fühlte sich trotzdem gut an.

Dann waren ihre Hände überall auf meinem Körper, und meine auf ihrem, und während wir uns gemeinsam in Richtung Schlafzimmer bewegten, flogen unsere Kleidungsstücke schon quer durchs Zimmer. Im Bett tanzten wir diesen guten, alten, langsamen Tanz, und als sie kam, lachte sie auf diese Art, die ich so liebte, glückselig und rührend wie das Lied eines Vogels.

Und ich wollte partout nicht daran denken, daß sogar der größte Räuber unter den Vögeln, der Würger, singen kann.

Kapitel 2

Gegen zwei Uhr in der Früh klingelte das Telefon. Ich stand auf und nahm in der Küche den Hörer ab. Ich glaube, Trudy hatte das Klingeln nicht einmal gehört. Der Anrufer war Leonard.

»Ist die Schlampe noch da?«

»Ja.«

»Scheiße. Dann bist du also wieder im Arsch.«

»Diesmal ist es anders. Ich hab sie nur flachgelegt. Weißt du noch, was du zu mir gesagt hast – daß das Hirn aussetzt, wenn der Schwanz steht? Du hattest recht.«

»So'n Schwachsinn. Komm mir bloß nicht mit diesem Macho-Scheiß. Nur flachlegen – ich krieg das vielleicht hin, aber du tickst ganz anders, und das weißt du ganz genau. Für dich ist das immer was Besonderes. Mr. Hap Collins, Sie sprechen gerade mit Leonard, nicht mit irgendeinem dahergelaufenen Rosenfeld-Nigger.«

»Leonard, du *bist* ein Rosenfeld-Nigger und ich auch. Ich bin die weiße Variante.«

»Du weißt genau, was ich meine.«

»Wieso bist du eigentlich nachts um zwei noch wach und mischt dich in meine Angelegenheiten?«

»Ich saufe, verdammt nochmal. Ich versuche, mich zu besaufen.«

»Und, klappt's?«

»Auf einer Zehnerskala wäre ich jetzt in etwa bei fünf.«

»Höre ich da Hank Williams im Hintergrund?«

»Nicht persönlich, aber ja. *Setting the Woods on Fire.*«

»In Dur oder in Moll?«

»Du bist bei weitem nicht so witzig, wie du glaubst, Hap. Scheiße, wäre die Hure doch bloß nicht wieder aufgekreuzt!«

»Nenn sie nicht Hure.«

»Sie ist doch eine. Und kaum taucht sie auf, fängst du an zu spinnen.«

»Wieso fang ich an zu spinnen?«

»Du kriegst große runde Augen, glotzt treuherzig wie ein kleiner Welpe, und dann redest du nur noch über die guten alten Zeiten und laberst mich mit diesem ganzen selbstgerechten 60er Jahre-Mist zu. Ich hab die 60er Jahre auch erlebt, Kumpel, und von den 80ern unterschieden sie sich gerade mal durch die Batik-T-Shirts.«

»Du schwafelst genausoviel von den 60ern wie ich, du dummer Armleuchter.«

»Schon, aber ich hab sie gehaßt. Scheiße Mann, sobald Trudy auftaucht, geht dir die richtige Perspektive flöten. Sie redet dir ein, wie es war, und wie es jetzt sein müßte, und innerhalb kürzester Zeit glaubst du jedes Wort. Als Zyniker bist du mir lieber. Da bist du nicht so abgehoben. Ich sag's dir, die Schlampe verspricht dir den Himmel auf Erden, um ihren Willen zu kriegen. Sie ist falsch wie eine Schlange. Sie sitzt irgendwie in der Scheiße, Bruder, und wenn du nicht aufpaßt, zieht sie dich mit rein. Und wenn die Scheiße dann anfängt zu kochen, verbrennt ihr euch beide den Arsch. Komm wieder runter, Hap.«

»Sie ist schon in Ordnung, Leonard.«

»Vielleicht im Bett. Im Kopf nicht.«

»Nein, sie ist okay.«

»Klar und wow – die 60er, Mann, echt Klasse!«

»Diesmal ist es anders.«

»Und wenn ich das nächste Mal zum Scheißen gehe, fallen lauter aromatische kleine Würfel raus. Gute Nacht, du dummer Hurensohn.«

Er legte auf. Ich holte mir ein Glas aus dem Schrank, füllte es mit Wasser und trank. Ich lehnte mich mit dem nackten Hintern an die Küchenarbeitsplatte und versuchte, mir über ein paar Dinge klar zu werden. So richtig klar wurde mir aber nur, wie kalt es war.

Ich ging wieder ins Schlafzimmer, um meinen Bademantel zu holen. Der Mond warf genügend Licht ins Zimmer, daß ich Trudys Gesichtszüge erkennen konnte. Die Decken waren nach unten gerutscht, sie lag auf der Seite und umarmte das Kopfkissen, als wäre es ein Kuscheltier. Ich sah ihre sanft gerundete Schulter, den Umriß einer ihrer schönen Brüste und die Wölbung ihrer Hüfte. Sie sah süß und unschuldig aus, und es schien kaum vorstellbar, daß das dieselbe Frau sein sollte, die noch vor kurzem in meinen Armen gestöhnt, geschrien und schließlich wie ein Vogel gesungen hatte.

So unschuldig sie auch aussah, ihr Anblick erregte mich trotzdem. Ich überlegte, ob ich sie wecken sollte, ließ es dann aber bleiben. Ich deckte sie sanft zu, nahm meinen Bademantel vom Bettpfosten, ging zurück in die Küche und schenkte mir ein weiteres Glas Wasser ein. Ich setzte mich hin und starrte aus dem Fenster. Die Vorhänge waren nicht zugezogen, und so konnte ich im Mondschein das Feld sehen, auf dem Leonard und ich Tontauben geschossen hatten, und dahinter die Pinien, die jetzt wie die Silhouette einer fernen Bergkette wirkten.

Ich saß da, trank mein Wasser und dachte nach – über Trudy, über die 60er Jahre und das, was Leonard gesagt hatte –, und mir wurde klar, daß er völlig recht hatte. Das letzte Mal, als sie bei mir aufgekreuzt war, nur um mich kurz darauf wieder zu verlassen, war ich auf eine so exzessive Sauftour gegangen, daß sich selbst die Penner bei der Mission unten am Highway für mich geschämt hatten. Genau dort hatte Leonard mich aufgelesen – drei Monate später. Ich konnte mich nicht mehr daran erinnern, wie ich an das Geld für den Alkohol gekommen war oder wieviel ich getrunken, geschweige denn daß ich überhaupt damit angefangen hatte.

Damals hatte ich mir geschworen, abstinent zu bleiben. Trudy-abstinent, nicht Alkohol-abstinent. Aber jetzt war sie wieder da, in meinem Haus, in meinem Bett, und wenn ich über sie nachdachte, dachte ich wieder nicht die richtigen Sachen, und ich mußte mir eingestehen, daß ich rückfällig geworden war.

Bevor zwischen uns alles schiefgelaufen war – und ich hatte immer noch keine Ahnung, wann und warum das eigentlich genau passiert war – war unsere Beziehung wie ein wunderschöner Traum gewesen. Und manchmal kam mir der Verdacht, daß sie nie mehr als das gewesen war: ein wunderschöner Traum.

Wir hatten uns an der LaBorde Universität kennengelernt. Ich hatte erst spät angefangen zu studieren, weil ich kein Geld hatte und es mir erst in der Eisengießerei verdienen mußte. Es war ein heißer und grauenhafter Job. Ich mußte die ganze Zeit mit Schutzhelm herumlaufen, um mich herum stoben permanent Funken und unaufhörlich verfolgte mich das Scheppern der Stahlrohre.

Aber ich verdiente gut und dachte mir, damit finanziere ich das College, schaffe irgendeinen Abschluß, und später verdiene ich meinen Lebensunterhalt mal leichter als mein Vater. So sollte ein Stückchen vom amerikanischen Traum für mich Realität werden.

Schon bald wurde ich ein eifriger Student, aber nicht aus Karrieregründen. Bis dahin hatte ich mich vor allem für Kampfsportarten, die Sportseite der Zeitung und die bunt bebilderten Artikel in der Fernsehzeitschrift interessiert. Aber die Bücher und Vorlesungen eröffneten mir eine völlig neue Welt. Es gab mehr im Leben als ein Bier mit den Kumpeln, eine goldene Uhr und eine sichere Pension. Es waren die 60er Jahre. Love and peace. Soziale Umwälzungen. Gegensätze, die Hand in Hand gingen. Frauenrechte. Bürgerrechte. Der Vietnamkrieg. Ich fing an zu glauben, ich könnte etwas bewegen, den Unterprivilegierten helfen. Ich sattelte von Betriebswirtschaft auf Soziologie um, ging zu Antikriegs-Meetings, sang ein paar Folksongs, sammelte Beatles-Alben und ließ mir die Haare wachsen.

Bei einem der Meetings in einer Unitarier-Kirche lernte ich Trudy kennen. Über eine Menge von langen, glatten Haaren und Afrofrisuren hinweg sah ich sie am anderen Ende des Raums, wo sie sich mit einem birnenförmigen Mädchen in geblümtem Kleid mit über den Boden schleifendem Glockenrock unterhielt.

Mein Gott, Trudy war schön! Unglaublich jung und das perfekte Modell für Eva. Ihr langes, goldenes Haar kräuselte sich bis hinunter zur Taille, und ihre Augen waren von einem schier übernatürlich hellen Grün. Silberne Pailletten baumelten von ihren Ohren herab. Sie trug eine bauchfreie Bluse, einen Jeans-Minirock und hölzerne Clogs. Zwischen Bluse und Hüfte sah man ihren flachen braunen Bauch und unter dem Minirock ein paar Beine, wie Gott sie auch seiner eigenen Frau gegeben hätte.

Ich ging durch den Raum, wobei ich es gerade so schaffte, nicht zu rennen, und stellte mich vor. Wir redeten beide hemmungslos drauflos, das meiste nur dummes Gestammel, ein wenig auch über den Krieg.

Schon bald lagen wir uns in den Armen und verließen das Meeting. Wir wohnten damals beide im Studentenwohnheim, und die Wohnheimmütter duldeten absolut keinen Sex. Also fuhren wir zu einem Parkplatz, der unser Zufluchtsort werden sollte, und dort taten wir, was wir schon vom ersten Augenblick an hatten tun wollen. Mich wundert noch heute, daß die Funken, die auf dem mit Pinien bestandenen Hügel zwischen uns flogen, keinen Waldbrand entfachten. Die Stoßdämpfer meines alten Chevys mußten jedenfalls einiges aushalten.

Wir trafen uns öfter, und unsere Beziehung wurde besser und intensiver. Und in jener Nacht, an die ich am liebsten zurückdenke, damals, als sie das gestreifte Outfit trug, beschlossen wir, eine Wohnung zu mieten und zusammenzuziehen.

Wir legten unser Geld zusammen und mieteten ein kleines Apartment in einem der heruntergekommenen Viertel der Stadt, und dort wohnten wir die nächsten zwei Monate. Wir verstanden uns von Tag zu Tag besser und beschlossen zu heiraten. Es war eine schlichte Hochzeit mit vielen Blumen und vielen barfüßigen Gästen und einer Priesterin, die jünger war als Trudy.

Ach Gott, das waren irre Zeiten damals. Wenn du sie nicht miterlebt hast, aber jemanden kennst, der dabei war, sie so richtig gelebt hat – wenn du den spät am Abend, vielleicht nach ein, zwei Bier oder wenn die Kinder alle im Bett sind, fragst: Hey, wie war das eigentlich wirklich in den 60er Jahren?, dann kann es gut sein, daß die Antwort lautet: Das war eine magische Zeit. Oder: Es war einzigartig.

Eine Zeitlang schien es wirklich so. Liebe und Frieden schienen mehr als nur Worte zu sein. Wir glaubten, jeder könne in einer Welt gegenseitigen Respekts, langer Haare und friedlichen Miteinanders leben. Es schien, als hätte sich der Himmel geöffnet, und Gott hätte uns einen Lichtstrahl gesandt, in dessen Glanz die wundervollsten Dinge passierten. Ein Beispiel dafür war der Zwischenfall mit dem Spatz am Abend nach unserer Hochzeit.

Wir kündigten das Apartment und mieteten ein kleines Haus am Stadtrand. Es machte nicht viel her. Die Decke im Wohnzimmer war zu niedrig, und die Leitungen quietschten wie Riesenmäuse.

Trudy knipste das Licht auf der hinteren Veranda an und ging hinaus, um ein paar Kartoffelschalen auf den Kompost zu werfen. Auf der Veranda saß ein Spatz. Er ließ die Flügel hängen und war zu schwach zum Fliegen. Sie rief nach mir, und ich sah ihn mir an. Es war ein Jungvogel, und soweit ich das feststellen konnte, war er nicht verletzt. Aber er wirkte krank.

Widerstrebend hob ich den Vogel hoch und trug ihn ins Haus. Ich hatte mal gehört, daß Vögel einen anderen Vogel, der Menschengeruch an sich hat, zu Tode hacken. Ich kramte eine alte Schuhschachtel hervor, zerriß ein paar Zeitungsseiten, legte sie auf den Boden der Schachtel und den Vogel obendrauf. Dann holte ich eine Pipette und flößte dem Vogel kalte Rinderbouillon ein.

Ab da lief es jeden Tag so. Morgens gleich als erstes und dann wieder zwischen den Seminaren bekam der Vogel Bouillon und frisches Zeitungspapier. Abends standen wir über seine Schachtel gebeugt da und gurrten wie Eltern, die sich um ihr krankes Kind sorgen.

Ungefähr zu dieser Zeit fing ich an, stundenweise in einem Restaurant in LaBorde zu arbeiten. Von dort brachte ich Essensreste mit nach Hause, in der Hoffnung, sie würden dem Vogel schmecken. Am Anfang weigerte er sich zu fressen, aber schließlich fraß er sie mir aus der Hand. Nudeln wurden seine Lieblingsspeise. Vielleicht, weil sie eine gewisse Ähnlichkeit mit Würmern hatten.

Der Vogel wurde kräftiger und fing an, im Haus herumzufliegen. Selbst wenn wir die Türen und Fenster offen ließen, flog er nicht nach draußen. Er liebte das Haus, und er liebte uns. Er ließ sich gern auf einer Schulter oder einer Handfläche nieder. Er tschilpte viel, also nannten wir ihn Tschilp. Unruhig wurde er nur, wenn wir mal nichts Schwarzes anhatten. In der Nacht, als wir ihn fanden, trug ich ein schwarzes T-Shirt und Trudy ein schwarzes Bauernkleid, und ich nehme an, er hatte eine emotionale Bindung zu dieser Farbe entwickelt.

Wir waren so begeistert von unserem Vogel, daß wir alles Schwarz färbten. Und wenn wir mal neue Kleidung kauften, dann nur in Schwarz. So war Tschilp immer glücklich.

Damals lag eine Magie in der Luft, die intensiver war als Radiowellen, und um Trudy und mich herum schien sie besonders intensiv zu sein. Damals dachten wir, es würde ewig so weiter gehen.

Aber auch im makellosesten Apfel kann sich ein Wurm verbergen.

Einige Wochen nach unserer Heirat begann das Jahr 1970, und der Vietnamkrieg tobte unvermindert weiter. Viele waren vom relativ harmlosen Marihuana auf Pillen und Nadeln mit allem denkbaren Scheiß drin umgestiegen. Woodstocks einzigartige, wenn auch zugegebenermaßen kitschige Schönheit stand Seite an Seite mit der sinnlosen Tragödie an der Kent State University.

Unser Vogel flog weiterhin im Haus herum, aber die Magie der 60er war erloschen. Allmählich wurde uns bewußt, daß sie vielleicht nie existiert hatte. Wir hatten einen flüchtigen Blick auf ein paar abgegriffene Karten im Ärmel des Zauberers erhascht, und mit jedem Tag wurde der Eindruck, den die Vorstellung hinterlassen hatte, schwächer.

Die 60er waren vorbei. Vielleicht hatte es sie nie gegeben.

Ich begann mich schuldig zu fühlen, weil ich mich mit meinem Studium vor der Gefahr der Einberufung drückte, obwohl doch so viele in Vietnam ums Leben kamen. Zu fordern, daß jeder in Frieden leben und den anderen lieben sollte, schien nicht mehr genug. Ich wollte ein Zeichen gegen den Krieg setzen, und dabei wollte ich mich nicht hinter einer Rückstellung verstecken. Ich war einer von denen, die glaubten, unser ursprüngliches Engagement in Vietnam sei gerechtfertigt gewesen, daß es sich aber zu einem politischen Alptraum entwickelt hatte. Die Regierung, die wir verteidigten, unterschied sich trotz ihrer Behauptung, sie sei demokratisch, offensichtlich kaum von der, die wir bekämpften. Unser Engagement dort war genauso ziellos wie der Fliegende Holländer. Wir eroberten einen Hügel, wir verloren einen Hügel. Die Zahl der getöteten Amerikaner stieg kontinuierlich. Ich hatte den Eindruck, wir hätten rechtzeitig Schadensbegrenzung betreiben sollen.

Ich sprach lange und ausführlich mit Trudy. Sie liebte solche Gespräche. Edles Rittertum. Sie war völlig aus dem Häuschen. Mit ihrem Segen verließ ich die Uni und setzte mich damit der Möglichkeit aus, eingezogen zu werden. Sollte es tatsächlich soweit kommen, würde ich mich weigern zu kämpfen und statt dessen ins Gefängnis gehen. Das war das Zeichen, das ich setzen wollte.

Das ganze war ein Lotteriespiel. Schon nach kurzer Zeit bekam ich meinen Musterungsbescheid. Ich war enttäuscht, daß er nicht mit »Glückwunsch!« begann. Ich hatte immer gehört, das würde draufstehen.

Ich fuhr nach Dallas zur Musterung, wurde für tauglich erklärt, bekam den Einberufungsbefehl und weigerte mich, ihm zu folgen. Die Armee versuchte, mir Auswege aufzuzeigen, das muß ich ihnen lassen. Ein Offizier schlug sogar vor, ich solle mich nach Kanada absetzen. Der Krieg hatte sogar ihn die Lust verlieren lassen, und er war immerhin Berufssoldat.

Aber ich weigerte mich davonzulaufen.

Sie schlugen mir vor, ich solle mich als Kriegsdienstverweigerer anerkennen lassen, aber auch das lehnte ich ab. Als Kriegsdienstverweigerer mußte man jede Art Gewalt, auch die zur Selbstverteidigung, ablehnen. Das entsprach nicht meiner Überzeugung. Hätte ich während des Ersten oder Zweiten Weltkriegs gelebt, wäre ich dabei gewesen und hätte meine Pflicht getan. Damals ging es um eine gerechte Sache und ein sinnvolles Ziel. Ich war idealistisch, nicht feige.

Also kam ich nach Leavenworth. Trudy und einige ihrer Freunde kamen mich von Zeit zu Zeit besuchen, sagten »Weiter so«, und wie tapfer ich sei, und es tat gut, das zu hören. Außerdem schrieben sie mir nette Briefe. Aber das gute Gefühl hielt nicht an. Und es half mir auch nicht, wenn ich nachts die anderen Insassen schnarchen und keuchen und schreien und furzen und sich gegenseitig vergewaltigen hörte. Und ein paar der Typen da drin, die ihre Großmutter zu Tode geprügelt hatten, hielten es für ihre patriotische Pflicht, mich umzubringen, weil ich mich weigerte, Schlitzaugen umzubringen. Wäre ich nicht ein ziemlich kräftiger Bursche vom Land mit in der Eisengießerei gestählten Muskeln gewesen, ich hätte vielleicht nicht überlebt.

Trudy besuchte mich weiterhin, aber die Freunde blieben nach und nach aus. Sie schrieb mir, aber von den Freunden kam nichts mehr. Sie schickte mir Zeitungsausschnitte, damit ich mitbekam, was draußen passierte, für was gerade gekämpft wurde, und wieviel Erfolg oder Mißerfolg sie dabei hatten.

Dann wurden ihre Besuche seltener und hörten schließlich ganz auf. Im vorletzten Brief, den ich von ihr bekam, schwadronierte sie, wie tapfer ich sei, und verglich mich mit einigen Helden der Gegenkultur. Außerdem schrieb sie, daß Tschilp gestorben sei und sie ihn in einer Maisbreidose hinterm Haus begraben habe, und daß sie einen Mann namens Pete kennengelernt habe, einen der führenden Köpfe der Ökologiebewegung, und daß sie sich auf eine Beziehung mit ihm eingelassen habe. Im letzten Brief schrieb sie, daß die Beziehung zwischen Pete und ihr immer intensiver geworden sei und sie die Scheidung einreichen wolle. Es sei nichts Persönliches. Unterschrieben war er wie alle vorherigen: *In Liebe, Trudy.*

Ich saß meine Strafe ab, achtzehn Monate insgesamt. Den Tag meiner Entlassung hatte ich mir schon lange Zeit ausgemalt: ein schöner, warmer Tag, ich verlasse das Gefängnis mit erhobener Faust, und draußen wartet Trudy, süß und sexy in einem kurzen Kleid, das der Wind leicht hochweht, so daß ich ihre langen braunen Beine bewundern kann. Und dann, zu sanfter aber triumphierender Musik, rennt sie mit diesen göttlichen Beinen auf mich zu und gibt mir einen Kuß, den ich bis in die Zehenspitzen spüre. Dann packt sie mich ins Auto und fährt mit mir davon.

Aber als ich rauskam, war es kalt und regnerisch. Ich mußte den Wärter bitten, jemanden anzurufen, der mich zum Busbahnhof fuhr. Nachdem ich den Fahrer und die Busfahrkarte bezahlt hatte, war das Geld, das ich bei meiner Inhaftierung besaß und das Geld, das mir der Staat für meine eintönige Arbeit im Knast gezahlt hatte, so gut wie weg. Ich brauche wohl kaum zu erwähnen, daß mir der Sinn nicht nach gereckter Faust stand.

Zurück in Osttexas stellte ich fest, daß ich keine Lust mehr hatte, den Unterprivilegierten zu helfen. Inzwischen war ich selbst einer. Ich fand Arbeit auf den Rosenfeldern in der Gegend von LaBorde, und dort lernte ich Leonard kennen. Er war Vietnamveteran und knallharter Realist. Viele meiner Ansichten behagten ihm ganz und gar nicht, aber er nahm sie mir auch nicht übel. In mir hatte er jemanden gefunden, mit dem er diskutieren konnte. Er war Kampfsportler: Boxen, Kenpo, Hapkido, und so begann auch ich mich wieder dafür zu interessieren. Damals in der Highschool und bis zu dem Zeitpunkt, als ich Trudy kennenlernte, hatte ich regelmäßig trainiert. Vermutlich hörte ich damit auf, weil es mir nicht mehr zu meinem neuen Love-and-Peace-Image zu passen schien, oder irgend etwas in der Art. Jedenfalls hatte ich ziemlich lange nichts gemacht. Ich war froh, wieder damit anzufangen. Ich wurde besser als je zuvor. Und es half mir, meinen Frust loszuwerden.

Einige Zeit später fing Trudy an, mich zu besuchen, und jedes Mal, wenn sie mich verließ, war ich ein noch schlimmeres Wrack als beim letzten Mal. Sie versprach mir den Himmel auf Erden, dann ließ sie mich von einem Tag auf den anderen sitzen. Und immer wegen eines Mannes, der in irgendeiner Bewegung ein großes Tier war. Egal ob er Salatpflücker unterstützte oder Robben vor Baseballschlägern schützte.

Jedesmal, wenn sie mich verließ, sagte ich Leonard, ich sei jetzt endgültig mit ihr fertig. Und jedesmal war es gelogen. Aber nach dem letzten Mal, nach der großen Sauftour, hatte ich es wirklich selbst geglaubt.

Und jetzt war sie wieder da.

All das ging mir im Kopf herum, als sie splitternackt hereinkam, mir die Arme um den Hals legte und sich herunterbeugte, um mir einen Kuß aufs Ohr zu geben. Sie verströmte den Geruch nach frischer Minzseife und Sex. Ich streichelte ihre Hand, die sie auf meine Brust gelegt hatte.

»Ich bin wach geworden, und du warst nicht da«, sagte sie.

»Ich war durstig.«

»Und ich bin geil. Komm zurück ins Bett.«

Ich nahm sie in den Arm und küßte sie. Sie bibberte vor Kälte. Ich öffnete meinen Bademantel, wickelte uns beide so gut wie möglich darin ein und hielt sie ganz fest an mich gepreßt. Ihre Finger glitten über meine Hüften und meinen Hintern und schließlich nach vorn, um mich fest in die Hand zu nehmen.

»Du bist ganz schön gnadenlos«, sagte ich, »mit einem alten Mann so umzuspringen.«

»Du fühlst dich überhaupt nicht alt an, mein Süßer.«

Wir gingen wieder ins Bett, aber diesmal lachte sie nicht auf diese Art, die ich so liebte. Als wir fertig waren, lag sie einfach still da. Schließlich stand sie behutsam auf, hob ihre Unterhose auf und zog sie an. Ich mochte das nicht, mir gefiel ihr Anblick. Dieses flaumbedeckte Dreieck unter einer Unterhose zu verbergen war genauso scheußlich, als würde man der Mona Lisa ein nasses Badetuch übers Gesicht hängen. »Es ist kalt«, sagte ich, »komm wieder ins Bett.«

»Hap, ich war nicht ganz ehrlich zu dir.«

»Das ist ja ganz was Neues. Aber du brauchst kein allzu schlechtes Gewissen zu haben. Soviel Zeit zum Lügen war ja noch nicht.«

Sie ging zum Fenster, drehte mir den Rücken zu, verschränkte die Arme und starrte hinaus. Langsam drehte sie sich um, die

Arme über ihren Brüsten gekreuzt. »Du klingst ganz schön nachtragend.«

»Vermutlich hatte ich schon wieder angefangen, mir was vorzumachen. Aber du hast mich wieder auf den Boden der Tatsachen zurückgeholt.«

»Es war immer schön mit uns, nicht wahr, Hap? Der Sex, meine ich.«

»Eine Zeitlang sogar mehr als der Sex.«

Sie hob meinen Bademantel vom Boden auf, wo ich ihn hatte fallenlassen, und zog ihn an. Sie setzte sich im Schneidersitz aufs Bett und sah mich an.

»Hap, ich brauche deine Hilfe.«

»Ich bin total pleite. Ich hab vielleicht fünfzig Dollar, das ist alles. Plus fünfzig Cent Kleingeld.«

»Ich bin nicht wegen Geld hier.«

»Aber irgendwas willst du ja immer. Nur keine Beziehung mit mir.«

»Ich will nicht mir dir streiten. Ich brauche deine Hilfe. Ich weiß nicht, wen ich sonst fragen soll.«

»Vielleicht wüßte ich jemanden.«

»Ich möchte aber, daß du mir hilfst, denn diesmal wirst du auch was davon haben. Dieses Mal wird dich für all die anderen Male entschädigen.«

»Es gibt nichts, was mich für die anderen Male entschädigen könnte.«

»Dies könnte einer Entschädigung aber ziemlich nah kommen.« Sie legte mir die Hand auf die

Schulter. »Hap, mein Schatz, wie würden dir leicht verdiente zweihunderttausend Dollar gefallen? Steuerfrei.«

Kapitel 3

Am nächsten Morgen stand ich früh auf, und während Trudy noch schlief, knatterte ich mit meinem alten grünen Dodge Pickup rüber zu Leonard. Sein Haus lag etwa fünf Meilen entfernt an derselben Schotterstraße wie meines.

Ich parkte direkt davor, stieg aus, atmete die kalte Morgenluft ein und ging zur Vordertür. Sie war verschlossen. Ich holte den Schlüssel aus dem Versteck unter der Veranda und sperrte auf. Das Feuer im Kamin brannte, wenn auch nur noch schwach, und im Haus roch es nach Kaffee. Meiner Nase folgend ging ich in die Küche, wo ich die Kaffeekanne fand und mir eine Tasse einschenkte. Ich rief nach Leonard, bekam aber keine Antwort.

Ich schaute nach, wie weit er mit seiner Arbeit gekommen war. Er baute sich gerade eine neue Spüle, nachdem die alte von Termiten zerfressen worden war. Er hatte Regalbretter gesägt und aufgestapelt, daneben lag ein Hammer, eine Tüte mit kleinen Nägeln für die Verkleidung und eine Tüte mit längeren Nägeln für das Wandregal. Er arbeitete immer mal wieder ein paar Stunden daran, und wie bei allen handwerklichen Sachen leistete er auch hier großartige Arbeit. Ich selbst konnte mir ohne Gebrauchsanweisung nicht mal ein Kondom überziehen, und selbst dann saß es vermutlich noch verkehrt herum.

Ich nahm die Tasse mit nach draußen und ging nach hinten zu den Hundezwingern und der Scheune. Die Scheune war ziemlich antiquiert: Sie hatte Doppeltüren und einen Heuboden. Früher war sie hellrot gewesen, doch inzwischen hatte sie eine rostbraune Farbe angenommen. Die Zwinger bestanden aus sechs langgezogenen Drahtgehegen, und in jedem war ein gefleckter Hühnerhund. Am Ende jedes Geheges stand eine große Hundehütte zum Schutz gegen Kälte oder heftige Stürme. Die Hütten waren mit Schwingtüren versehen, die sich automatisch schlossen, sobald ein Hund rein- oder rauslief. Der Hund in dem Zwinger, der der Scheune am nächsten war, hieß aus irgendeinem Grund Switch, und er war Leonards Liebling. Was nicht heißen soll, daß Leonard nach den anderen großen dummen Kötern weniger verrückt gewesen wäre. Sooft er Zeit hatte, ging er mit ihnen auf die Jagd – nicht weil er so gern jagte, sondern weil er die gesprenkelten Schönheiten so gern rennen sah.

Ich ging an den Zwingern vorbei, und die Hunde sprangen gegen die Gitter und bellten. Bei jedem Gehege streckte ich die Finger durch den Draht, und jeder der Hunde schleckte sie mir ab, wedelte mit dem Schwanz und jaulte. Als ich zu Switchs Gehege kam, kniete ich mich hin und widmete mich ihm ein wenig länger. Ich zog nur ungern jemanden vor, aber was soll's, Switch war wirklich was ganz Besonderes. In seinen Augen lag so eine Art trauriger Würde, als hätte er Dinge mit ansehen müssen, die er lieber nicht gesehen hätte, die ihn dafür aber um so weiser gemacht hatten. Was natürlich ziemlich bescheuert war. Sogar ein kluger Hühnerhund ist immer noch ein ziemlich dummes Tier. Aber irgendwie hatte er Klasse. Außerdem hielt er es für seine Pflicht, Leonard zu beschützen, und wenn er einen nicht kannte und gerade frei herumlief, mußte man gut acht geben, daß man nicht zu nah bei Leonard stand. Er sprang einen an und versuchte, einem das Gesicht wegzubeißen, ohne auch nur einmal warnend zu bellen oder zu knurren.

Aus der Scheune hörte ich gleichmäßiges Klopfen. Leonard war fleißig. Er trainierte regelmäßig, sogar wenn er am Abend zuvor bis zwei Uhr gesoffen hatte.

Ich trank meinen Kaffee aus, gab Switch einen letzten Klaps, lehnte mich an den Zwinger und schaute auf den dichten dunklen Wald am Ende des Grundstücks. Während die Sonne höher stieg, zeichnete sich der Wald immer deutlicher ab und schien dabei noch zu wachsen. Leonards Grundstück war einmalig schön. Der Creek verlief vielleicht ein bißchen arg nah am Haus, und Leonard verlor ständig Land aufgrund von Erosion. Er hatte Gräben entlang des Creek gezogen und sie mit Kies aufgefüllt, aber das hatte nicht viel gebracht. Eine Zeitlang war Ruhe, aber dann brachen die Gräben auf und der Kies wurde davongeschwemmt. Im Sommer standen wir jetzt manchmal am Ufer und warfen Kieselsteine ins Wasser, und hinterher saßen wir auf Leonards Veranda und kratzten Kiesel und Lehm aus den Profilsohlen unserer Schuhe.

Wenn wir auf die Idee kamen, Huckleberry Finn zu spielen, gingen wir zum Robin-Hood-Baum, einer riesigen Eiche auf einer Lichtung im Wald hinter Leonards Haus. Ich habe keine Ahnung, wem der Wald gehört; den Baum betrachteten wir jedenfalls als unseren Privatbesitz. Wir hatten ihn nach dem großen Baum in Sherwood Forest benannt, unter dem Robin Hood seine Versammlungen abzuhalten pflegte. Manchmal gingen wir zu der Eiche, um in Ruhe zu reden oder einfach nur den Wald zu genießen. Gelegentlich nahm Leonard sein Gewehr mit und tat so, als würde er nach Eichhörnchen Ausschau halten. Aber auch dann landeten wir irgendwann beim Robin-Hood-Baum und quatschten, bis die Dämmerung hereinbrach.

Mein Grundstück war auch schön, aber ich muß zugeben, daß mir Leonards besser gefiel. Der Blick über das Gelände hatte eine beruhigende Wirkung auf mich, und ich dachte über das nach, was Trudy mir letzte Nacht erzählt hatte, und versuchte mir vorzustellen, wie ich Leonard am besten überreden könnte mitzumachen. In Trudys Plänen kam Leonard nicht vor, aber in meinen. Ich versuchte mir einzureden, daß ich ihn dabeihaben wollte, weil ich ihn mochte und weil ich wollte, daß er auch etwas von dem Geld bekam. Natürlich stimmte das auch, aber genausogut wußte ich, daß ich inzwischen ziemlich auf ihn angewiesen war. Er hatte mir so oft aus der Patsche geholfen, daß er für mich zu sowas wie einem geistigem Führer in allen Lebenslagen geworden war.

Trotz des dämmrigen Lichts in der Scheune konnte ich erkennen, daß Leonard an dem schweren Sandsack arbeitete, der von einem Dachsparren unter dem Heuboden herabhing. Sein Oberkörper war nackt, ansonsten trug er graue Trainingshosen, Tennisschuhe, weiße Socken und verschlissene Boxhandschuhe. Sein Gesicht und sein stählerner Oberkörper glänzten wie nasse Schokolade, und gelegentlich, wenn das Licht in einem bestimmten Winkel einfiel, sahen die dicken Schweißtropfen auf seiner Haut aus wie Eiterbeulen. Aus seiner Nase und seinem Mund stiegen Wolken kalten Dampfs.

Ich stellte die Kaffeetasse auf einen der Holzträger, die die schmucklose Wand abstützten, lehnte mich mit dem Rücken dagegen und schaute zu. Ich hatte bestimmt schon fünf Minuten lang dagestanden, als er mich bemerkte.

»Tja«, sagte er, »du siehst aus wie ein Mann, der eine heiße Nacht hinter sich hat.«

»Und du führst dich auf, als wärst du neidisch. So wie du auf den Sack einprügelst, mußt du 'ne Menge Frust loswerden.«

»Erzähl, wie war's? Oder nein, laß es lieber. Sonst fühle ich mich doch nur beschissen.« Nach einer Links-Rechts-Kombination auf den Sandsack grinste er mich an: »Im Gegensatz zu dir könnte ich jede Frau kriegen.«

»Nur zu, mach mich fertig.«

»Na gut, vielleicht nicht jede, aber jede Menge. Ist das nicht bescheuert? Sie fahren total auf mich ab, und ich kann nichts mit ihnen anfangen. Die Weiber stehen Schlange, und ich steh am anderen Ufer.«

»Vielleicht solltest du mal rüberkommen. Ist bestimmt besser als wichsen.«

»Wahrscheinlich, aber das ist wie Stricken oder Backgammon. Dafür bin ich einfach nicht gemacht.«

»Ich wollte ja nur mal andeuten, wie du's leichter haben könntest.«

Er trommelte auf den Sack ein, dann zwinkerte er mir zu. »Du könntest ja ein bißchen aushelfen. Quasi als kleiner Freundschaftsdienst.«

»So gute Freunde sind wir nun auch wieder nicht.«

Er schlug weiter auf den Sack ein, umfing ihn dann mit den Unterarmen und lächelte mich an. »Jetzt hab ich dich nervös gemacht, stimmt's? Um die Wahrheit zu sagen, alter Freund – ich mag dich, aber du bist nicht mein Typ.«

»Das macht mich jetzt total fertig. Gleich fang ich an zu heulen.«

Er verpaßte dem Sack zwei harte Linke, eine hoch, eine tief. »Komm, arbeite mit am Sack. Ich seh es gern, wenn ein weißer Schwächling ins Schwitzen kommt.«

Ich zog Jacke und Hemd aus, nahm ein Paar Boxhandschuhe vom Nagel, zog sie an und ging zum Sack. Um die Muskeln zu lockern, schlug ich ein paarmal langsam und mit gebremster Kraft. Zuerst fühlte es sich seltsam an, wie immer am Anfang. Dann wurden meine Muskeln warm und locker, und ich fand meinen Rhythmus und tänzelte um den Sack herum und drosch auf ihn ein, wie ich gerade Lust hatte. Leonard tänzelte ebenfalls um den Sack, immer direkt mir gegenüber, mit dem Sack zwischen uns, und sobald ich eine kleine Pause machte, hämmerte er auf den Sack ein, und bald trommelten wir auf dem alten Segeltuchsack heiße Kongarhythmen.

Als wir schließlich aufhörten, hatte ich leichte Schmerzen in den Händen und war ziemlich außer Puste. Ich zog die Handschuhe aus, hängte sie auf und dehnte die Hände, bis sie nicht mehr so verkrampft waren.

»Du wirst allmählich schlaff«, sagte Leonard, als er seine Handschuhe auszog. »Du trainierst zu wenig.«

»Ich fühl mich ganz wohl, altersschwach wie ich bin.«

»Wie wär's mit 'ner Runde Kickboxen?«

»Klar doch.«

Er ging zu einem der Regale, holte Boxhandschuhe und Fußschützer herunter und warf mir von jedem ein Paar zu. Ich streifte die Fußschützer über meine Tennisschuhe, dann zog ich die Handschuhe an. Es waren welche ohne Schnürbänder. Man zog sie über die Hände und befestigte sie mit Klettband am Handgelenk, so daß man beim Anziehen keine Hilfe benötigte.

Wir hatten im Licht, das durch die offene Seitentür hereinfiel, trainiert, aber jetzt öffnete Leonard die großen Doppeltüren, so daß die Sonne hereinflutete und Staubkörner wie langsame Tornados vom Boden der Scheune nach oben stiegen.

Leonard zog seine Ausrüstung an, scharrte mit den Füßen, hob die Hände und kam auf mich zu.

»Jetzt kannst du was erleben, Weißbrot!«

»Ich hoffe, du kennst ein Heim für invalide Nigger, das wirst du nämlich brauchen.«

»Glaubst du, du kannst mich mit deinen rassistischen Sprüchen beeindrucken?«

»Ich sag's nur, wie ich es sehe.«

»Gleich siehst du gar nichts mehr.«

Und schon stürzten wir aufeinander los.

Es war, als hätte Leonard sich in Öl verwandelt und würde sich über mich ergießen. Ich nahm die Arme zur Deckung hoch, aber das Öl wurde hart, und die Härte traf meine Unterarme und ließ sie schwach werden, traf meinen Kopf und meine Rippen und verursachte auf meiner Haut ähnliche Geräusche, wie sie der Sack zuvor von sich gegeben hatte.

Als ich endlich freikam, sagte ich: »Ich muß zugeben, das war wirklich nicht schlecht.«

»Weiß ich selbst«, antwortete er und ging erneut auf mich los.

Ich ließ ihn glauben, er hätte mich am Haken. Ich schlug eine leichte Linke, und als er sich wegduckte, machte ich mit dem vorderen Fuß einen Halbkreiskick und erwischte ihn so hart im Magen, daß ihm die Luft wegblieb. Dann ging ich richtig auf ihn los, traf ihn mit einem Schlag über seinen rechten Arm hinweg oberhalb des linken Auges und versuchte, ihm mit der Linken einen Haken zu versetzen, traf aber nur seine Unterarme. Er schlug auf mich ein, und er war schnell, aber ich hatte ihn aus dem Rhythmus gebracht, und seine Schläge glitten über mein Gesicht, rutschten an meinem schweißnassen Oberkörper ab und taten mir kaum weh. Diesmal trat ich mit dem hinteren Fuß und traf ihn wieder im Solarplexus, so daß er zurückweichen mußte. Dann versuchte ich das gleiche mit dem anderen Fuß und streifte seine Seite mit dem Fußballen. Er wich schnell zurück, und ich folgte. Er drehte sich um, als wolle er weglaufen. Instinktiv raste ich ihm hinterher, um ihn fertigzumachen. Er drehte sich auf dem linken Fuß, so daß er mir frontal gegenüberstand, holte mit dem rechten Bein zu einem Außenristkick aus und traf mich voll an der Schläfe. Ich ging zu Boden. Meine Nasenlöcher füllten sich mit Dreck.

Angeschmiert.

Leonard beugte sich zu mir runter. »Na, wie geht's, Milchbubi?«

»War schon mal schlimmer ... bloß die Scheune dreht sich.«

»Du bist immer zu ungeduldig. War leicht, dich reinzulegen.« Er klopfte mir auf den Rücken. »Bleib 'nen Moment liegen.«

»Hatte nichts anderes vor.«

Ein paar Minuten vergingen, dann half Leonard mir auf. Die Scheune war immer noch ein bißchen verschwommen, nahm aber langsam Konturen an. Er half mir, Handschuhe und Fußschützer auszuziehen. Immer noch leicht schwankend zog ich Hemd und Mantel an und holte die Kaffeetasse vom Holzträger. Leonard, der sich inzwischen auch angezogen hatte, legte den Arm um mich und führte mich zum Haus.

Dort angekommen, legte er ein Patsy-Cline-Album auf, drehte

die Lautstärke herunter und machte Frühstück. Ich setzte mich an den Küchentisch und ließ den Kopf zwischen den Knien herabhängen.

»Hast du schon gefrühstückt?« fragte er.

»Nein.«

»Meinst du, du kannst schon wieder was essen?«

»Ja.«

»Eier und Toast – ist das okay?«

»Prima.«

Er kicherte. »Weißer Junge in Nöten. Das liebe ich.«

Er haute ein Ei in die Pfanne. »Du bist doch nicht ohne Grund hier, Hap. Du stehst sonntags nie so früh auf. Was ist los, ist die Alte schon wieder abgezogen?«

»Nein, aber es gibt wirklich einen Grund. Einen wichtigen.«

Ich richtete Wirbelsäule und Kopf auf. Das Drehen hatte aufgehört.

»Wie wichtig?«

»Du müßtest nicht mehr zurück auf die Rosenfelder. Jedenfalls ziemlich lange nicht mehr.«

Er hielt mitten im Brot auswickeln inne und sah mich an.

»Wie lange?«

»Sicher ein paar Jahre. Vielleicht könntest du einen eigenen Laden aufmachen. Soweit ich weiß, habt ihr Jungs doch ein Talent für Würstchenbuden und dergleichen. Worauf immer du Bock hast.«

»Würstchenbude klingt nach Arbeit. Du kennst uns doch: weite Schuhe, enge Mösen und ein warmes Plätzchen zum Scheißen.«

»Genau so habe ich mir das vorgestellt.«

»Los Hap, hör auf, mich zu verscheißern. Um was geht's?«

»Hunderttausend Dollar für jeden von uns.«

»Scheiße. Was müssen wir dafür tun? Jemanden erschießen?«

»Nein. Schwimmen.«

Kapitel 4

Ich fuhr mit Leonard zu meinem Haus hinüber und parkte neben Trudys vergammeltem VW mit dem Greenpeace-Aufkleber auf der Stoßstange. Trudy saß mit einer Tasse Kaffee am Küchentisch. Sie trug eines meiner Hemden, das ihr viel zu groß war. Das und ihr zerzaustes Haar ließen sie sehr mädchenhaft aussehen. Das änderte sich schlagartig, als sie die Beine übereinanderschlug und mich ansah. »Ich hab mir Sorgen um dich gemacht. Ich konnte keine Nachricht finden.«

»Ich habe auch keine geschrieben. Ich dachte, ich wäre schneller wieder da.«

Sie ließ sich herab, Leonards Gegenwart zur Kenntnis zu nehmen. »Hi, Leonard.«

Leonard nickte.

»Was du mir letzte Nacht erzählt hast«, sagte ich. »Ich will, daß du das auch Leonard erzählst.«

Ich konnte ihr ansehen, daß ihr das nicht gefiel. »Nichts für ungut, Leonard, aber die Sache geht nur Hap und mich was an. Er hätte dir gar nicht davon erzählen sollen.«

»Ich will, daß er dabei ist, für die Hälfte meines Anteils.«

»Wenn du so weiter machst, gibt's vielleicht gar keinen Anteil, Hap.«

»Das ist auch okay. Such dir 'nen anderen Dummen.«

»Du bist ja knallhart heute morgen.«

»Tagsüber hat er seine Drüsen besser unter Kontrolle«, sagte Leonard. »Nachts neigen sie zu Überaktivität.«

»Dein Gequatsche geht mir auf die Nerven, Leonard.«

»Oh, ist es etwa zu unmelodisch? Wär dir ein klassischer Negerdialekt lieber? Dazu ein bißchen Füßestampfen?«

»Hört auf, alle beide«, fuhr ich dazwischen. »Das fängt ja schlimmer an, als ich dachte. Ich will, daß Leonard mit dabei ist. Wieso auch nicht? Es kostet dich keinen Cent mehr, und du hast zusätzliche Unterstützung. Nach dem, was du erzählst, könnten wir ihn verdammt gut brauchen. Er weiß wenigstens, wie man richtig taucht. Seine Erfahrung kann uns nur nutzen. Ich war ein paarmal mit Taucheranzug im Wasser, aber das war's auch schon.«

Sie drehte sich von uns weg und starrte aus dem Fenster. Meine Mutter hatte das auch immer gemacht, wenn sie sauer auf mich war. Ich war schon darauf gefaßt, daß sie mir gleich mit einem Nudelholz drohen würde.

Sie schob ihre Tasse auf der Untertasse hin und her. Im Licht, das durchs Fenster hereinfiel, sah man, daß sie doch nicht mehr die Jüngste war.

»Irgendwann im Lauf des Tages«, sagte Leonard, »und zwar spätestens nach zwei Minuten, langweilt mich Schmollen.«

Sie sah uns an. »Na gut, aber es paßt mir nicht, daß du mir das aufzwingst, Hap. Du hättest das erst mit mir besprechen sollen. Wir stehen uns nah genug, daß ich dir das hätte Wert sein sollen.«

»Ich hab dich nicht gefragt, weil ich wußte, daß du nein sagen würdest, und ich will Leonard nun mal dabei haben. Es geht nicht darum, daß ich dir was aufs Auge drücken will. Er ist mir in manchen beschissenen Zeiten – an denen du zum Teil nicht ganz unschuldig warst – zur Seite gestanden. Ich will, daß er genauso von der Sache profitiert, wie du dir das für mich wünschst. Wenn du uns nicht willst, kein Problem. Lassen wir's bleiben.«

»Ich weiß nicht, wie ich das Howard erklären soll. Er war schon nicht begeistert, daß ich dich dabei haben will, Hap.«

»Ich bin überzeugt, du kannst diesen Howard um deinen großen Zeh wickeln«, sagte Leonard, »und dabei kenne ich den armen Trottel nicht einmal.«

»Weißt du, was mit dir los ist, Leonard?« fragte Trudy. »Du bist eifersüchtig. Du stehst auf Hap und bist eifersüchtig auf mich.«

»Hap ist ganz in Ordnung. Er hat einen hübschen Knackarsch, aber er ist nicht mein Typ.«

»Jetzt vertragt euch gefälligst«, unterbrach ich, »das macht es einfacher.«

»Okay. Schwamm drüber«, sagte Leonrad. »Aber sie und ich – meinetwegen werden wir Geschäftspartner, aber das ist auch schon alles.«

»Da sind wir uns einig«, bestätigte Trudy.

Leonard und ich setzten uns an den Tisch, Leonard an der Wandseite und ich Trudy gegenüber. Sie starrte erst Leonard wütend an, dann mich. »Hunderttausend ist eine ganze Ecke weniger als zweihunderttausend. Willst du das wirklich?«

»Ja, und ich will, daß er die Geschichte von dir hört. Ich hab ihm nur erzählt, daß in der Sache viel Geld steckt. Wenn er hört, um was es geht, hat er vielleicht gar keine Lust mehr.«

Trudy stand auf, schenkte sich Kaffee ein und kam zurück zum Tisch. Sie nippte ein paar Mal und fing an zu erzählen. »Mein Ex-Mann, Howard, war in der Antiatombewegung aktiv. Er reiste quer durch die Staaten und hielt Reden gegen Atomkraftwerke und führte Demonstrationen vor den Reaktoren an. Während einer Demo wurde unter seiner Führung ein Zaun zerschnitten, das Gelände des Reaktors gestürmt und staatliches Eigentum beschädigt. Er hielt es für seine Verantwortung als Mensch ...«

»Keine Politik«, unterbrach Leonard, »davon kriege ich Herzrhythmusstörungen. Nur die Fakten.«

»Okay«, sagte sie und legte los.

Es war eine ziemlich einfache Geschichte. Der Richter wollte an Howard ein Exempel statuieren. Er verurteilte ihn zu zwei Jahren in Leavenworth, meiner Alma Mater. Später wurde die Strafe wegen guter Führung auf achtzehn Monate verkürzt. Ich fragte mich, ob sie Howard verlassen hatte, während er im Knast saß, und ob er mehr Briefe als ich bekommen hatte.

Im Gefängnis lernte Howard einen Mann namens Softboy McCall kennen, der sich für einen großen Gangster hielt. Er war schon eine ganze Weile im Knast und hatte noch einige Jahre vor sich.

Als er hörte, daß Howard aus Texas stammte, zeigte er sofort Interesse an ihm. Er war ebenfalls aus Texas. Waco, Texas, um genau zu sein.

Softboy und Howard kamen sich näher, und Softboy erzählte Howard, weshalb man ihn – jedenfalls dieses Mal – eingebuchtet hatte. Er hatte eine kleine osttexanische Bank ausgeraubt (gab es überhaupt andere?), und am Tag des Überfalls war sie zum Bersten voll mit Geld gewesen. Mehr Geld, als eine Bank dieser Größe hätte haben sollen, auch wenn das Wochenende bevorstand und die Lohngelder bereitlagen.

Softboy nahm an, daß Geldwäsche im Spiel war. Diebesbeute,

die von hohen Tieren durch die Bank geschleust wurde. Später erhärtete sich sein Verdacht, als die Bank einen geringeren Betrag als gestohlen meldete, als sie erbeutet hatten. Softboy behauptete, sie hätten etwas über eine Million mitgehen lassen.

Während des Überfalls kam es zu einer Schießerei mit einem der Wachmänner. Irgendwie bekam die Polizei Wind davon und kreuzte auf, bevor Softboy und seine Komplizen abhauen konnten, und so kam es zu einem weiteren Schußwechsel. Der Wachmann und ein Polizist wurden verletzt, und auch alle drei Bankräuber bekamen eine Kugel ab.

Trotzdem schafften sie es, mit dem Wagen zu fliehen.

Am Tag davor hatte der Fahrer des Wagens in den Bottoms eine Stelle gefunden, wo sie ihr Motorboot verstecken konnten, und dahin fuhren sie nun. Unterwegs starb einer der Bankräuber, und als sie in den Bottoms ankamen, gab der Fahrer den Löffel ab. Nun waren nur noch Softboy und das Geld übrig.

Softboy schaffte es, das Auto ins Wasser zu schieben, damit es nicht gefunden werden konnte, und er schaffte es auch, das Geld ins Boot umzuladen und das Boot zu starten. Aber er kam nicht weit. Er rammte einen Baumstumpf oder irgendetwas in der Art und flog über Bord.

Es gelang ihm, sich ans Ufer und in den Wald zu retten. Die nächsten drei Tage kroch er mit hohem Fieber und halluzinierend durchs Unterholz. Er hatte keine Ahnung, ob er sich im Kreis oder irgendwohin bewegte. Schließlich stieß er auf einen Weg und folgte ihm. Das nächste, woran er sich erinnern konnte, war, daß er sich auf dem Highway nach Marvel Creek befand. Er verlor das Bewußtsein, und als er wieder zu sich kam, lag er im Krankenhaus von Marvel Creek, und an seinem Bett saß ein Polizist. Ein Autofahrer hatte ihn entdeckt, vom Highway heruntergezogen und die Polizei alarmiert.

Als es ihm besser ging, sollte er der Polizei zeigen, wo das Boot gesunken war, aber das war ihm nicht möglich. Er wußte es schlichtweg nicht. Er wußte nicht einmal, wie er und sein Partner überhaupt zu dem Boot gelangt waren. Er hatte es nicht selbst versteckt, und er war auch nicht dabei gewesen, als der Fahrer es versteckt hatte. Nach dem Bankraub hatte er so wahnsinnige Schmerzen gehabt, daß er nicht darauf geachtet hatte, wohin sie gefahren waren.

Die Polizei suchte tagelang den Fluß ab, fand aber weder Boot noch Auto noch die Leichen. Sie wurden nie entdeckt.

Softboy erzählte Howard, daß er Alpträume hätte von all dem Geld, das da unter Wasser lag und von den Fischen gefressen wurde. Er sagte, er wolle, daß es endlich jemand ausgab, und wenn Howard es finden würde, würde er mit ihm halbe-halbe machen.

An dieser Stelle der Erzählung hielt Trudy inne, und Leonard sagte. »Ganz schön vertrauensselig, dieser Typ.«

»Ich nehme an, er hielt Howard für ehrlich«, sagte Trudy. »Er ist davon ausgegangen, daß Howard genausoviel für ihn übrig hatte wie er für Howard.«

»Oder er wollte erreichen, daß Howard genau das glaubte«, warf ich ein. »Gib einem Mann das Gefühl, daß du ihn magst, und er ist bereit, was für dich zu tun. Wenn er Howard dazu bringen könnte, die Knete zu finden und aufzuteilen, dann könnte der gute alte Softboy ein paar Wächter und Gefängnisbeamte bestechen. Sich das Leben im Bau ein bißchen bequemer gestalten. Wenn man seine Situation bedenkt, scheint sich ein Versuch durchaus zu lohnen.«

»Drei Tage bevor Howard entlassen wurde«, nahm Trudy den Faden wieder auf, »wurde Softboy von einem Mitgefangenen mit einem aus einem Löffel gebastelten Messer getötet. Irgendein banaler Streit. Um einen Nachtisch, glaube ich.«

»Und damit endet Howards Verpflichtung gegenüber Softboy«, sagte Leonard. »Er beschließt, sich das Geld unter den Nagel zu reißen. Er zieht dich in die Sache mit rein, und Hap zieht mich mit rein. Nun, das ist ja alles gut und schön, aber ich sehe da noch ein paar Probleme. Erstens – ich nehme an, Howard hat schon versucht, das Geld zu finden. Hab ich recht?«

Trudy nickte.

»Die Polizei hat's versucht, Howard hat's versucht, und gefunden haben sie nichts. Wieso glaubt dann irgendwer, daß wir bessere Chancen hätten?«

»Deshalb hat Trudy sich an mich gewandt«, antwortete ich. »Ich bin in Marvel Creek aufgewachsen. Ich kenne die Bottoms.«

»Ich wette, eine Menge Leute, die sich in den Bottoms auskennen, haben der Polizei bei der Suche geholfen, und trotzdem haben sie das Geld nicht gefunden.«

»Da ist noch was«, sagte Trudy. »Softboy hat der Polizei nichts von der Eisernen Brücke erzählt, aber Howard schon.«

»Eiserne Brücke?« fragte Leonard.

»Als Hap und ich noch verheiratet waren, hat er oft davon gesprochen, daß es da diese Stelle in den Bottoms gibt ... wie war das noch mal, Hap?«

»Es war eine unvollendete Brücke. Sie ragte ein ganzes Stück über das Wasser raus. Mineralölfirmen hatten damals in den Fünfzigern mit ihrem Bau begonnen, bevor die Ölquellen versiegten. Es gibt alle möglichen Geschichten über diesen Platz. Oft parkten dort Liebespaare. Dann wurde mal erzählt, daß sich ein Typ an der Brücke erhängt hat, wegen einem Mädchen oder irgendwas in der Art. Es heißt, sein Geist gehe dort immer noch um. Daß man ihn bei Mondlicht manchmal von der Brücke hängen sehen kann. Und dann gibt's da noch die Geschichte von dem Pärchen, das bei der Brücke geparkt hatte, und dann fielen ein paar Männer über sie her, vergewaltigten das Mädchen, banden ihren Freund am Ersatzreifen fest und warfen ihn ins Wasser. Solche Geschichten gibt's jede Menge.«

Trudy sagte: »Softboy hat Howard erzählt, das letzte, woran er sich erinnern kann, nachdem das Wrack am Ufer lag, war, die Eiserne Brücke weiter unten am Fluß gesehen zu haben.

»Die Sache ist nur die«, ergänzte ich, »die Brücke befindet sich nicht am Fluß, sondern an einem der Nebenflüsse, einem schmalen Creek. Ich weiß nicht mal, ob dieser Creek einen Namen hat. Da unten ist es wie im Dschungel. Vielleicht war Softboy so schwer verwundet, daß er vom Fluß abgekommen ist, ohne es zu merken. Aber ich vermute, sie waren nie am Fluß, sie haben nur geglaubt, sie wären dort. Sie waren die ganze Zeit an diesem Creek, und die einzige Stelle, wo der Creek breit und tief genug für ein Boot ist, ist ein Abschnitt in der Nähe der Eisernen Brükke.«

»Die Knete hat sich doch längst aufgelöst und verflüssigt«, wandte Leonard ein. »Vielleicht findet man noch ein paar Münzen, aber das ist auch alles.«

»Softboy und seine Partner wollten das Geld ein Stück den Fluß runtertransportieren und dann vergraben«, sagte Trudy. »Weiter unten am Fluß hatten sie noch ein Auto stehen, mit dem sie abhauen wollten. Sobald sich alles beruhigt hatte, wollten sie zurückkommen und das Geld holen. Softboy hat Howard erzählt, daß sie das Geld in wasserdichte Behälter gestopft und diese in einer großen Aluminium-Kühlbox verstaut haben, die vorne am Boot befestigt war. Aller Wahrscheinlichkeit nach sind die wasserdichten Behälter noch da, und das Geld auch.«

»Wann hast du die Brücke zuletzt gesehen?« wandte Leonard sich an mich.

»Vor achtzehn, neunzehn ... vielleicht zwanzig Jahren.«

Leonard schüttelte den Kopf. »Mensch, Hap, wenn ich dich zur Arbeit abhole, findest du nicht mal die Schuhe, die du am Abend vorher ausgezogen hast. Wie willst du da was finden, was du zwanzig Jahre nicht mehr gesehen hast?«

»Stimmt schon ... aber in meinen Schuhen stecken auch keine Million Dollar.«

Kapitel 5

Nach unserem Gespräch wollte Trudy duschen und sich dann ein bißchen hinlegen. Nachdem ich fast die ganze Nacht mit Denken, Reden und Vögeln zugebracht hatte, hätte ich auch ein Nickerchen vertragen können, aber ich verkniff es mir. Ich hätte mir gern eingebildet, daß ich meine Entscheidung aus Charakterstärke getroffen hatte, aber es ging natürlich nur darum, daß ich jetzt auf gar keinen Fall mit Trudy allein sein wollte. Ich hatte so eine Ahnung, daß ich mir ein paar sehr böse Worte über Leonard und mich würde anhören müssen, und darauf hatte ich keinen Bock. Ich wollte auch nicht, daß sie mich in die Nähe eines Betts bekam. Im Bett konnte sie wirklich überzeugend sein, und wenn sie nur lange genug an mich hinredete und dabei bestimmte Körperteile in die richtige Position brachte, würde ich mich vielleicht überreden lassen, Leonard bei Sonnenuntergang zu erschießen.

Sobald ich das Wasser in der Dusche rauschen hörte, schnappte ich mir Stift und Papier und schrieb Trudy eine Nachricht. *Bin bei Leonard wegen Reisevorbereitungen. Komme zum Mittagessen zurück. Falls du nachkommen willst ...* Und ich zeichnete ihr auf, wie sie zu Leonards Haus finden würde. Dann fuhren wir zu ihm. Er packte ein paar Klamotten und eine Taschenbuchausgabe von *Walden* in seinen Koffer. Als nächstes kramte er eine Isomatte und ein paar Bettücher heraus und rollte sie zu einem Bündel; dann holte er seine Remington .30/06 und eine Schachtel Munition aus dem Schrank. Koffer, Bettrolle, Gewehr und Munition legte er auf die Couch.

»Leonard, wo hast du deine .22er Sportpistole?«

»Weggeräumt.«

»Meinst du nicht, wir brauchen sie? Vielleicht sollten wir auch noch ein paar Bazookas und Handgranaten kaufen, vielleicht auch ein paar Landminen. Scheiße, was soll das alles? Wir tauchen und holen das Geld rauf, wir erschießen es nicht.«

»Wenn es um deine Exfrau geht, werde ich paranoid.«

»Sie ist eine Nervensäge und hyperidealistisch, aber sie wird uns nicht hinterrücks überfallen.«

»Mir ist nicht so ganz klar, in was sie uns da reinzieht. Ich glaube, sie ist eine von denen, die erst springen und dann schauen. Und diesen Howard kann ich überhaupt nicht einschätzen. Sind da noch ein paar Kumpel von ihm dabei, oder sind wir die einzigen Idioten?«

»Sie sagte, es wären noch zwei andere dabei, beide Idealisten. Sie wollen ihren Anteil vom kapitalistischen Bankergeld für einen guten Zweck spenden.«

»Ohne Scheiß? Und für was für einen guten Zweck?«

»Rettung der Robben wahrscheinlich. Oder der Wale. Was weiß ich. Sie hat's mir nicht gesagt.«

»Wenn da wirklich Kohle zu holen ist, spende ich sie auch für einen guten Zweck. Für mich. Die Robben müssen selbst für sich sorgen. Denen flattern keine Rechnungen ins Haus.«

»Das sehe ich auch so.«

Leonard nahm Pfeife und Tabak vom verschrammten Kaminsims herunter und setzte sich in den Schaukelstuhl am Feuer. Aus einem metallenen Spucknapf neben dem Kamin holte er ein langes Kaminzündholz und legte es auf seinen Oberschenkel. Schnell und gekonnt stopfte er die Pfeife, zog das Streichholz durch das Kaminfeuer und zündete sie an. Er paffte und betrachte mich nachdenklich.

»Wie konnte ich mich bloß von dir zu so etwas überreden lassen?«

»Mein knackiger Hintern hatte irgendwas damit zu tun. Also wirklich, Leonard, knackiger Hintern?«

»Das hab ich gesagt, um Trudy zu ärgern.«

»Deine bloße Existenz ist für sie schon Ärgernis genug.«

»Der alte Lacy wird in ein paar Tagen wieder Feldarbeiter brauchen. Er wird anrufen, und ich werde nicht da sein. Weil ich meine Ersparnisse für einen Traum im Sabine River raushaue. Und wenn ich dann ohne Geld und mit eingekniffenem Schwanz zurückkomme, ist der Job wahrscheinlich auch noch futsch.«

»Feldarbeiter werden immer gebraucht. Komm, auf den Mist

haben wir doch eh keinen Bock mehr. Ich denke, wir sollten mal was anderes versuchen, selbst wenn es sich als falsch erweist.«

»Falsch, und wie. Das ist geklautes Geld.«

»Nach so langer Zeit dürfte die Versicherung längst gezahlt haben, und wenn es gewaschenes Geld war, brauchen wir uns sowieso keine Sorgen zu machen.«

»Und woher sollen wir das wissen? Vielleicht ist das ganze Zeug gekennzeichnet, oder was immer die machen, um ihr Geld wieder aufzutreiben.«

»Wir gehen mit unserem Anteil nach Mexiko. Da unten können wir irgendeinen Deal machen. Wir würden ein paar Tausend verlieren, wenn wir das Geld in Pesos eintauschen, das ist klar, aber es geht jedenfalls. Wir könnten eine Zeit lang dort bleiben. Das Geld ist da unten zehnmal mehr wert als hier. Wir könnten für dich Señores und für mich Señoritas kaufen. Wir könnten uns mit mexikanischem Bier vollaufen lassen.«

»Ich kann nicht abhauen und meine Hunde im Stich lassen.«

»Scheiße, dann gehe ich eben allein, tausche das Geld ein, schikke dir die Hälfte in Pesos, und du kannst es in Dollar rücktauschen. Dann kommst du mit deinen blöden Kötern runter auf Besuch. Ich werde ihnen ein Treffen mit ein paar von diesen kleinen mexikanischen Hunden organisieren. Da unten lassen sich immer Geschäfte machen. Bankräuber machen das die ganze Zeit so.«

»Du hast dir ja wirklich Gedanken gemacht. Wenn Trudy sonst auftaucht, bist du gleich bereit, ins Friedenscorps einzutreten oder dich an eine Pinie zu binden, um sie vor der Kettensäge zu retten.«

»Die Zeiten sind endgültig vorbei. Trudy hat mich wieder zum Nachdenken gebracht, das stimmt, und vielleicht habe ich letzte Nacht auch wieder in die Richtung gedacht, die sie gern haben wollte, aber heute nicht mehr.«

»Wie ich schon sagte, Hap, das liegt an den Drüsen. Tagsüber hast du sie besser unter Kontrolle. Aber sobald die Sonne untergeht und du daheim im Bett zwischen ihren Beinen liegst, klingt alles gleich wieder ganz anders.«

»Nein. Mit Howard spielt sie das gleiche Spiel. Es ist was anderes, wenn sie zurückkommt und ich mir 'ne Zeitlang was vormachen kann, aber ich lasse es mir nicht gefallen, daß sie von einem Bett ins andere hüpft.«

»Ich hab ja gesagt, sie springt gern.«
»Ich hole soviel Knete aus dieser Sache raus wie möglich, dann seile ich mich ab.«
»Glaubst du wirklich, das geht so einfach? Die Geschichte mit Trudy hat dich 'ne Menge Herzblut gekostet.«
»Mein Herz ist ausgeblutet. Trocken wie alter Toast. Wenn du's nicht glaubst, bleib bei deinen Hunden und schau zu, wie ich nach Mexiko abdüse.«
Leonard grinste mich an. »Nachdem ich dir dauernd gepredigt habe, was für ein Trottel du bist, bin ich mir gar nicht so sicher, ob mir der neue Hap so sonderlich gefällt. Als Trudys Spielzeug warst du irgendwie niedlich. Das hatte so einen besonderen Charme. So als hätte man einen großen dummen Welpen, der noch nicht ganz stubenrein ist.«
»Das ist goldig, Leonard. Das werde ich mir merken.«

Wir beschlossen, Leonards alten blauen Buick zu nehmen, und nicht meinen Pick-up. Wenn Trudy wollte, konnte sie mit uns mit- oder in ihrem Volkswagen vorausfahren. Was ihr lieber war. Wir packten Leonards Koffer, Gewehr, Munition und Bettzeug in den Kofferraum und legten vorsichtshalber noch ein paar Meter Seil und einige Campingutensilien dazu.
»Wir werden Tauchausrüstung brauchen«, sagte Leonard. »Trockenanzüge, nehme ich an. Naßanzüge sind bei dem Wetter vermutlich zu kalt, obwohl ein Trockenanzug auch nicht viel mehr bringt. Die Dinger haben Lufttaschen und kneifen.«
»Du kennst dich besser aus, als ich dachte.«
»Reicht gerade, um abzusaufen. Eins weiß ich jedenfalls: So kalt wie das Wasser zur Zeit ist, tötet es einem im Nu die Gehirnzellen ab. Aber das ist für dich wahrscheinlich keine neue Erfahrung. Und noch eins weiß ich: Das sind meine verdammten Ersparnisse, die draufgehen, um das Zeug auszuleihen.«
»Aber du hast mein Wohlwollen, Leonard.«
»Darauf war ich schon immer scharf.«
»Wenn du das Zeug ausleihst, fliegen wir dann nicht auf?«
»Hap, mein lieber, aber blöder Freund. Wir erzählen ihnen doch nicht, wofür wir es ausleihen. Wir sagen nur, daß wir mal einen Tauchgang in kaltem Wasser probieren wollen. Denen ist scheißegal, ob wir absaufen oder uns in Eiswürfel verwandeln, solange

wir anständig zahlen, und zwar so anständig, daß sie sich notfalls 'ne neue Ausrüstung kaufen können.«

»Leonard, du bist mein Held. Wenn ich mal groß bin, will ich genau so werden wie du. Krieg ich das hin? Was meinst du? Kann ich das schaffen?«

»Da brauchen wir erstmal schwarze Farbe, aber so schön wie ich wirst du damit auch nicht. Und dann könnte es nicht schaden, wenn du eine ganze Portion weniger blöd wärest. Los komm, ich muß mit Calvin reden, damit er meine Hunde füttert, wenn ich weg bin. Und dann muß ich erstmal 'ne Runde heulen wegen all dem schönen Geld, mit dem ich diesen Schwachsinn finanziere. Bleib brav in der Nähe. Man weiß nie, wann ich die nächste Weisheit von mir gebe.«

KAPITEL 6

Als ich am nächsten Morgen wach wurde, konnte ich den Wind um die Dachtraufen und durch die Pinien jenseits des Feldes heulen hören. Nachts machte ich meistens die Heizungen aus, weil das Butangas so teuer war, und das Zimmer war so kalt, daß sogar ein Eskimo gebibbert hätte.

Ich stand auf, zog meinen Bademantel an und stapfte durch die kalte Morgenluft. Mit jedem Ausatmen stieß ich weiße Wölkchen aus.

Ich schaute aus dem Fenster. Die Bäume und der Boden waren mit Rauhreif überzogen, und vom Himmel fiel eine Mischung aus Schnee und Eisregen. Ziemlich ungewöhnlich für Osttexas. Die meiste Zeit war einem nicht einmal bewußt, daß es Winter war. In der Regel war der Winter ein etwas übertriebener Herbst. Aber dieses Jahr war es anders. Genau an dem Tag, an dem ich losziehen sollte, um an ein bißchen Geld zu kommen, wurde es richtig gemein kalt. Ein klügerer Mensch hätte das als Omen gesehen.

Ich sehnte mich zurück ins Bett, aber ich riß mich zusammen und ging in die Küche, suchte Streichhölzer und zündete alle Öfen an, zuletzt den im Schlafzimmer. Selbst dann, als ich mit dem Hintern an den warmen Ofen gelehnt stand, war ich versucht, unter die Decke zu kriechen und mich an Trudy anzukuscheln. Aber vielleicht wäre es dort nicht viel gemütlicher gewesen. Letzte Nacht hatte sie mich jedenfalls nicht gewärmt. Sie hatte mit mir geschlafen, als wäre ich ein zahlender Kunde und draußen würden weitere warten, darunter einige wichtige. Ich versuchte, sie zum Höhepunkt zu bringen, aber es war, als wolle man den Everest in Bermudashorts bezwingen. Sie bekam einfach keinen. Sie wollte, daß ich geil war, und gleichzeitig sollte ich mich beschissen und billig fühlen, und genau so fühlte ich mich auch. Aber ich habe keinen Stolz und kam trotzdem. Als ich fertig war, rollte sie sich unter mir weg und drehte mir den Rücken zu. Ich legte ihr die Hand auf die Hüfte, aber sie rührte sich nicht und blieb stumm. Ebensogut hätte ich einen Marmorgrabstein streicheln können.

Plötzlich tat mir Howard leid. Genau wie ich hatte er gegen eine Frau wie Trudy keine Chance. Nicht die geringste. Sie beherrschte uns mit Verstand, Gefühl und ihrem flaumigen Dreieck. Es war verdammt erniedrigend.

Ich zog mich an, warf mir den Mantel über und ging hinaus, um nachzuschauen, ob das Kühlerwasser in meinem Pick-up eingefroren war. War es nicht. Das Frostschutzmittel hatte ausgereicht, und so fuhr ich den Wagen auf die Südseite, parkte mit der Stoßstange direkt am Haus und legte eine alte Pferdedecke über die Motorhaube.

Ich holte die Zange von ihrem Platz hinter dem Fahrersitz, legte die Decke unter den Wagen, krabbelte auf die Decke und lokkerte die Schraube vom Kühler, damit das Wasser auslief. Auf die Art mußte ich mir, falls ich länger weg sein sollte, nicht auch noch Sorgen machen, daß die Kälte zu eisig für das Frostschutzmittel wurde und mein alter Kühler in die Luft flog.

Ich legte die Decke wieder über die Motorhaube und beschwerte sie, für den Fall, daß es Sturm geben sollte, mit ein paar Steinen. Dann ging ich zur Grenze meines Grundstücks, stemmte die Wasserabdeckung hoch und drehte mit der Zange das Wasserventil zu. Ich brachte die Zange zurück in den Wagen, ging ins Haus, verriegelte die Fenster und die Hintertür, ließ das Wasser aus den Wasserhähnen, stellte den Warmwasserboiler ab, und als ich Leonard vorfahren hörte, drehte ich auch die Gasheizungen ab. Es wurde sofort kalt.

Ich holte die Sachen, die ich am Abend vorher gepackt hatte, und stellte sie im Wohnzimmer neben die Tür. Während ich draußen gewesen war, war Trudy aufgestanden und hatte sich angezogen. In der ganzen Zeit, in der ich im Haus alles für die Abreise klar machte, saß sie auf meiner alten, schäbigen Couch, schaute die Wand an, sprach kein Wort mit mir und schien nicht mal zu atmen.

Leonard kam ins Haus, schaute Trudy an, dann mich. »Ich seh schon, das wird ein Riesenspaß.«

»Trudy, fährst du mit deinem Wagen?« fragte ich.

»Ich hol ihn später. Ich fahre nicht gern bei Schnee und Eis.«

»Dein VW hat zwar keinen Kühler, der platzen kann«, sagte Leonard, »aber du solltest ihn trotzdem lieber bei mir in die Scheune stellen. Hier in der Gegend wohnen ein paar Leute, die nicht unbedingt was dagegen haben, ein Auto zu stehlen, dessen Besitzer sie nicht kennen.«

»Was ist mit der Tauchausrüstung?« fragte ich.

»Im Kofferraum. Als ich sie gestern holen wollte, hatte der Laden schon geschlossen. Ich mußte mir den Mund fusselig reden und dem Besitzer mit ein paar Extra-Scheinchen vor der Nase herumwedeln, bis er sich bequemt hat, sein Haus zu verlassen und zum Laden runterzugehen. Du schuldest mir hundert Dollar, Hap!«

»Setz es auf die große Rechung.«

»Mann, dein Kreditrahmen ist längst überzogen ... Sagt mal, sollen wir nicht ein paar Tage warten? Es wird sicher besser, das Eis hält sich nicht ewig.«

»Howard wartet auf mich«, sagte Trudy, »und ich muß morgen zur Arbeit.«

»Arbeit?« fragte ich.

»Du weißt schon. Du machst einen Job, den du haßt, und dafür geben sie dir Geld. Hast du geglaubt, ich werde ausgehalten, Hap? Auch wenn unser Leonard dir das Gegenteil einreden will, bin ich keine Konkubine.«

Als wir bei Leonard ankamen, parkte Trudy den Volkswagen in der Scheune und Leonard mischte den Hunden ihr spezielles Futter aus drei verschiedenen Marken. Er kippte den Inhalt der Futtersäcke in einen Plastikmülleimer, immer nur ein kleines bißchen von jedem, nur jeweils eine Winzigkeit, um dann alles gleichmäßig durchzumischen.

Während er damit beschäftigt war, ging Trudy raus zu den Hundezwingern. Ich ging ihr hinterher. Ich hatte das Gefühl, ich müßte irgend etwas sagen, aber ich wußte nicht was. Wenn sie sich so verhielt, fühlte ich mich immer wie der letzte Trottel, obwohl ich gar nichts gemacht hatte. Wir standen beide vor den Zwingern und warteten auf Leonard. Wir waren bei dem Zwinger von Cal, der von dem von Switch am weitesten entfernt lag, und Trudy hatte ihre Finger durch den Zaun gesteckt, streichelte Cals Nase und gurrte ihm süße Worte ins Ohr. Der Hund war vor Entzücken völlig aus dem Häuschen. Und mir ging es genau so. Sie klang unwiderstehlich sexy, wie sie diese zarten Turtellaute von sich gab, und – Gott sei mir gnädig – ich wollte so unbedingt und gleich auf der Stelle mit ihr schlafen, daß ich beinahe zu heulen angefangen hätte.

Leonard kam aus der Scheune und ging zu Switchs Zwinger, kniete sich hin und streckte die Hand durch den Zaun, so daß Switch ihm die Finger lecken konnte. »Verzieh dich in die Hundehütte, alter Junge. Du frierst dir noch die Eier ab.«

Switch sprang herum wie ein Welpe und wedelte so heftig mit dem Schwanz, daß sein ganzer Körper wackelte. Ich ging hinüber zu den beiden und vergaß Trudy. Sie kam mir nach, und plötzlich kniete sie zwischen mir und Leonard und streckte die Hand aus, um Switch ebenso zu streicheln wie vorher Cal.

Switch setzte schnell und leise wie ein Pfeil zum Sprung nach ihren Fingern an. Leonard packte sie am Handgelenk und zog gerade noch ihre Finger zurück. Switch rammte seine Schnauze in den Zaun. Er packte ihn mit den Zähnen, zog an und ließ ihn dann zurückschnalzen. Schaum tropfte aus seinem Maul und spritzte auf die Hosenbeine meiner Jeans. Trudy war nicht mal Zeit zum Zusammenzucken geblieben.

Leonard ließ ihre Hand los, und Trudy machte einen Schritt weg vom Zaun. »Mein Gott! Was hat er denn?«

»Beschützerinstinkt«, antwortete Leonard. »Er duldet niemanden in meiner Nähe, den er nicht kennt. Dieser Hund und ich sind wahrscheinlich die einzigen Männer, die du nicht so becircen kannst, wie du gern möchtest.«

»Du hältst das wohl für komisch, was, Leonard?« sagte Trudy.

»Wenn er deine Finger erwischt hätte, hätte ich das nicht komisch gefunden. Aber so – ja, doch, ich find's komisch.«

»Steck dir deinen alten Köter sonst wo hin. Ich hoffe, er erfriert.«

»Dein Glück, daß ich nicht glaube, daß du das ernst meinst, Lady.«

Trudy drehte sich um und ging weg.

»Ein Glück, daß du Frauen nicht magst«, sagte ich, »du hast nämlich nicht gerade ein Händchen für sie.«

»Ich mag Frauen durchaus, ich mag sie nur nicht vögeln. Und mit der da mag ich überhaupt nichts machen. Meinst du, die Hunde werden frieren?«

»Was glaubst denn du? Aber so, wie du ihre Hütten gebaut hast, werden sie's aushalten. Die werden es wärmer haben als wir. Und wenn Calvin kommt, um sie zu füttern, und sieht, daß es ihnen nicht gut geht, wird ihm schon was einfallen.«

»Ja ... Denke ich auch.«

Dann saßen wir alle im Buick und tuckerten gemütlich vor uns hin. Leonard saß am Steuer und ich neben ihm, wobei ich mich gegen die Tür lehnte, als würde ich mich mit dem Gedanken tragen hinauszuspringen. Trudy saß hinten genau in der Mitte. Sie sah aus wie der gordische Knoten, so fest hatte sie Arme und Beine verschränkt.

Durch ein Loch im Bodenblech stieg Kohlenmonoxid ins Auto, und wir waren alle etwas benebelt. Die Scheibenwischer kämpften gegen Schnee und Eis, und die abgefahrenen Reifen pfiffen schon mal probeweise den Todesmarsch. Wir fuhren langsam und vorsichtig und ohne viel zu sprechen und kamen kurz nach Mittag in Marvel Creek an.

KAPITEL 7

Die Ausläufer der Stadt begannen schon vor dem Ortseingangsschild. Auf beiden Seiten des Highways reihte sich eine Bierpinte an die andere – baufällige Brandrisiken mit Neonbrezeln auf den Dächern und über den Eingängen.

An zwei der Pinten konnte ich mich noch gut erinnern: an den Roundup Club und an die Sweet White Lilly.

Als nächstes kam die lange, breite Brücke über den Fluß und dahinter das Ortseingangsschild mit dem Hinweis: 5606 Einwohner. Dann waren wir auf der Hauptstraße und rollten vorbei an geschlossenen Geschäften mit verriegelten Türen und mit Brettern zugenagelten Fenstern, an Tankstellen mit ölverschmierten Auffahrten und Männern mit schmierigen Baseballmützen, die gerade mit Einfüllstutzen oder platten Reifen herumhantierten.

Weiter stadteinwärts wurde es besser: offene Geschäfte und mehr Leute. Aber trotzdem machte der Ort einen trostlosen Eindruck. Nicht daß es eine aufstrebende Metropole gewesen wäre, als ich damals hier gelebt hatte.

Trudy dirigierte uns auf eine Straße mit Kopfsteinpflaster, die so glitschig wie Vaseline war, und wir fuhren an der Bank und nach einer Kurve am ehemaligen Piggly Wiggly vorbei, der jetzt Food Mart hieß. Dort hatte ich früher immer Cola und Erdnußtörtchen gekauft, war mit den Jungs rumgehangen, hatte geprahlt, wie viele Kämpfe ich angeblich schon bestanden und wie viele Mädchen ich angeblich schon flachgelegt hatte.

Wir glitten an Parkplätzen vorbei und an dem leeren Gelände, wo einst das Dairy Queen gestanden hatte und wo der alte Bob uns immer Schoko-Shakes mit mehr Wasser als Milch drin verkauft hatte. Dann ging es weiter den Highway runter und auf eine Asphaltstraße, die zurück in den Pinienwald führte, und schließlich eine glitschige Lehmstraße hinab, die bei einem kleinen Haus endete. Das Haus war verwittert und grau, und an den Seiten blätterten Farbreste wie geschmolzenes Kerzenwachs ab. Die vordere Veranda hatte Schlagseite nach Steuerbord, und der rauchende, bröselige Schornstein wurde nur noch von zehn Fuß hohen verzogenen Stützbalken halbwegs aufrecht gehalten. Der obere Teil des Schornsteins war vom Saft der Pinien so schwarz wie der Schatten des Teufels.

Rechts vom Haus parkten auf dem abgestorbenen Rasen ein roter, verbeulter Dodge-Minibus und ein gelbsuchtfarbener Volvo, dessen fehlendes linkes Vorderfenster durch ein Stück Karton ersetzt worden war. Die letzten beiden Buchstaben der Aufschrift auf dem Karton fehlten, trotzdem war erkennbar, daß es MONTGOMERY WARD hieß.

Leonard stellte den Motor ab, sah mich an und sagte: »Und ich dachte immer, *wir* leben wie der letzte Dreck.«

Ohne eine Wort zu sagen, stieg Trudy aus dem Auto. Wir blieben sitzen. Als sie die letzte Stufe der Veranda betrat, öffnete sich die Tür, und ein großer, gutaussehender blonder Mann mit leichtem Bauchansatz kam heraus. Er trug Jeans, eine graue Trainingsjacke und alte, knöchelhohe Tennisschuhe. Er nahm Trudy in die Arme und küßte sie auf eine Art, die deutlich mehr als nur freundschaftlich war.

»Flexibel, die Gute«, sagte Leonard. »Und weißt du was, Bruder? Er sieht besser aus als du.«

Der Mann, der wohl Howard sein mußte, sah zu uns herüber. Er sagte irgend etwas zu Trudy und kam die Treppe herunter. Wir stiegen aus, lehnten uns gegen die Motorhaube und versuchten, möglichst cool auszusehen.

»Das ist Howard«, stellte Trudy vor.

»Du mußt Hap sein«, sagte Howard. »Ich hab schon viel von dir gehört.«

Wir gaben uns die Hand.

»Und das ist Leonard«, sagte Trudy.

Man konnte Howard ansehen, daß er sich fragte, welche Rolle Leonard in dieser Geschichte spielte.

»So, du hast Trudy und Hap also hier raufgefahren. Du solltest zum Essen bleiben und dann erst zurückfahren. Ich koche meine berühmten Spaghetti.«

»Er ist mit dabei«, sagte ich.

»Aha«, sagte Howard und sah Trudy an.

Sie wich seinem Blick aus. »Er ist ein guter Schwimmer«, sagte sie. »Hap wollte ohne ihn nicht mitkommen. Die sind so was Ähnliches wie verheiratet.«

»Nur verlobt«, sagte Leonard, »wir sind noch beim Geschirr aussuchen.«

Howards Gesicht war vor Ärger leicht rot angelaufen. »So, du kannst also schwimmen, ja?«

»Wie ein gottverdammter Aal.«

Howard nickte und versuchte, freundlich zu bleiben. »Wo ist dein Auto, Trudy?«

»Bei Leonard. Ich wollte bei dem Glatteis nicht fahren.«

»Verstehe«, sagte Howard. »Wie wär's, wenn wir reingehen? Mir ist kalt.«

»Geht schon mal vor«, antwortete Leonard. »Ich rauche erst noch eine Pfeife. Hap leistet mir Gesellschaft.«

»Okay«, sagte Howard, legte den Arm um Trudy und ging mit ihr ins Haus. Er schien sie sehr fest an sich zu ziehen.

Als sie im Haus verschwunden waren, zog Leonard Pfeife und Tabak aus der Manteltasche, stopfte die Pfeife und zündete sie an.

»Ich weiß nicht, wie es dir geht, Hap, aber ich mag ihn. Ein süßer Junge. Ich war ihm gleich sympathisch, glaubst du nicht auch?«

»Ich glaube, du redest zuviel.«

»Du warst ihm auch gleich sympathisch, und er dir auch. Ihr hattet beide – wie soll ich sagen – so ein gewisses Leuchten in den Augen, als ihr euch zum ersten Mal angeschaut habt. Kommt wahrscheinlich daher, daß ihr dieselbe Frau vögelt.«

Wir lehnten noch etwa fünf Minuten an der Motorhaube, dann klopfte Leonard den Tabak aus der Pfeife und zertrat ihn. »Nun«, sagte er, »wie wär's, wenn wir reingehen und uns den Rest der Truppe anschauen? Ich hab das dumpfe Gefühl, die werden wir genauso lieben wie Howard.«

KAPITEL 8

Das Haus war warm und stickig, und in der Luft lag ein penetranter Weihrauchgeruch, der irgendeine Art von Gestank überdeckte.

Der Weihrauch kam aus dem hochgestreckten Rüssel eines kleinen braunen Keramik-Elefanten, der auf einem mit Wasserflecken übersäten Couchtisch stand. Als wahrscheinliche Quelle des Gestanks lokalisierte meine empfindliche Nase den Küchenabfall. Die Hitze kam von einem großen Butangasofen mit zerbrochenem Gitter und von einem kleinen Kamin, der dringend ausgeräumt werden mußte.

Die Wände waren mit ausgeblichenem, eingerissenem Zeitungspapier tapeziert, das sich stellenweise ablöste, und da, wo es ganz abgefallen war, sah man im Holz Pockennarben und das eine oder andere Loch, das mit zusammengeknülltem Toilettenpapier zugestopft war.

Im Raum standen eine Couch, deren Stoff gerade noch das einstmalige Blumenmuster erahnen ließ, und ein großer grüner Sessel, dessen Bezug an den Armlehnen bis aufs Holz abgewetzt war und aus dessen Polsterung Baumwollfetzen quollen, die an irgendein seltsames Tier erinnerten, dem nach einer Begegnung mit einem Auto die Gedärme heraushingen.

Außerdem standen ein paar Metallklappstühle herum, deren Sitze von Horden von Hintern silberglänzend poliert worden waren.

»Okay«, sagte Leonard, »wo stecken sie denn alle?«

Im selben Moment trat Howard durch eine der Türen ins Zimmer. Bevor er sie schloß, konnte ich noch einen Blick auf eine Küche mit einem fetttriefenden Kochherd, einem kugelförmigen Kühlschrank und rauchgelben, einstmals weißen Wänden erhaschen.

Mit dem Gestank hatte ich recht gehabt. Durch die offene Küchentür stürzte er wie ein Rabauke ins Wohnzimmer und schubste den Weihrauch herum. Howard schloß die Tür hinter sich und ging zur Mitte des Wohnzimmers. Er sah nervös und wütend aus, obwohl er versuchte, es sich nicht anmerken zu lassen, und überzeugt war, daß ihm das auch ganz gut gelang. Er rang sich ein freundliches Lächeln ab. Die Hände hatte er tief in den Hosentaschen vergraben, um sie ruhig zu halten, aber man sah, daß sie hin- und herstrampelten wie verängstigte Tiere, die man in einen Sack verschnürt hat.

»Trudy holt die anderen«, sagte er. »Die sind schon ganz scharf darauf, euch kennenzulernen.«

»Sicher nicht ganz so scharf wie wir auf sie«, antwortete Leonard.

Die Tür zum Flur öffnete sich und ersparte Howard eine Antwort. Trudy kam zusammen mit einem Schwall kühlerer Luft und einem fetten, käsigen Mann herein. Er hatte zottelige Haare, die nicht zu seiner beginnenden Stirnglatze paßten, und trug ein Batik-T-Shirt, ausgeblichene Jeans mit Rissen an den Knien, dikke weiße Socken und Arbeitsschuhe. Abgesehen von Haaren und Kleidung war er ein ziemlich unscheinbarer Typ: farblose Augen, kackbraunes Haar und ebenmäßige Gesichtszüge.

Bei dem Mann, der hinter ihm ins Zimmer kam, war die Kleidung das einzig Unauffällige: schwarzes T-Shirt mit aufgesetzter Tasche, Jeans und Laufschuhe.

Die rechte Hälfte seines Gesichts leuchtete in wütendem Rot, offensichtlich von Brandnarben. Seine Nase sah aus wie ein Klumpen geschmolzenes Kerzenwachs. Seine Lippen waren zwei dünne Linien purpurroten Leders. Wo einst das linke Ohr gewesen war, saß jetzt ein warzenartiger Fleischknubbel. Bis auf ein Haarbüschel über seinem rechten Ohr war er glatzköpfig, und dieses Ohr war so groß und aufgebläht, daß er locker Radio Free Europe damit empfangen konnte. Irgendwann mußte seine Kopfhaut abgerissen und wieder angenäht worden sein, und das nicht gerade von einem Spezialisten. Die Haut am Hinterkopf bauschte sich wie ein faltiges Einmannzelt.

Trudy wandte sich an mich und sagte: »Ich habe ihnen erklärt, daß du und Leonard mit dabei seid.«

»Allerdings spende ich meinen Anteil nicht für Wale oder sonstwas«, warf Leonard ein.

Trudy biß nicht an. Sie lernte allmählich, Leonard zu ignorieren, und das war auch besser so. Sie deutete auf den schwabbeligen Mann und sagte: »Das ist Chub.« Chub kam auf mich zu, reichte mir die Hand, und ich schüttelte sie. »Mein richtiger Name ist Charles«, sagte er, »aber jeder nennt mich Chub, weil ich ein bißchen pummelig bin.«

Ich wußte nicht, was ich darauf antworten sollte, also grinste ich nur wie ein Trottel. Chub wandte sich zu Leonard, gab ihm die Hand und sagte: »Trudy hat uns gerade erzählt, daß sie lange gezögert hat, dich in unsere Pläne einzuweihen, und ich wollte dir versichern, daß das nichts mit deiner Hautfarbe zu tun hat. So sind wir nicht. Wir treffen unsere Entscheidungen ganz individuell.«

»Hast du den Spruch auswendig gelernt?« fragte Leonard.

Chub grinste. »Deinen Spott kann ich akzeptieren. Ich habe schon vor Jahren gelernt: Es ist besser zu sagen, was du denkst und fühlst, als zu schweigen.«

»Chub war beim Psychiater«, sagte der verbrannte Mann, »und das reibt er uns dauernd unter die Nase.«

»Es hat mir auch viel gebracht«, erwiderte Chub. »Es gab mal Zeiten, da war es schmerzhaft und belastend, das fette Kind zu sein, beim Football als letzter gewählt zu werden, nie die hübschen Mädchen zu kriegen und nie bei den angesagten Jungs mitmachen zu dürfen. Sogar als Erwachsener hat mich das noch bedrückt. Aber durch die Analyse habe ich das hinter mir gelassen. Ich kann mich jetzt so akzeptieren, wie ich bin.«

»Tja, ich tue mich da nicht ganz so leicht«, sagte Leonard.

»Okay«, antwortete Chub, »gib's mir ruhig. Ich bin nicht beleidigt.«

»Bevor er es dir so gibt, daß alles zu spät ist, Chub«, sagte der verbrannte Mann, »stelle ich mich lieber vor. Ich bin Paco.«

»Paco und wie weiter?« fragte Leonard.

»Einfach Paco.«

Paco kam nicht zu uns herüber, um uns die Hände zu schütteln, und wir gingen auch nicht zu ihm. Ich stand da und fühlte mich ziemlich blöd. Leonard fühlte sich vermutlich eher angeekelt, und das zu Recht. Was gestern noch wie eine gute Idee geklungen hatte, schien jetzt kindisch und jämmerlich. Die Realität hatte uns eingeholt. Ich fühlte mich wie ein kleiner Junge, der Glücksritter gespielt hat, dem seine Mutter aber soeben befohlen hat, das Spielzeug wegzuräumen und zum Abendessen zu kommen.

Eine Zeitlang standen wir einfach so da. Dann sagte Leonard: »Will denn niemand mein Sternzeichen wissen?«

»Ich spüre da ganz viel Feindseligkeit in dir, Leonard«, sagte Chub. »Ich würde dich gern besser kennenlernen. Ich würde mich freuen, wenn du mich als deinen Freund betrachten würdest, als jemanden, mit dem du reden kannst. Wenn man über die Dinge redet, kann man eine Menge Druck loswerden.«

»Chub«, sagte Leonard, »dieser Analysescheiß mag ja für einen Hohlkopf wie dich ganz okay sein, aber wenn du mir noch einmal damit kommst, kannst du erleben, wie ich ein bißchen Dampf ablasse.«

Chub setzte schon zu einer Antwort an, überlegte es sich dann aber doch anders. Seine Lippen zuckten so heftig, als wären die Wörter lebendig und wollten unbedingt herausschlüpfen. Aber er hielt sie zurück. Leonard machte durchaus den Eindruck, als könne er gleich ein bißchen Dampf ablassen.

Einerseits tat mir der arme Chub leid, andererseits forderte er es geradezu heraus. Es war, als hätte er auf Stirn und Hintern *Tritt mich* eingraviert.

»Das fängt ja gut an«, mischte Howard sich ein. »Drohungen sind hier völlig überflüssig.«

»Wenn er redet wie jeder normale Mensch auch, soll es mir Recht sein, aber diesen Analysequatsch kann er sich selbst erzählen«, gab Leonard zurück.

»Wir werden miteinander arbeiten«, sagte Howard, »also sollten wir auch miteinander auskommen.«

»Stimmt schon«, bemerkte Paco, »aber vielleicht würde Chub ein kräftiger Schlag aufs Maul wirklich mal ganz gut tun. Mir geht er allmählich auch auf die Nerven.« Er heftete den Blick auf Chub. »Ein Wort darüber, daß meine sichtbaren Narben der Ausdruck meines inneren Erlebens sind, oder ein anderer blöder Spruch, und ich verspreche dir was Ähnliches wie Leonard.«

Chub steckte die Hände in die Hosentaschen und lächelte, um uns zu zeigen, daß er mit allem fertig wurde, was wir ihm an den Kopf warfen. Er war okay, jeder war okay.

»Gewalt lehnen wir ab«, sagte Howard. »Ich schlage vor, wir setzen uns jetzt alle hin, trinken oder rauchen was und reden über das Geschäftliche. Es gibt auch bald Essen.«

»Hört sich schon besser an«, sagte Leonard.

»Trudy«, sagte Howard, »hilfst du mir, die Getränke reintragen?« Und dann, an uns gewandt: »Die Auswahl ist nicht sehr groß. Cola, Bier und ein Rest Dickle Whisky. Wir haben auch noch ein bißchen Gras, falls jemand will.«

Chub wollte gar nichts. Ich entschied mich für Bier, Leonard und Paco für Whisky.

Ich schaute zu Trudy hinüber. Sie warf mir einen Blick zu, als wolle sie mich am liebsten mit dem Schädel an die Wand nageln. Mann, was hatte ich denn getan? Leonard war doch hier das Großmaul. Ich fand, ich hatte mich im großen und ganzen recht umgänglich gezeigt.

Ich lächelte sie an, aber sie ging nicht darauf ein. Sie drehte sich um, und Howard und sie verschwanden in der Küche und machten die Tür hinter sich zu. Paco ging auf Leonard zu, grinste und sagte: »Übrigens, großer Mann, was ist denn nun dein Sternzeichen?«

»Arschloch.«

»Das glaube ich sofort.«

Chub grinste. Er grinste über das ganze Gesicht. Er war zufrieden mit sich. Er fühlte sich in Einklang mit der Welt. Nur daß er so verkrampft lächelte, daß seine Wangenmuskeln zitterten.

Ich hörte, wie Howard in der Küche mit Trudy sprach. Obwohl ich nicht verstehen konnte, was er sagte, konnte ich dem Ton seiner Stimme entnehmen, daß Leonard und ich uns bereits recht unbeliebt gemacht hatten, oder vielleicht hatte Leonard sich für uns beide unbeliebt gemacht. Nicht, daß es irgendeine Rolle gespielt hätte. Jetzt, wo wir Bescheid wußten, mußten sie uns mitmachen lassen. Ich wußte nur nicht, ob es sich lohnte zu bleiben.

Wieder überkam mich das Gefühl, etwas durch und durch Dummes zu tun, und diesmal war es richtig heftig.

KAPITEL 9

Kurz darauf kamen Trudy und Howard mit den Getränken zurück. Ich setzte mich neben sie auf die Couch, Leonard nahm sich den kaputten Sessel, und Paco und Chub zogen zwei Klappstühle heran. Howard nippte an seinem Bier und erzählte uns noch einmal die ganze Geschichte von der Beute und der Geldwäsche, die wir am Tag zuvor schon von Trudy gehört hatten. Dann zauberte er ein Leuchten auf sein Gesicht und begann gestenreich zu schwadronieren, daß der Geist der 60er nicht sterben dürfe, daß mit dem Geld die Ideale von damals den Menschen wieder ins Bewußtsein gebracht werden könnten, daß die letzten Überlebenden jener großen Zeit nicht auf der Strecke bleiben dürften, und daß wir – im Gegensatz zu den Dinosauriern, mit denen man unsere Generation oft verglichen habe – durchaus nicht ausgestorben seien oder auch nur auf der Liste der gefährdeten Arten stünden, sondern daß wir einfach nur wie die Bären Winterschlaf gehalten hätten, und daß es jetzt an der Zeit sei, aufzuwachen und einen neuen produktiven Frühling zu beginnen.

Obwohl Howard so tat, als wende er sich sowohl an Leonard als auch an mich, war es ziemlich eindeutig, daß er vor allem mein Interesse zu wecken versuchte. Trudy hatte ihm von meiner Vergangenheit erzählt, von meinem Engagement in der *Bewegung*, und er glaubte, meine alte Batterie wieder aufladen zu können, wenn er nur die richtigen Worte fände.

Aber das gelang ihm nicht.

Ich war neugierig, was sie vorhatten, hatte aber das Gefühl, ich sollte besser nicht fragen. Damit würde ich nur eine weitere Front eröffnen. Sobald ich das geringste Interesse signalisierte, würden sie versuchen, ihren 60er-Virus in meinen Blutkreislauf einzuschleusen und mich unter ihre Fuchtel zu bekommen, und ich sah nicht ein, warum ich mir das antun sollte.

So wie Trudy mich anstarrte, war sie, so nehme ich an, überrascht und gleichzeitig auch angeekelt von mir. Ich weiß nicht, ob das an meinem Desinteresse an ihrem Vorhaben lag – was immer das sein mochte – oder daran, daß sie spürte, wie ihr die Kontrolle über mich entglitt.

Während Howards Abhandlung über die 60er und was sie ihm bedeuteten und uns allen bedeuten sollten, warf Chub gelegentlich ein »Genau!« ein, hielt aber ansonsten gnädigerweise die Klappe. Paco gähnte häufig, und Trudy versuchte, mich mit ihren Blicken zum Gehorsam zu zwingen. Ich versuchte, möglichst freundlich, aber etwas beschränkt dreinzuschauen wie ein Hund, der einem Gespräch über Nuklearphysik lauscht.

Als Howard zum dritten Mal mit immer anderen Worten die immer gleichen Argumente wiederholte, sagte Leonard: »Da es anscheinend noch etwas dauert, bis wir zum Geschäftlichen kommen, entschuldigt mich doch bitte. Denn wie der Bär, der nach dem Winterschlaf aus seinem Bau krabbelt und den ersten Anflug von Frühling in seinen Gedärmen verspürt, muß auch ich jetzt ein großes, fettes Ei legen. Wenn ihr zu dem Teil mit den Folk-Songs kommt, bin ich vielleicht zurück. *I Got a Hammer* habe ich ganz gut drauf.«

»Falsche Zeit«, sagte ich. »Die 60er, das sind die Beatles und die Doors.«

»Ich liege einfach immer daneben«, antwortete Leonard, »dabei gebe ich mir solche Mühe.« Er ging raus, um die Toilette zu suchen.

»Dein Freund scheint uns nicht sonderlich zu mögen«, sagte Howard.

»Das stimmt«, sagte ich. »Er war in den 60ern in keiner politischen Bewegung außer der, Kugeln aus dem Weg zu gehen und in Vietnam nicht den Hintern weggeschossen zu kriegen.«

Howard nickte, als würde ihm das einiges verständlich machen. »Ich nehme an, er kennt sich mit Waffen aus.«

»Ja, er hat in Vietnam ein oder zwei Orden gekriegt. Dafür hat er es nicht so mit gesellschaftlichen Umgangsformen und mit Bob-Dylan-Texten, und gelegentlich schwächelt er auch, wenn wir über das Ballett oder über die Geschichte des Marxismus diskutieren.«

»Ich habe den Eindruck, daß du dich auch nicht sonderlich für eine Wiederbelebung der 60er interessierst«, sagte Howard.

»Ich weiß gar nicht, wie du auf die Idee kommst, daß mich das interessieren könnte. Das heißt, ich kann's mir schon vorstellen. Aber was auch immer Trudy dir über mich erzählt hat, das ist alles längst vorbei. Ich finde dieses Gequatsche über die 60er nur noch peinlich. Du hörst dich an wie ein frisch gebackener College-Student, der endlich von Mama und Papa weg ist und gerade Gras und linke Politik entdeckt hat.«

»Die 60er waren eine gute und positive Zeit«, entgegnete Howard.

»Teilweise schon, teilweise aber auch nicht. Es waren eben die 60er. Heute kümmere ich mich nur noch um meine eigenen Angelegenheiten. Ich mache nur wegen des Geldes mit. Abgesehen davon werde ich das Gefühl nicht los, daß du mit deiner 60er-Jahre-Rhetorik bloß den Diebstahl zu rechtfertigen versuchst, und außerdem bist du für meinen Geschmack viel zu geheimnistuerisch. So wie du redest, habt ihr mehr Illegales vor, als ich gutheißen kann, und ich will auch gar nicht mehr darüber wissen. Ich will nicht wegen irgendwelcher idealistischer Ziele in den Knast wandern. Dieser ganze Blödsinn hat mir nichts gebracht, außer daß ich müde bin und von der Hand in den Mund leben muß. Ich will das Geld für mich ausgeben, und vielleicht schaffe ich es ja sogar, nicht erwischt zu werden. Ich werde irgendwohin gehen, wo das Wetter warm und der Whisky billig ist und wo es genügend willige Frauen gibt.« Ich warf Trudy einen Blick zu. »Frauen, die nichts anderes als heißen, klebrigen Sex wollen, irgendwo unten in Mexiko oder auf irgendeiner tropischen Insel, wo du mit nacktem Arsch rumlaufen kannst, und es keinen stört, wenn dein Schwanz gegen deine Schenkel klatscht, und wo dich niemand belästigt, solange du dich nicht in fremde Angelegenheiten mischst. Und ihr, ihr könnt euch von mir aus in den Kampf für die gute Sache stürzen, was immer das sein mag, aber ohne uns.«

Paco grinste, holte eine Schachtel Zigaretten heraus, steckte sich eine in den Mund und zündete sie sich mit einem billigen Feuerzeug an.

»Qualm uns nicht voll«, sagte Howard.

»Leck mich«, sagte Paco und blies den Rauch durch den Raum.

Eigentlich fand ich, daß Howard recht hatte, aber es gefiel mir, daß er sich ärgerte. Beinahe hätte ich Paco um eine Zigarette gebeten.

Howard seufzte und warf Trudy einen traurigen Blick zu. Da war er so ein cleverer, cooler Typ, und dann mußte er sich mit solch einem Haufen Trottel herumschlagen. Was sollte er bloß machen?

»Immer, wenn es darum geht, etwas zu verändern«, meldete sich jetzt Chub zu Wort, »gibt es da jemanden, der für den Status quo eintritt oder lieber weglaufen und alles auf die leichte Schulter nehmen will oder zu dem Ergebnis kommt, daß es am einfachsten ist ...«

Paco beugte sich zu Chub hinüber und gab ihm mit den Fingern einen Klaps auf den Kopf.

»Verdammt nochmal«, sagte Chub, »das war total kindisch, Paco. Wenn du wegen irgendwas frustriert bist, solltest du das ausdiskutieren, und nicht zurückgreifen auf ...«

Paco gab ihm einen weiteren Klaps, diesmal mit der Handinnenfläche. »Halt die Klappe, okay, Chub?«

»Auf wessen Seite stehst du eigentlich?« fragte Howard.

»Genau«, sagte Chub und rieb sich den Kopf.

»Auf gar keiner«, erwiderte Paco. »Ich kann nur Chubs Gelaber nicht mehr hören. Er redet, als wäre er der Größte. Himmel, laßt Hap doch einfach in Ruhe. Er hat kein Interesse. Laßt ihn und Leonard ihre Arbeit machen, und danach ziehen wir unseren Plan durch. Wenn sie das so wollen, sollten wir das auch so akzeptieren. Ihr klingt allmählich wie Wanderprediger, und die kann ich auf den Tod nicht ausstehen.«

»Amen.« Das kam von Leonard, der gerade von der Toilette zurückkehrte.

»Du siehst richtig erholt aus«, sagte ich. »Ich nehme an, du hattest eine produktive Sitzung?«

»Ungefähr vierfache Menge. Das war echt ein Meisterschiß.«

»Ich sehe schon, das führt hier zu nichts«, sagte Chub. »Ich zieh mich zurück, bis wir bereit sind, uns ernsthaft zu unterhalten.«

»Wir sagen nur, wie es ist«, antwortete Leonard. »Wolltest du das nicht, Chubby?«

»Ich muß mir das nicht antun«, erwiderte Chub und ging aus dem Zimmer.

»Schade, daß er geht«, sagte Leonard. »Seine Anwesenheit gibt allem so eine heitere Note. Aber nachdem er jetzt weg ist, gehe ich erst mal raus und rauche eine.«

»Danke, daß du nicht die Luft verpestet«, sagte Howard und blickte dabei Paco an.

Paco zauberte ein Lächeln auf sein häßliches Gesicht und rauchte weiter.

Leonard sagte: »Um deine Luft mache ich mir keine Gedanken. Aber um meine. In diesem Haus riecht es trotz des ganzen Scheißweihrauchs total vermodert. Davon habe ich in Vietnam genug mitgekriegt. Von Moder und von Weihrauch.«

Leonard ging hinaus.

»Ich glaube, ich gehe mit«, sagte Paco, stand auf, ging hinaus und schloß die Tür.

»Ich auch«, sagte ich und stand auf, um Paco hinterher zu gehen.

»Hap«, sagte Trudy, »wir müssen miteinander reden.«

Gott hatte gesprochen. »Müssen wir das?«

»Ich hab dir ja gleich gesagt, daß das keine gute Idee war«, wandte Howard sich an Trudy.

»Du weißt ja immer alles besser«, gab Trudy zurück.

»Eines weiß ich«, sagte Howard. »Ich weiß, daß das alles ganz und gar keine gute Idee ist. Vielleicht solltest du mehr mit deinem Gehirn denken als mit anderen Körperteilen.«

»Das sagt der Richtige«, antwortete Trudy. »Ich weiß doch genau, womit du denkst.«

»Womit du mich manipulierst, meinst du wohl.«

»Kinder«, sagte ich, »laßt uns nicht streiten.«

Howard stand auf und deutete mit seiner Bierdose auf mich. »Aber eins sag ich dir, du Großmaul.«

»Nur zu, solange ich noch an dein monotones Geschwafel gewöhnt bin. Nochmal höre ich mir das nicht an.«

»Du bildest dir ein, du kannst hier reinspazieren, alles über den Haufen werfen und dich wie der letzte Komiker aufführen. Aber da irrst du dich.«

»Ich will nichts über den Haufen werfen. Ich will nur nicht selbst über den Haufen geworfen werden.«

»Ich hab da so meine Zweifel. Vielleicht denkst du ja, Idealismus sei blöd oder kindisch oder nostalgisch oder nur etwas für Weicheier. Aber Idealismus ist mehr als das. Und auch wir sind mehr als das.«

»Ich bin sicher, die Geschichtsbücher werden euch lobend erwähnen. Howard spendete das Geld, das er gestohlen hatte, für die Rettung der Wale. Er war ein guter Mensch. Hap gab seinen Anteil für Wein, Wärme und Weiber aus. Er war ein schlechter Mensch. Leonard kaufte alle Hank-Williams-Platten, die er auftreiben konnte. Er war ein ganz schlechter Mensch.«

»Wale? Wieso Wale?« fragte Howard. »Niemand hat irgendwas von Walen gesagt.«

»Halt die Klappe«, sagte Trudy, »du bist ja betrunken.«

»Ich hab bloß ein Bier getrunken.«

»Du bist doch schon besoffen, wenn du an einem Bier bloß riechst.«

»Hör mal, Howard«, mischte ich mich ein, »ich will euch hier keinen Ärger machen. Vielleicht hast du Angst, daß ich dir Trudy wegnehmen will ...«

»Trudy gehört mir nicht. Sie entscheidet selbst, was sie tun will.«

»Ja, aber es paßt dir nicht, daß sie wieder mit mir geschlafen hat.«

»Hap«, sagte Trudy, »sei still.«

»Und du weißt ganz genau, daß wir miteinander geschlafen haben, oder hast du etwa geglaubt, daß sie nur zu mir gefahren ist, um mir von euren Plänen zu erzählen? Wir haben gevögelt, bis uns die Augen aus dem Kopf gequollen sind.«

»Wie Howard schon sagte, Hap, ich bin nicht sein Besitz. Und deiner auch nicht.«

»Und da bin ich auch verdammt froh drüber«, antwortete ich.

Was Howard bisher nur angenommen hatte, wußte er nun definitiv. Theoretisch mochte es ja okay sein, aber tatsächlich ging es ihm unter die Haut wie eine Horde Sandflöhe.

»Das spielt doch keine Rolle«, sagte er, aber es klang nicht sehr überzeugend. »Sie ist eine erwachsene Frau. Und nicht meine Marionette.«

»Aber du bist ihre Marionette. Und ich kenne mich da aus. Mir hatte sie ihre Fäden durch den ganzen Körper gezogen und dann an den Knochen verknotet. Ein paar von den Fäden sind vielleicht sogar noch da. Genügend jedenfalls, daß ich hier den wilden Hengst markiere, und bei dir ist es genauso.«

»Ich sage ja nur, daß du nicht hier reinspazieren und uns ausreden kannst, woran wir glauben und was wir vorhaben. Das ist alles. Ich sage rein gar nichts über Trudy und mich oder über Trudy und dich.«

»Ich glaube, du tust die ganze Zeit genau das. Aus allem, was du sagst, sprechen dein Herz und dein Schwanz. Wie ich schon sagte, damit kenne ich mich aus.«

»Du hast doch nicht die geringste Ahnung. Du und dieser andere Typ – ihr denkt, ihr hättet die Weisheit mit Löffeln gefressen! Dabei wißt ihr überhaupt nichts.«

»Lassen wir's gut sein. Ich kann's nicht mehr hören. Also dann eben nicht die Wale. Setzt euch doch ein, wofür ihr wollt, für Menschen oder Tiere oder nukleare Abrüstung, und schöne Grüße an die Jungs in Leavenworth.«

»Fahr zur Hölle.« Howard bewegte sich leicht schwankend um den Tisch herum auf mich zu. Das bißchen Alkohol hatte ihm ganz schön zugesetzt. Vielleicht hatte es aber auch nur das Faß zum Überlaufen gebracht und er hatte vorher schon ordentlich gebechert. Wenn ich an seiner Stelle gewesen wäre und gewußt hätte, daß Trudy – obwohl sie eigentlich bei mir sein sollte – ein paar Tage zu einem ihrer Ex-Männer gefahren war, hätte ich mich auch betrunken. An dem Punkt war ich auch schon mal gewesen.

Er kam um den Tisch herum und stieß mich heftig gegen die Brust. Dabei machte er den Fehler, seine Hand nicht schnell genug zurückzuziehen, also legte ich meine Hand auf seinen Handrücken, hielt sie an meine Brust gepreßt und beugte mich nach vorn. Howard ging in die Knie. Der Trick war kinderleicht, aber zum Kuckuck, er hatte schließlich angefangen.

»Hör auf, Hap«, sagte Trudy. »Laß ihn los.«

Ich ließ ihn los. Trudy beugte sich zu ihm hinunter, legte den Arm um ihn und versuchte, ihn hochzuhieven. Er schüttelte sie ab und stand aus eigener Kraft auf.

Er zeigte mit dem Finger auf mich, aber er stand nicht mehr so nah bei mir wie vorher. »Versuch das mal, wenn ich nicht getrunken habe.«

»Okay.«

»Verdammt, was rede ich da bloß. Jetzt steige ich schon auf deine Machospielchen ein. Ich habe keinen Bock auf so was. Ich leg mich jetzt hin. Mir reicht's mit diesem ganzen Schwachsinn.«

Ohne allzu sehr zu schwanken, ging er zur hinteren Tür und verschwand. Vielleicht hatten er und Chub dahinten ein spezielles Schmollzimmer. Mit ein paar Platten aus den 60ern.

»Zufrieden?« fragte Trudy.

»Halbwegs.«

KAPITEL 10

Geweckt wurde ich von Vogelgesang und Kälte. Die Stimme des Vogels klang ziemlich jämmerlich, und die Kälte war geradezu kriminell.

Ich lag auf der hinteren Veranda des kleinen Hauses, die irgendwann einmal mit Fliegengitter umzäunt worden war. Das Fliegengitter war noch da, aber um aus der Veranda eine Art Zimmer zu machen, hatte man rundum mehrere Schichten Pappkarton an das Gitter genagelt. Im Sommer mochte das ganz gut funktionieren, aber im Winter – speziell in so einem Winter – brachte es nicht viel.

Ich fragte mich, wer wohl auf die Idee gekommen war, die Veranda so auszukleiden, Vermieter oder Mieter. Vermutlich eher die Mieter. Ein Vermieter, der Leuten so ein Loch andrehte, schien mir nicht der Typ, der sich über Pappkartonisolierungen Gedanken machte.

Ursprünglich hatten Leonard und ich in der Küche auf dem Boden geschlafen. Bei offener Ofentür machte der Herd den kleinen Raum mollig warm. Aber als ich mitten in der Nacht aufwachte, war ich schweißgebadet und bekam kaum noch Luft. Ich öffnete die Tür zur hinteren Veranda, und dadurch wurde es ein bißchen besser, aber die Küchenluft war immer noch mit giftigem Butangas getränkt. Ich gab Leonard mit den Zehen einen Stups und sagte ihm, daß ich auf die Veranda umziehen würde, und daß er besser mitkommen solle, wenn er nicht am nächsten Tag in der Leichenhalle von Marble Creek aufwachen wolle.

Da lag ich nun also in einem alten Schlafsack unter ein paar eisverkrusteten Decken. Unter dem Schlafsack befanden sich ein paar zerrissene Kartons – vermutlich Überreste der Innendekoration – und die Falzstellen dieser Kartons hatten sich durch den Schlafsack in meinen Rücken gebohrt. Ich hatte immer noch meine Klamotten an, und die Socken waren ganz dampfig vom Vortagsschweiß. Mein Körper war steif wie Beton.

Ich drehte mich auf die Seite und sah Leonard in der Küchentür sitzen. Er hatte sich eine Decke um die Schultern gelegt, zitterte und sah mich auf eine Art an, die man nur als unfreundlich bezeichnen konnte. Aus Mund und Nasenlöchern schnaubte er weiße Wölkchen, und seine Augen waren enge Schlitze.

»Ich hab mich von dir ja schon zu so manchem Scheiß überreden lassen, Hap«, zeterte er los, »aber das hier ist der absolute Oberscheiß. Diese Idioten kannst du doch komplett vergessen. Ich könnte mich in den Arsch beißen.«

»Guten Morgen.«

»Chub schwirrt irgendwo in anderen Dimensionen herum, und Howard ist von Trudy so indoktriniert, daß er nicht weiß, ob er scheißen oder kotzen soll.«

»Und über Paco hast du nichts zu meckern? Du willst doch wohl niemanden diskriminieren?«

»Den kann ich überhaupt nicht einschätzen. Er scheint gar nicht richtig dazuzugehören. Er ist so normal.«

»Du redest nur nett über ihn, weil er mit dir zum Rauchen auf die Veranda gegangen ist.«

»Das wird's sein.«

»Leonard, die sind ein bißchen durchgeknallt, aber sie meinen es gut. Wenn es Leute wie sie nicht gäbe, würden die Schwarzen immer noch aus Brunnen trinken, an denen *Farbige* steht, und in Restaurants würde man ihnen das Essen durch einen kleinen Schlitz auf der Rückseite reichen.«

»Du redest schon wie der Fettsack.«

»Er ist ein Clown, aber er hat das Herz am rechten Fleck.«

»Als nächstes wirst du mir was von Frauenemanzipation erzählen. Und daß die Schwulen viel mehr unterdrückt wurden, bevor Leute wie die da und Leute wie du daherkamen. Ihr habt ja sogar den Krieg beendet.«

»Stimmt alles.«

»Und wieso zum Teufel bist du dann gestern nicht auf ihren Scheiß eingestiegen? Sie haben doch jeden denkbaren Köder ausgeworfen.«

»Ich denke, es liegt an ihrer Art. Dieses Päpstlicher-als-der-Papst-Getue, das mehr nach Show als nach sonst irgendwas klingt.«

»Du hast doch gerade gesagt, das käme alles von Herzen.«

Ich hasse es, wenn man mich in Widersprüche verwickelt.

»Fick dich doch selbst, Leonard.«

»Würde ich ja gerne. Wenn ich eine Beziehung mit einem richtig tollen Mann wollte, wäre ich vermutlich meine erste Wahl. Aber mein Schwanz ist dafür ein paar Zentimeter zu kurz. Ich spür ihn gern bis zur Leber rauf.«

»Wie lange willst du mich jetzt eigentlich noch blöd zulabern?«

»Ich bin gleich fertig. Was ich dir verklickern will, ist, daß du dich nicht dauernd für alles mögliche engagieren kannst. Ja, Schwarze und Frauen und Schwule haben es heute einfacher, aber es waren auch die Schwarzen und die Frauen und die Schwulen, die das durchgesetzt haben, nicht so Versager wie dieser Haufen da drin. Nachdem die Schwarzen die Schnauze voll hatten und auf die Straße gingen und sich die Köpfe einschlagen ließen, da kamen die Weißen und die Heteros angerannt, um zu helfen, und bei den Schwulen und bei den Frauen war es genauso. Dabei hätten die weißen Heteros immer schon die Macht gehabt, was zu ändern.«

»Nicht alle Weißen und nicht alle Heteros haben Machtpositionen inne, falls du das noch nicht bemerkt hast.«

»Sparen wir uns das auf, bis wir das nächste Mal bei *Meet the Nation* oder irgend so was auftreten.«

»Gerne. Mit ist viel zu kalt zum Diskutieren, und wenn ich versuchen würde, dir einen Arschtritt zu verpassen, würde mir der Fuß abbrechen.«

»Oder ich würde ihn dir abbrechen. Nachdem das also nun geklärt ist: Laß uns abhauen, bevor die Weltverbesserer aufstehen.« Leonard warf einen Blick auf seine Uhr. »Es ist sechs Uhr und ich bin hungrig. Paco meinte, in der Stadt gäbe es ein recht gutes Frühstückslokal.«

»Vielleicht können wir uns auch hier was machen.«

»Im Kühlschrank sind nur eine Packung Spaghetti und drei Bier. Die Schränke sind abgesehen von ein paar Küchenschaben leer.«

Wir verließen leise das Haus, stiegen in Leonards Wagen, und nach ein paar vergeblichen Versuchen sprang der Motor schließlich an. Als wir losfuhren, stellte ich mir Trudy und Howard zusammen im Bett vor, und ich fühlte mich so, wie Howard sich gefühlt haben mußte, als sie bei mir war.

Deprimiert.

Ich stellte mir vor, wie sie da in ihrem Bett lagen, wie sie wach wurde und sich ihm hingab, wie sie sich dann wusch und zur Arbeit ging (wo immer das war), und wie er zu seiner Arbeit ging (falls er eine hatte). Dann stellte ich mir vor, wie sie nach einem anstrengenden Tag nach Hause kamen und Pläne schmiedeten, in denen sie gestohlenes Geld für irgendeine gute Sache stehlen wollten. Wie in den 60ern, in der Fernsehserie *Ozzie and Harriet*.

Die Vorstellung gefiel mir. Sie war köstlich. Sie waren ein tolles Paar mit hochfliegenden Idealen. Ich hoffte, in ihrem Schlafzimmer war es so kalt, daß ihr die Möse zufror. Manchmal bin ich eben etwas kindisch.

KAPITEL 11

Wir fuhren in die Stadt und suchten das kleine Café namens Bill's Kettle, das Paco uns empfohlen hatte. Während meiner Zeit in Marvel Creek hatte es das Café noch nicht gegeben. Damals befand sich an dieser Stelle ein Zeitschriften- und Zigarettenladen. Bei der Dame, die ihn betrieb, durfte ich immer die Comics lesen, ohne sie kaufen zu müssen. Ich war der einzige, der das durfte.

Obwohl das Gebäude mit dem Café wesentlich jünger sein mußte als das, in dem damals der Zeitschriftenladen war, sah es deutlich älter aus. Es sah aus, als würde es nur von Rauch und Küchenfett zusammengehalten. Die großen Fensterscheiben waren so schmutzig, daß man kaum hindurchschauen konnte. Irgend jemand hatte versucht, sie von außen zu putzen, hatte sich dabei aber nicht die Mühe gemacht, die Seife abzuwaschen. Die Scheiben sahen aus wie nach einem Halloween-Streich.

Drinnen war es auch nicht besser. Die Böden waren abgenutzt und dreckig und die Tische nur oberflächlich abgewischt. An einem Tisch saßen zwei Männer und aßen. Sie musterten uns und nickten. Weiter hinten nippte ein Mann an seinem Kaffee und starrte vor sich hin. Am Tresen saß eine fette, blonde Frau in abgewetzter grüner Stretchhose. Sie warf uns einen kurzen Blick zu und widmete sich dann wieder ihrem Kaffee und ihrer Zigarette. Sie sagte irgend etwas zu dem dünnen Mann mit den öligen Haaren, der hinter dem Tresen stand, und er rang sich ein Lachen ab. Er hörte sich an wie ein Leukämiepatient, der alles daran setzt, unbeschwert zu klingen.

Wir setzten uns und vermieden es, die Arme auf den Tisch zu legen. Die fette Blondine wälzte sich von ihrem Stuhl herunter und brachte uns zwei Speisekarten. Ganz schön hinterhältig, wenn die Bedienung sich so gut an die Gäste anpaßt.

Wir bestellten, und gerade, als uns das Essen gebracht wurde, kam Paco herein. Er trug ausgewaschene Khakihosen und eine blaue Baseballmütze. Die Mütze verbarg einen Teil seines häßlichen Kopfes. Niemand starrte ihn an. Alle gaben sich Mühe, nicht zu starren, das konnte man richtig spüren.

Er sah uns, lächelte, und sein Lächeln war wirklich schön. Das war aber auch das einzige Schöne an ihm.

Er kam an unseren Tisch, und Leonard rückte ein Stück zur Seite, damit Paco sich neben ihn setzen konnte. Wir brachten das übliche Begrüßungsgelaber hinter uns, und die Bedienung erhob sich achselzuckend vom Stuhl, kam mit der Zigarette im Mund zu uns herübergeschlendert und nuschelte Paco um die Kippe herum an, was er wolle.

»Sie hat dir nicht mal ’ne Speisekarte gebracht«, sagte Leonard.

»Ich bestelle immer dasselbe. Pfannkuchen. Daß sie überhaupt noch nachfragt, ist mehr ein Ritual.«

Zu meiner Überraschung war das Essen richtig gut. Als ich gerade mit einem Stück Toast die letzten Reste der Eier vom Teller aufwischte, lächelte Paco mich an und sagte: »Die Bude hier sieht aus wie eine Kloake, aber was aus der Küche kommt, könnte glatt als Ambrosia durchgehen. Da steht einer an den Töpfen, der genau weiß, worum es beim Kochen geht.«

Als auch Paco mit Essen fertig war, fragte ich: »Wovon lebt ihr eigentlich, du und die anderen? Ist Trudy die einzige, die Arbeit hat?«

»Mit der Visage krieg ich nicht so leicht einen Job in einem Laden oder Büro«, antwortete Paco. »Niemand will mich den ganzen Tag anschauen müssen. Ich arbeite mal hier, mal da. Meistens auf den Feldern oder sonst wo an der frischen Luft. Manchmal auch Sachen, die nicht legal oder jedenfalls nicht ganz legal sind. Zur Zeit bin ich sozusagen zwischen zwei Jobs.

Trudy arbeitet im Dairy Palace im Osten der Stadt. Sie verkauft Hamburger. Aber geht da bloß nicht hin. Der Fraß ist ungenießbar. Howard arbeitet an der Tankstelle. Er tankt die Wagen auf, wechselt Reifen, repariert Platten und schleppt liegengebliebene Autos ab. Er versucht, sich mit dem Besitzer anzufreunden, damit er den Abschleppwagen abends mitnehmen darf. Er hat zu dem Typen gesagt, daß ihn seine Frau – Trudy firmiert als seine Ehefrau – dann nicht extra abholen muß. Er denkt, daß er den Besitzer bald soweit hat und daß wir mit dem Abschleppwagen dann eines Nachmittags das Boot rausziehen können.«

»Wenn es das Boot gibt«, warf Leonard ein.

»Zweifel lasse ich gar nicht erst aufkommen. Das Boot ist da.«

»Wenn du dich auf etwas einläßt, dann bist du Feuer und Flamme, genau wie Trudy«, sagte ich.

»So Feuer und Flamme ist die gar nicht«, sagte Paco. »Sie möchte immer gern, aber es klappt nie. Ich kenne sie nicht so gut, wie Howard oder vielleicht auch du sie kennen, aber ich kenne diesen Typ von Frau. Ich habe sie über euch beide reden hören, und ich habe Howard reden hören, und ich sehe, wie fertig du bist, Hap, und da denke ich mir so meinen Teil. Ich vermute mal, sie ist nicht der Typ für längere Geschichten. Sie sammelt gern Zweige und Zunder fürs Feuer, sie entfacht es auch gern, aber sie will nicht dabei sein, wenn es richtig heiß wird und kräftig raucht. Bis dahin ist sie längst über alle Berge und sammelt neue Zweige, entzündet neue Feuer und läuft schon wieder fort, bevor es richtig losgeht. Und immer bleibt jemand zurück, der sich um das Feuer kümmern muß, der die ganze Hitze und den ganzen Rauch abkriegt und darin verglüht. Sie hat ein Händchen dafür, immer wieder Typen aufzutreiben, die bereitwillig den Märtyrer für sie spielen und die bis zum Schluß hoffen, daß sie zurückkommt und mit ihnen gemeinsam verglüht.«

»Genau das versuche ich diesem Clown hier schon seit Jahren zu verklickern«, sagte Leonard. »Ich erkenne einen Scheißsukkubus, wenn ich einen sehe.«

»Und du, Paco, was ist deine Geschichte?« fragte ich. »Engagierst du dich einfach nur für die gute Sache?«

»Ich engagiere mich nicht. Außer für mich selbst. Ich will nur so viel wie möglich aus der Sache rausholen.«

»Das leuchtet mir sofort ein«, sagte Leonard. »Aber warum hängst du dann mit diesen Deppen rum?«

»Ich bin auch ein Depp. Oder war es zumindest mal. Inzwischen bin ich schlauer geworden. Ich bin wie ein riesiger Lastwagen, der mit hoher Geschwindigkeit und ohne Bremsen unterwegs ist – der Schaltknüppel ist abgebrochen, es geht bergab, das Gefälle wird immer steiler. Ich will anhalten, kann aber nicht. Ich muß weiterfahren. Entweder fliege ich von der Straße, oder ich komme den Berg runter und rolle sanft aus. Ich kann nur hoffen, daß ich keinen Unfall baue.«

»Und Chub?« fragte ich.

»Der stammt aus einer reichen Familie. Er hing mit Leuten rum, die mit dem System unzufrieden waren. Bei denen fühlte er sich akzeptiert. In der Birne ist er immer noch achtzehn oder zwanzig. Er ist nie dabei, wenn's hart auf hart geht, er redet sich das nur gern ein. Er war immer ein Wochenend-Revoluzzer, aber jetzt hat er sich total darauf versteift, an dieses Geld zu kommen. Er will damit gegen die Ungerechtigkeit kämpfen. Seine Familie verleugnet ihn inzwischen, aber vorher haben sie ihm noch einen ordentlichen Batzen Geld überwiesen. Sie hatten gehofft, er nutzt es, um Arzt zu werden. Über die Jahre hinweg hat er das meiste für irgendeinen guten Zweck gespendet, und vom Rest lebt er immer noch. Er hat jede Menge Abschlüsse. Er kennt sich mit Medizin aus, obwohl er nie als Arzt praktiziert hat. Er wollte nicht als Arzt arbeiten, weil er überzeugt war, dann wäre er Teil des Establishments. Idealismus ist für ihn das, was für andere Spinner Religion ist oder *Star Trek.*«

»Deine Rolle bei der ganzen Sache ist mir immer noch nicht ganz klar«, sagte ich.

»Wenn wir das Geld haben, tue ich vielleicht nicht, was sie von mir erwarten. Aber ich sehe nicht ein, warum ich Wellen schlagen soll, bevor wir das Boot überhaupt haben. Wenn wir zusammenarbeiten, können wir das Geld vielleicht rausholen. Wenn sie wüßten, daß ich andere Pläne habe, würden sie mich vielleicht übers Ohr hauen. Ich kann ja schlecht zur Polizei gehen und mich beschweren, daß ich verschaukelt worden bin. Und selbst wenn, würde ich's nicht tun. Ich hab schon genug Probleme mit den Bullen.«

»Wie wäre es, wenn du uns das ein bißchen genauer erzählst?« sagte Leonard.

»Schließlich wollen wir gemeinsam ein paar Gesetze brechen, warum also nicht?«

Paco holte Zigaretten und Feuerzeug heraus und zündete sich eine an. Er sah sich um. Die fette blonde Bedienung war vom Tresen verschwunden, vermutlich war sie irgendwo im Hinterzimmer. Der Typ an der Kasse starrte aus dem schmierigen Fenster. Wir waren inzwischen die einzigen Gäste.

»Ich bin bei den Bullen kein unbeschriebenes Blatt«, sagte Paco. »Die 60er Jahre waren schuld daran. Beziehungsweise ich und die 60er, aber es macht nicht gerade Spaß, sich allein verantwortlich zu fühlen, selbst wenn du weißt, daß es deine Schuld war. Also war es eben die Zeit damals, und ihr könnt das ja gern anders sehen, wenn ihr wollt.

Ich habe '68 Abitur gemacht und bin an die University of Texas gegangen. Die Dinge waren damals ganz schön am Kochen, wegen dem Krieg und allem. Damals hatte ich noch ein Gesicht. Ich war nicht gerade ein Adonis, aber ich sah auch nicht schlecht aus. Jetzt kann ich Vögel aus hundert Metern Entfernung verscheuchen. Aber damals war mein Gesicht ganz okay und ich wahrscheinlich auch. Voller Lügen über das Leben und alles, wie wir alle damals. Aber dann fing ich an, ein paar Dinge zu kapieren. Allmählich kam ich zu dem Ergebnis, daß das, was man uns über das Leben erzählt hatte, völliger Quatsch war. Wenn man sich so und so verhält, kommt das und das dabei raus. So einfach ist das. Heute weiß ich das, aber damals gab es für mich nur Liebe und Frieden und Schluß mit dem Krieg, Bürgerrechte und Frauenrechte. Ich habe geglaubt, ich könnte jeden dazu bringen, genau hinzuschauen und zu kapieren, wie es sein könnte, und dann würde sie die Erkenntnis wie ein Blitzschlag treffen.

Ich hab so das Gefühl, du weißt, wovon ich rede, Hap. Ich erkenne einen aus der Bahn geworfenen Altrevoluzzer, wenn ich einen sehe.«

»Da hast du ihn ganz richtig eingeordnet«, bemerkte Leonard grinsend.

»Ruhe auf den billigen Plätzen«, sagte ich.

»Na, jedenfalls, kaum bin ich auf dem College, bin ich auch schon Mr. Durchblick persönlich. Ich werde es allen zeigen. Ich weiß, wie die Welt funktioniert, und ich werde ihr die Verkleidung herunterreißen und alle hineinschauen lassen, damit sie das Getriebe sehen können, und sobald sie das tun, läuft alles wie von selbst. Wir kippen ein bißchen Öl hinein, aber wenn man die Funktionsweise erst mal heraus hat, ist alles kein Geheimnis mehr. Alle können friedlich zusammenleben und sich lieben, kein Problem.

Aber als ich die Verkleidung schließlich runter hatte und auf das Getriebe schaute, sah ich, daß die Maschine sehr viel komplizierter war, als ich zunächst angenommen hatte. Es reichte nicht, mal kurz einen Blick darauf zu werfen. Ich mußte rein in die Maschine und sie genau studieren, Mechaniker werden. Mußte ein paar Dinge verändern, damit sie einfacher wurden. Ich dachte, so könnte es gehen. Und ich glaubte, wenn ich wieder aus der Maschine herauskäme, würde sie leicht und gut geölt vor sich hin schnurren, so wie sie das eigentlich sollte. Ohne Vorurteile und Kriege und Sexismus. Die Menschen würden Tiere gut behandeln, ihr Werkzeug verleihen und die Schlösser von den Türen abschrauben.«

Ich nickte. »Love and Peace.«

»Genau. Also beschloß ich, mich mit den anderen Mechanikern zusammenzutun. Das waren Leute mit den richtigen Vorstellungen, wißt ihr, die wie ich runter in diese Maschine und ein bißchen dran rumschrauben wollten. Diese Maschinen-Metapher stammt von ihnen, und deshalb nannten sie sich auch *Die Mechaniker*. Vielleicht habt ihr nicht viel von ihnen mitbekommen, aber sie waren umtriebig wie Ameisen.«

»Ich hab von ihnen gehört«, sagte ich. »Am Anfang haben sie versucht, Leute dazu zu bringen, sich in die Wählerlisten einzutragen. Sie wollten das Demokratieverständnis stärken. Dann hat sich die Gruppe aufgesplittert. Die, die sich weiterhin die *Mechaniker* nannten, waren der radikale Ableger, ähnlich wie die *Weathermen*, die sich von den *Studenten für eine demokratische Gesellschaft* abgespalten hatten.«

»Stimmt genau. Ohne ihren früheren Anführer lösten sich die Splittergrüppchen alle ziemlich bald auf. Er war ein ziemlich charismatischer Typ, hatte ganz unten in der Organisation angefangen, wurde aber innerhalb kürzester Zeit ihr Anführer. Einige der Mitläufer spalteten sich ab und versuchten, eigene Gruppen zu bilden, aber die Hartgesottenen blieben ihm treu. Er war derjenige, der alles zusammenhalten und die *Mechaniker* auf Kurs halten konnte.

Also packten die *Mechaniker* ihren Universalschraubenschlüssel aus und machten sich an die Arbeit. Zur Hölle mit dem ganzen Demokratiescheiß, die Antworten liegen auf der Straße. Manche Dinge muß man erst zerstören, um sie neu und anders zusammenbauen zu können. Wir gingen in den Untergrund. Wir besorgten uns Waffen und überfielen alles, wo unserer Ansicht nach die Menschenrechte mißachtet wurden oder man den Vietnamkrieg unterstützte. Es gab 'ne Menge Ziele. Angefangen haben wir mit Bombenattentaten auf ein paar Offiziersschulen in Texas. Dann sind wir in andere Staaten weitergezogen. Wir waren dauernd unterwegs, und egal, wo wir waren, wir wurden nie verhaftet. Mit Kriminellen unseren Schlags hatte das FBI bis dahin noch nicht zu tun gehabt. Kluge Leute mit einem klugen Anführer. Wir hatten ein Ziel, und niemand ist so gefährlich wie ein Fanatiker – und Fanatiker waren wir mit Leib und Seele.«

»Wie viele wart ihr denn überhaupt?« fragte Leonard.

»Zuerst zwölf. Dann haben wir hier und da an den Unis ein paar Leute dazugewonnen. Wir hatten ein ziemlich raffiniertes Anwerbesystem. Wir waren selbst Studenten gewesen, also wußten wir, wie und wo wir die richtigen Leute treffen konnten – Leute mit ähnlicher politischer Gesinnung. Wir machten sie heiß, fütterten sie mit radikalen Ideen wie mit Pudding. Der Anführer der *Mechaniker* hatte den Scheiß besonders gut drauf. Er hielt sich für einen ganz großen Redner, einen erleuchteten Supermacker. Außerdem war es ziemlich hilfreich, daß damals jedes College-Kind unbedingt Che Guevara werden wollte.

Wir machten unsere Arbeit gut. Wir wußten, wie man Dokumente fälscht und sich neue Identitäten besorgt. Wir machten jeden Job, den wir kriegen konnten, gaben wenig aus, zogen oft um. Meistens blieben wir in der Nähe von Colleges; an den größeren kannst du alles Mögliche umsonst kriegen. Wenn du nicht allzu sehr auffällst und eher spartanisch lebst, kannst du ganz gut von anderer Leute Arbeit leben. Und wir fanden das okay so. Wir sahen uns als Leute, die die kapitalistische Gesellschaft bescheißen.«

Die ganze Zeit war mir ein Name auf der Zunge gelegen, und jetzt klickte es in meinem Kopf. »Gabriel Lane«, sagte ich. »So hieß der Anführer der *Mechaniker*. Verdammt nochmal! Das bist du, Paco, stimmt's?«

»Das ist lange her. Jetzt bin ich Paco und das bleibe ich, bis sie eines Tages meine Leiche in irgendeinem billigen Motel finden und in ein Armengrab karren.«

»Ich finde, ihr Typen habt totale Scheiße gebaut«, sagte Leonard. »Mit dem, was ihr gemacht habt.«

»Wir hatten schon die richtigen Ideen, aber irgendwie haben wir uns verheddert, und das Ganze lief mehr und mehr aus dem Ruder. Ein unschuldiger Passant stirbt, als wir eine kapitalistische Bank ausbomben oder eine Militärschule – Mann, das ist echt hart, aber so was kommt vor. Der Zweck heiligt die Mittel. Wir hätten die Leute für Liebe und Frieden in die Luft gejagt.«

»Aber offiziell bist du doch tot«, sagte ich. »Angeblich bist du bei einer Explosion ums Leben gekommen, wenn ich mich recht erinnere.«

»Ich seh vielleicht aus wie nach einer Explosion, aber – hier sitze ich vor euch, rede und rauche und erfreue euch und führe euch zu neuen Ufern.«

»Ich bin schon vom anderen Ufer. Das reicht mir vorne und hinten.«

»Vom anderen Ufer? Heißt das das, was ich glaube, daß es heißt?«

»Ich ficke Männer. War das deutlich genug?«

»Ich glaube schon.«

»Und bei euren Aktionen sind also Leute ums Leben gekommen?« fragte ich.

»Ja. Gegen Ende verloren wir auch ein paar von unseren eigenen Leuten. Polizisten – oder Bullenschweine, wie man sie damals nannte – umstellten ein Haus in Chicago, in dem sich vier *Mechaniker* aufhielten. Ich war damals gerade unterwegs, um Waffen zu kaufen. Zwei aus der Gruppe waren mit dabei. Ich weiß nicht mehr, was der Rest getan hat. Um es kurz zu machen: Die Bullen hatten Wind davon bekommen, wo wir uns aufhielten, stürmten das Haus und töteten alle vier. Unter ihnen Bobbie Remart. Sie war damals eine der meistgesuchten Terroristinnen. Direkt unter mir auf der FBI-Liste. Sie war so etwas wie meine Stellvertreterin. Und meine Geliebte. Ab da war das Ganze nicht mehr politisch, sondern persönlich.«

»Du mußt dich ja ganz schön mies fühlen wegen dem ganzen Scheiß«, sagte Leonard. »Ich meine, ich hab in Vietnam Schlitzaugen umgebracht, und das war schließlich auch mein Job. Ich dachte, ich kämpfe für mein Land, tue, was getan werden muß. Ich seh das auch immer noch so. Aber ich habe es trotzdem gehaßt. Aber ihr ... Ich weiß nicht.«

»Du siehst gar nicht so aus, als könntest du Leute umbringen«, sagte ich.

»Das soll wohl ein Scherz sein. Ich seh doch aus wie eine wandelnde Leiche. Aber ich versteh schon, was du sagen willst. Paß auf. Du bist doch viel rumgekommen, also solltest du eigentlich wissen, daß man nicht immer nur nach dem Äußeren gehen kann. Schau etwas lang genug an, und allmählich verändert es sein Aussehen. Wenn du mich lang genug anschaust, entdeckst du vielleicht auch etwas, was dir jetzt noch nicht auffällt. Egal, von meinem alten Ich ist nichts mehr übrig, das garantiere ich dir. Damals war ich jedenfalls überzeugt, daß wir das Richtige taten. So wie du geglaubt hast, Leonard, dein Einsatz in Vietnam wäre richtig. Wir hielten uns für Patrioten. Zumindest bis das mit Bobbie passierte. Danach war ich wie etwas Ausgestopftes, das sich bewegt. Richtig und falsch waren nur noch Wörter. Ich konnte den Unterschied nicht mehr erkennen, konnte nicht mehr sagen, auf welcher Seite ich mich befand. Diese Trennlinie ist mir schon lange abhanden gekommen, und die kommt auch nicht mehr zurück.

Wie auch immer. Wir versteckten uns in einem Haus in Chicago, und ich ließ die *Mechaniker* eine Bombe bauen, mit der wir weiß der Teufel was in die Luft sprengen wollten. Ich überwachte das Ganze. Wißt ihr, ich hatte ihnen beigebracht, wie man Bomben baut, und ich wollte ihnen klar machen, daß ich immer noch das Sagen hatte. Sasha war diejenige, die gerade an der Bombe arbeitete, und der Rest der Gruppe assistierte. Sie behandelten sie auf eine Art, die mich ein bißchen eifersüchtig machte. Sasha hatte einen starken Willen und war noch nicht lange bei uns, aber die *Mechaniker* wandten sich nicht mehr so oft an mich wie früher. Sie stahl mir immer öfter die Show. Ich wollte ihr zeigen, wo ihr Platz war, versteht ihr? Ich sah ihr über die Schulter, und sie machte alles ganz richtig, arbeitete auch sicher, aber wie ich schon sagte, ich mußte den großen Daddy raushängen lassen, also sagte ich irgendwas in der Art, sie müsse vorsichtiger sein, und sie wollte das nicht auf sich sitzen lassen. Sie war die einzige, die mir die Stirn bieten konnte. Die mein Ego durchschaute. Die wußte, wie völlig am Ende ich seit Bobbies Tod war. Sie hatte längst vor, mich auszubooten, dessen war ich mir sicher. Und sie hätte es auch durchziehen können. Sie glaubte noch an den Sinn unserer Aktionen. Sie wußte, daß meine Tage als Anführer gezählt waren, daß ich ausgebrannt war und nur noch wie ein Roboter funktionierte. Sie wollte sich von mir nichts mehr sagen lassen. Sie drehte sich zu mir um und sagte mir, wo ich mir meinen Rat hinstecken könne. Dadurch war sie abgelenkt.

Die falschen Drähte müssen sich berührt haben. Im nächsten Moment war alles hell und heiß, Steine und Glas regneten auf mich herab und ich wälzte mich in Trümmern. Mein Ego und die Explosion hatten mir einen Arschtritt verpaßt.

Als ich wieder zu mir kam, lag ich draußen in einem Erdloch. Das Haus hatte sich über die ganze Umgebung verteilt. Meine Ohren klingelten, und die kalte Luft kühlte mich rasch aus. Die Explosion hatte das gesamte Gebäude einstürzen lassen, und durch irgendein gottverdammtes Wunder, vielleicht weil Sasha direkt vor mir gestanden hatte, war ich nach draußen geschleudert worden. Ich hatte Verbrennungen, aber die Explosion hatte ich überlebt.

Als ich feststellte, daß ich gehen konnte, verdrückte ich mich und versteckte mich drei oder vier Tage unter einer Veranda. Die Leute, denen das Haus gehörte, haben davon nie was erfahren. Als das Klingeln in meinen Ohren aufhörte, konnte ich die Bewohner kommen und gehen und fernsehen hören. Ein Hund kroch unter die Veranda und schlief bei mir. Das machte ich die meiste Zeit. Schlafen. Und ich hatte Schmerzen. Tierische Schmerzen. Es war kalt damals, richtig Winter, nicht so wie hier gerade, sondern richtig kalt. Ich hatte mir bei der Explosion so schwere Brandwunden zugezogen, daß mir die Kälte sogar gut tat, obwohl ich am ganzen Körper zitterte und mich todkrank fühlte. Die Kälte hat mir vielleicht das Leben gerettet, ich weiß es nicht.

Sobald ich mich kräftig genug fühlte, verließ ich eines Nachts mein Versteck, wankte zu einem Telefonhäuschen und brach den Telefonkasten auf, damit ich ohne Geld telefonieren konnte. Gib mir eine Haarnadel und ich kann dir auch ein Flugzeug kurzschließen. Ich rief einen Sympathisanten an, der mich abholte. Als er mich sah, mußte er würgen und sich übergeben.

Ich muß aber auch wirklich ein Anblick gewesen sein. Die Haut weggebrannt, die Schädeldecke offen, das Gesicht voller Dreck und nur noch ein Ohr. Ich sah aus wie ein Hackbraten auf Beinen. Als ich sah, wie der Typ auf mich reagierte, hab ich mir gewünscht, die Bombe hätte mich erwischt. Das wünsch ich mir immer noch.

Um es kurz zu machen: Er brachte mich zu Chub. Chub verfügte nicht über das Material, das er für einen Fall wie mich gebraucht hätte. Bis dahin hatte er vor allem unsere Schußwunden behandelt, und das waren auch immer nur kleinere gewesen, und jetzt saß ich da mit offener Schädeldecke, Verbrennungen fast am ganzen Körper, und er hatte gerade mal eine Grundausstattung. Er hat mich so gut zusammengeflickt, wie er konnte, das muß ich ihm lassen. Er ließ mich bei sich wohnen, bis es mir besser ging. Wahrscheinlich sollte ich der Meinung sein, daß ich ihm was schulde. Bin ich aber nicht. Ich kann den fetten Blödmann nicht mal leiden. Er hat mir geholfen, wieder auf die Beine zu kommen, aber dafür hab ich ihm auch ein Erfolgserlebnis verschafft. Ich denke also, wir sind quitt. Tatsächlich betrachte ich mich seit damals mit allem und jedem als quitt.

Chub kümmerte sich darum, daß ich bei ein paar anderen Leuten aus der Bewegung unterkam. Einer von ihnen war Howard. Er lebte damals in Austin, und ich wollte zurück nach Texas und mich ausruhen, um mich später, wenn es mir besser ging, wieder in den Kampf zu stürzen. Zumindest sagte ich das, aber ich wußte, es war vorbei. Der ganze bescheuerte Traum war vorbei.

Etwa ein Jahr lang wurde ich von einem Sympathisanten zum nächsten weitergereicht, wie eine Art exotisches Haustier, das letzte einer aussterbenden Rasse. Der edle, verwundete Held, der sein Gesicht für die Sache geopfert hatte.

Nach und nach gab es immer weniger Leute, bei denen ich bleiben konnte. Einen Flüchtling aus den alten Zeiten aufzunehmen, war nicht länger romantisch. Gesetze zu brechen und mit der Gefahr zu flirten, machte keinen Spaß mehr. Die Leute mußten ihre Kinder zum Fußball fahren und im Elternbeirat mitarbeiten. Die wirklich Radikalen saßen im Knast. Die *Weathermen* hatten das Handtuch geworfen, und bei der Explosion waren alle *Mechaniker* außer mir ums Leben gekommen.

Natürlich gab es überall im Land immer noch ein paar Leute vom alten Schlag, die mich bei sich wohnen ließen, aber die wollten auch nur noch diskutieren und nichts mehr unternehmen. Im Grunde war ich für sie nur eine ärgerliche Erinnerung an alte Zeiten. Die Zeiten, wo man noch Mist gebaut hatte, waren vorbei. Gabriel Lane war erledigt.«

»Dann versteckst du dich vor der Polizei?« fragte Leonard.

»Nicht direkt, aber ich will auch nichts mit ihnen zu tun haben. Falls das FBI vermutet, daß ich noch lebe, dann sagen sie es zumindest nicht laut. Damals sind so viele Körperteile rumgeflogen, da haben sie wahrscheinlich angenommen, daß es uns alle erwischt hatte. Aber verlassen will ich mich darauf nicht unbedingt.«

Paco griff sich in den Mund, nahm seine obere Zahnreihe heraus und legte sie auf den Tisch. Soviel zu seinem schönen Lächeln – es war falsch. Mit dem Loch, das das Herausnehmen der Prothese hinterlassen hatte, sah er wirklich grauenhaft aus.

»Meine richtigen habe ich bei der Explosion verloren. Chub hat mir dann diese gebastelt. Der Fettsack kennt sich in Medizin aus, egal ob es um Menschen oder Tiere geht, und von Zahnmedizin versteht er auch 'ne Menge. Das muß man ihm lassen. Diese Zähne habe ich jetzt bestimmt schon zwanzig Jahre.«

Er setzte das Gebiß wieder ein und befestigte es an den hinteren Backenzähnen. »Ich hab dann ein bißchen rumgegammelt, in ein paar Büchern und Zeitschriften Artikel über mich gelesen, über meinen Tod und all das, und bin zu dem Ergebnis gekommen, daß unsere Aktionen nicht gerade die Welt aus den Angeln gehoben hatten. Wir haben ein paar Gebäude in die Luft gesprengt, ein paar Leute umgebracht, und ich hab kein Gesicht mehr.«

»Und wie bist du dann in diese Sache mit Howard und Chub reingeraten?« fragte ich.

»Nur wegen der Kohle. Howard hat sich mit mir in Verbindung gesetzt. Er glaubt, jetzt, nachdem er im Knast war, kennt er sich aus und ist ein Intellektueller von der ganz harten Sorte. Er will die 60er wieder zum Leben erwecken. Alle Macht dem Volk und der ganze Schrott. Er glaubt, mit dem Geld schafft er den großen Durchbruch. Aber er meinte, dafür bräuchte er Hilfe, also hat er ein paar Leute angerufen, die mich kennen, damit sie mir Bescheid sagen, wenn ich das nächste Mal vorbeikomme. Was nicht ganz einfach ist, weil ich nach einem ganz eigenen Rhythmus lebe. Ich bleibe, solange ich Arbeit oder Lust habe. Egal, irgendwie kriege ich mit, daß Howard was plant, bei dem ich vielleicht einsteigen will. Etwas, womit man was Sinnvolles tun könne. Wie in den alten Zeiten. Außerdem war von Geld die Rede, und das ließ mich aufhorchen.

Hinter all dem steckt natürlich Trudy. Das sieht man sofort. Ich kenne diesen Typ Frau. Howard erzählt ihr von dem Geld, vermutlich eines Nachts, nachdem er bei ihr einen weggesteckt hat, und wie sie da so liegen und in ihren Träumen von den 60ern schwelgen, hat Trudy eine Idee. Am nächsten Morgen fängt Howard an, nach mir Ausschau zu halten, überzeugt, das sei alles auf seinem Mist gewachsen. Er wendet sich an Chub, den er auch von früher her kennt. Wir zwei machen nicht viel her, aber wir sind alles, was ihm aus den 60ern geblieben ist.

Ich höre mir also die ganze Sache an und überlege, wie ich selbst am besten dabei abschneiden kann. Ich kann nicht für den Rest meines Lebens mal hier und mal dort arbeiten, also mache ich mit. Aber nicht wegen irgendeines hehren Ziels.«

»Und so sind wir alle hier versammelt«, sagte Leonard.

»Verdammt nochmal, jetzt werde ich doch allmählich neugierig«, sagte ich. »Was haben sie denn nun vor mit dem Geld?«

Paco grinste mich mit seinen falschen Zähnen an. »Glaub mir, laß lieber die Finger davon. Nimm das Geld, so wie ich auch, und verdrück dich. Ich garantiere dir, das ist das beste, was du tun kannst.«

Kapitel 12

Am nächsten Tag klarte das Wetter auf. Es wurde nicht gerade warm, aber wenigstens war es nicht mehr so bitterkalt. Es war einfach nur kalt, aber ohne Neuschnee oder eisigen Wind. Der Himmel war so flach wie Schiefer und hatte die Farbe von abgesplittertem Feuerstein. Leonard und ich fuhren mit seinem Wagen runter in die Bottoms. Ich wollte die Eiserne Brücke finden, das Geld bergen, die ganze Sache zu Ende bringen; wollte weg von diesem ekelhaften Winter und von Trudy, dem 60er-Geschwafel und Pacos schiefgelaufener Revolution.

Zwar lag das Haus, in dem wir uns aufhielten, am Waldrand, aber nicht in dem Teil von Marvel Creek, den man die Bottoms nennt. Die Bottoms, das ist Tiefland mit vielen Bäumen, Wasser, Tieren und Pflanzen, das im Lauf der Jahre immer weiter zurückgedrängt wurde. Die Zivilisation hat die Ausläufer der Bottoms mit Asphalt und Beton platt gewalzt, und kleine weiße Holzhäuser und ein paar zweistöckige Ziegelhäuser mit Sonnenschutzscheiben waren dort aus dem Boden geschossen. Die Grills in den Vorgärten sahen aus wie Marsmenschen, die darauf warten, daß das Eis endlich schmilzt und es Sommer wird, damit sie wieder Feuer in ihren Eingeweiden spüren. Satellitenschüsseln holten Spielfilme und schlechte Talkshows aus dem Äther herein, und Hunde, denen es zu kalt war, um zu bellen oder Autos nachzujagen, kauerten unter Veranden oder in Hundehütten und schauten uns nach.

Dahinter lagen die Bottoms. Zwar fingen sie jetzt erst weit außerhalb der Stadt an, aber es gab sie noch. Mit den Everglades in Florida oder den großen Sümpfen in Louisiana waren sie nicht vergleichbar. Sie waren lange nicht so weitläufig, aber sie bestanden aus großartigen Wäldern und tiefen Gewässern, und sie waren schön, undurchdringlich und voller Geheimnisse – für die einen ein Wunder, für andere eine Bedrohung.

Wir fuhren, bis der Asphalt aufhörte und die Häuser spärlicher und armseliger wurden. Es sah aus, als hätte Dorothys Tornado sie über die Landschaft verstreut. Die Straße wich rotem Lehm, und der Geruch der Bottoms drang trotz geschlossener Fenster ins Auto: nasser Dreck, verrottende Vegetation, ein Hauch von Fisch vom dreckigen Sabine River, der Gestank nach etwas Totem, das vor sich hin modert.

Winter war nicht die beste Jahreszeit, um sich in den Bottoms aufzuhalten. Anders als im Frühjahr war alles nackt und kahl. Die Nadelbäume waren grün, aber fast alle anderen Bäume, die Eichen zum Beispiel, standen hemdsärmlig da. Im Frühjahr legten sie ihr Laubkleid wieder an, dann wuchs und blühte hier alles, und Vögel flatterten von Baum zu Baum wie Christbaumschmuck, der sich in der Jahreszeit vertan hat. Dann waren die Blätter grün und saftig, und Kletterpflanzen schlängelten sich wie kilometerlange dünne Anakondas an jedem Baum hoch und überall über den Boden – ein gutes Versteck für Schlangen. Wenn ich mir so überlegte, wie undurchdringlich die Vegetation im Frühjahr sein würde und wie viele Schlangen dann unterwegs wären, schien mir der fiese kalte Winter doch zu etwas Nutze zu sein. Zum Beispiel dazu, Leonard und mich an ein bißchen Kohle kommen zu lassen.

Auch wenn jetzt Winter war – die Gegend war faszinierend. Als ich in Marvel Creek aufwuchs, hieß es immer, wenn man sich nur lange genug dort unten aufhalte, geschehe etwas Schlimmes.

Vielleicht. Aber es geschahen auch ein paar schöne Dinge. Ich fing Fische im Sabine River und schwamm nackt mit Rosa Mae Flood. Als ich sechzehn, siebzehn, achtzehn war, parkte ich meinen Wagen dort unten und verwandelte die Rückbank in ein Motel. Ich schlief nicht nur mit Rosa Mae, sondern auch mit anderen tollen Mädchen, an die ich mich bis heute gern zurückerinnere. Mädchen, die mir das Gefühl gaben, ein Mann zu sein, und denen ich hoffentlich das Gefühl gab, eine Frau zu sein, zumindest zeitweise.

Inzwischen hatte sich die Lehmstraße in Matsch verwandelt, und wir mußten langsam und vorsichtig fahren. Schließlich sagte Leonard: »Hier unten bräuchten wir was Besseres. Vierradantrieb vielleicht. Wir werden noch steckenbleiben.«

»Tja, wir können ja in die Stadt zurückfahren und zwei Autos kaufen. Eins für dich und eins für mich. Vielleicht kriegen wir sogar welche in den passenden Farben.«

»Ich habe ja nur gesagt, daß Vierradantrieb sinnvoll wäre.«

»Wir bleiben schon nicht stecken, Leonard. Wir beide sind die Größten. Was wir uns vornehmen, schaffen wir auch.«

»Klar.«

Wir fuhren vorsichtig weiter, und ich versuchte, irgendwelche Orientierungspunkte auszumachen, aber ich fand einfach keine. Alles hatte sich verändert. Allmählich beschlich mich das ungute Gefühl, daß ich genauso wenig wußte, wo die Eiserne Brücke war, wie Trudy und ihre Jungs. Ich fragte mich, ob überhaupt noch irgendwer wußte, wo sie war. Ich konnte mich nur noch erinnern, daß sie nicht am Fluß selbst stand, sondern weit drinnen in den Bottoms an einer Stelle, die wie die Kulisse für einen Tarzan-Film aussah.

»Hast du irgendeine Vorstellung, wo wir gerade hinfahren?« fragte Leonard.

»Klar. Du kennst mich doch. Ich verirre mich nie. Ich ...«

»Du bist nur ein bißchen desorientiert. Spar dir den Quatsch. Ich seh doch, daß du nicht die geringste Ahnung hast, wo wir gerade sind.«

»Es wird mir schon wieder einfallen.«

Wir fuhren die Lehmstraße weiter und bogen ab und zu auf kleinere Nebenstraßen ein, die sich entweder im Wald verliefen oder am Flußufer endeten. Einige von ihnen waren so schmal, daß wir rückwärts wieder rausfahren mußten. Manchmal mußten wir ganz schön weit rückwärts fahren. Leonard war begeistert. Er kannte mehr Schimpfwörter, als ich ihm zugetraut hätte, und dabei hielt ich ihn eh schon für den Weltmeister im Fluchen.

Etwa gegen Mittag, wir hatten gerade auf dem Hauptweg einen Hügel überquert, hörten wir plötzlich ein Geräusch, als ob verkrampfte Gedärme sich auf einen Schlag entspannen, und der Wagen rutschte nach rechts weg.

Ein geplatzter Reifen.

Leonard versuchte gegenzusteuern, aber der Wagen gehorchte ihm nicht mehr. Das Eis auf den Lehmstraßen machte die Sache auch nicht besser. Der rechte hintere Kotflügel krachte mit einem lauten Schlag gegen einen Amberbaum, und mein Sitzgurt schnappte mich und zurrte mich fest.

Wir stiegen aus.

Das Auto hatte nicht viel abgekriegt. »Ich finde, so sieht's sogar besser aus«, sagte ich.

»Erinnere mich, daß ich deinem alten Laster ein paar Tritte verpasse, wenn wir wieder zu Hause sind. Wo dir Beulen doch so gut gefallen.«

»Während du den Reifen wechselst, werde ich mich ein bißchen umschauen. Irgendwie kommt mir die Gegend hier sehr bekannt vor.«

»So, jetzt kommt's dir auf einmal bekannt vor. Kaum geht es ans Reifenwechseln, schon kennst du die Gegend wie deine Westentasche.«

»Ich hab nur gesagt, daß sie mir irgendwie bekannt vorkommt. Ich bin gleich wieder da.«

»Wann ist gleich?«

»Ungefähr dann, wenn ich mir sicher sein kann, daß du mit dem Reifenwechsel fertig bist.«

Die Gegend war mir völlig unbekannt, aber was soll's, ich hasse es, Reifen zu wechseln, und die Reifen hassen mich genauso. Im Laufe der Jahre habe ich mir so manches Mal aufgerissene Fingerknöchel geholt und so manchen Sprung zur Seite gemacht, wenn mal wieder der Wagenheber wegrutschte.

Meine Fähigkeiten als Mechaniker sind begrenzt. Ich kann Luft in die Reifen pumpen, Wasser in den Kühler füllen, das Wasser in der Batterie kontrollieren, das Kühlerwasser ablassen, Öl kontrollieren und nachfüllen und tanken. Bei allem anderen stelle ich mich an wie der letzte Idiot.

Ich lief ein bißchen durch die Gegend und hoffte, ich würde auf irgend etwas stoßen, das mir bekannt vorkam, aber vergeblich. Ich ging zurück zum Wagen. Leonard hatte inzwischen den Ersatzreifen aufgezogen und ließ gerade den Wagen runter.

»Alles klar soweit?« fragte ich.

»Jetzt weiß ich endlich, warum du mit 'nem Schwarzen rumhängst. Damit dir jemand den Reifen wechselt, wenn du mal 'nen Platten hast.«

»Ist doch dein Auto.«

»Und deine Schuld, daß ich hier bin.«

»Okay, du hast mich durchschaut. Ich hab's gern, wenn mir ein Schwarzer den Reifen wechselt.«

»Und dich rumchauffiert.«

»Genau, und mich rumchauffiert. Ich finde, die Eingeborenen sollten wissen, wo ihr Platz ist.«

»Du haben recht, Boss, und ich stolz, dein Diener sein.«

»Ich weiß nicht, wie ... wie ich dir das jetzt beibringen soll, Leonard, aber ich gebe mich nur mit Schwarzen ab, wenn ich keinen Filipino auftreiben kann.«

»Zieh die Schrauben fest. Du kommst hier nicht raus, ohne deinen Beitrag zu leisten.«

Er legte den Wagenheber in den Kofferraum und reichte mir den Schraubenschlüssel. Während ich die Schrauben festzog, sagte er: »Wir könnten nach Hause fahren. Wir bräuchten nicht mal unsere paar Habseligkeiten zu holen. Einfach abhauen und den ganzen Scheiß vergessen.«

»Könnten wir«, sagte ich. Nachdem ich derjenige war, der uns in diese Situation gebracht hatte, wollte ich es nicht gern zugeben, aber genau das war mir auch schon durch den Kopf gegangen.

»Wir könnten in den Knast wandern, wenn das Geld nicht so sauber ist, wie Howard das annimmt.«

»Wenn da überhaupt Geld ist.«

»Aber auf den Rosenfeldern ist jetzt auch nichts los, und andere Arbeit gibt es zur Zeit auch nicht ...«

»Drecksarbeit gibt es überall«, sagte Leonard. »Ist ja nicht so, daß wir hochqualifiziert sind.«

Ich drehte die letzte Schraube fest, legte den Schraubenschlüssel wieder in den Kofferraum, verstaute den kaputten Reifen zwischen den Sauerstoffflaschen und den Taucheranzügen und klappte den Deckel zu.

»Ich überlaß es dir, Leonard. Egal, wie du dich entscheidest, ich bin dabei.«

Er ließ es sich durch den Kopf gehen. »Jetzt mal ehrlich, kommt dir irgend etwas hier unten bekannt vor?«

»Ich kann mich an die Lehmstraße erinnern, auf der wir hier runtergefahren sind. Aber davon abgesehen könnte ich mich auch auf dem Mond befinden.«

»Das klingt nicht gerade ermutigend.«

»Nein.«

Er grübelte eine Zeitlang vor sich hin und sagte schließlich:

»Weißt du was, wir geben der Sache noch – vielleicht drei Tage. Bis dahin solltest du dich an irgendwas erinnern. Wenn du was wiedererkennst, können wir noch ein paar Tage dranhängen. Falls wir die Brücke finden, schauen wir uns dort ein paar Tage um, wenn wir dann noch Bock haben. Aber wenn wir dann nicht ziemlich bald das Boot oder zumindest Spuren vom Boot finden, fahren wir nach Hause.«

»Einverstanden.«

Kapitel 13

Kurz bevor es dunkel wurde, fuhren wir zurück nach Marvel Creek, hielten bei Bill's Kettle, aßen Hamburger, kauften in einem Billigladen eine Sechserpackung Lone Star und fuhren zurück zum Hippie-Nest, wie Leonard das Haus getauft hatte.

Unterwegs stießen wir auf den gelbsuchtfarbenen Volvo, der im Hof des Hippie-Nestes lebte, folgten ihm zum Haus und stellten uns hinter ihn.

Howard stieg aus. Wir blieben sitzen, tranken unser Bier und starrten ihn an wie Außerirdische, die durch das Schott ihrer Untertasse eine niedere Rasse betrachten.

Er trug ölverschmierte blaue Arbeitsklamotten mit einem Aufnäher auf der linken Hemdtasche. Aus der Entfernung konnte ich es nicht erkennen, aber ich war mir sicher, daß sein Name auf den Aufnäher gestickt war.

Einen Moment lang sah er zu uns herüber, dann ging er ins Haus.

»War scheint's ein harter Tag an seinem guten alten Arbeitsplatz«, sagte ich.

»Ich nehme an, dir geht's wie mir. Ich kann mich einfach nicht entscheiden, wen ich lieber mag: ihn oder Chub.«

»Ja, zwei ausgesprochene Charismatiker.«

Wir gingen nach drinnen. Paco saß auf einem der Klappstühle und grinste uns mit seinen falschen Zähnen an. Trudy saß mit überkreuzten Beinen auf der Couch. Sie sah aus, als könne sie mit dem Arschloch Walnüsse knacken.

Obwohl es keinen Grund dafür gab, fühlte ich mich schuldig. Ich kam mir vor wie ein Ehemann, dessen Frau gerade Kondome in seiner Brieftasche entdeckt hat.

Das Schuldgefühl ließ schlagartig nach, als Howard und Chub ins Zimmer kamen. Chub war mir egal. Er konnte nichts dafür, daß er ein Blödmann war. Aber Howard hatte diesen Status ganz aus eigener Kraft erreicht.

Chub ließ sich auf der Couch nieder. Howard blieb mitten im Raum stehen, verschränkte die Arme und starrte uns an. Seine Augen schweiften ein wenig nach rechts, um sich der Aufmerksamkeit seiner Zuschauer zu vergewissern. Der Lehrer würde jetzt ein Exempel statuieren.

Ich verspürte das dringende Bedürfnis, ihm mein Knie in die Eier zu rammen.

»Ich dachte, wir hätten geklärt, daß ihr mit uns zusammenarbeitet«, sagte er.

»Haben wir vergessen, auszustempeln, oder was ist los?« fragte Leonard.

»Ihr wollt zwar nichts mit uns zu tun haben, aber ihr habt gesagt, ihr wollt den Job machen. Wir hatten heute 'ne Menge zu tun. Ganz normale Arbeit zum Beispiel.«

Leonard sah mich an. »Normale Arbeit, Hap?«

»Nicht, was du schon wieder denkst. Er meint das, was man früher, in den Beatnik-Zeiten, Spießerjobs genannt hat.«

»Aha«, sagte Leonard.

»Das ist überhaupt nicht lustig«, sagte Howard. »Chub hat einiges für uns erledigt. Aber wir hatten keine Ahnung, wo ihr beide steckt. Es gab da ein paar Sachen, die wir heute morgen hätten besprechen müssen. Jeder hier hat seine Arbeit gemacht, nur ihr beide nicht.«

»Du hast noch nicht gesagt, was Paco heute gemacht hat«, sagte ich.

Pacos Grinsen wurde noch breiter. Armer Kerl. Mit den tollen weißen Zähnen in dem verbrannten Gesicht sah er ein bißchen wie ein ausgedörrter Barrakuda aus.

»Ich glaube, manche werden hier bevorzugt«, sagte Leonard. »Das kann ich überhaupt nicht ab.«

»Paco hat schon genug geleistet«, entgegnete Howard. »Aber was ihr zwei treibt, würde mich wirklich interessieren. Außer Bier saufen, wie man riechen kann.«

»Und, kannst du auch riechen, wie viele es waren?« fragte ich. »Es ist ja schon beeindruckend, wenn du Bier auf die Entfernung überhaupt riechen kannst, aber wenn du jetzt noch weißt, wieviele es waren ...«

»Und welche Marke«, fügte Leonard hinzu.

»Es hat keinen Zweck, mit ihnen zu reden, wenn sie so drauf sind«, sagte Trudy. »Die machen so weiter, bis du die Nase voll hast oder durchdrehst. Mit Idioten läßt sich nicht diskutieren.«

»Idioten?« sagte Leonard. »Das ist jetzt aber wirklich unhöflich.«

»Ich glaube, ihr zwei packt jetzt am besten eure sieben Sachen und verschwindet«, sagte Howard.

»Wann wir gehen, entscheiden immer noch wir«, erwiderte ich.

»Und wenn wir bleiben«, nahm Leonard den Faden auf, »sind wir dir trotzdem keine Rechenschaft schuldig. Du bist nur irgendein Kerl, den wir nicht kennen, das ist alles.«

»Außerdem«, sagte ich, »waren wir, während ihr euch darüber aufgeregt habt, was wir wohl treiben, unten in den Bottoms und haben die Eiserne Brücke gesucht.«

»Und?« fragte Chub.

»Wir haben sie nicht gefunden«, antwortete ich. »Wir geben der ganzen Sache noch drei Tage. Wenn ich sie bis dahin nicht gefunden habe, hauen wir vermutlich ab. Dann könnt ihr machen, was ihr wollt. Wir werden euch nicht verpfeifen oder so. Unseren Segen habt ihr.«

»Ist dir irgend etwas bekannt vorgekommen?« fragte Trudy.

»Nein. Aber es ist auch lange her, seit ich da unten war. Das Problem ließe sich natürlich leicht lösen. Ich könnte einfach jemanden fragen. Einen Klassenkameraden oder einen von den Alten. Wenn von euch jemand fragen würde, würde das vielleicht seltsam wirken, weil ihr nicht aus der Gegend hier seid. Ich kann behaupten, daß ich aus nostalgischen Gründen noch mal all die Schauplätze meiner Kindheit aufsuchen möchte.«

»Mir wär's lieber, du fragst nicht«, sagte Howard. »Vermutlich würde es funktionieren, aber wenn wir die Sache durchziehen könnten, ohne daß jemand was mitkriegt, wäre das für uns alle das Beste.«

»Da stimme ich dir zu«, sagte ich. »Ich sag ja nur, was wir machen können, wenn sich die Sache als zu schwierig erweist. Wenn ich aussteige, müßt ihr selbst fragen. Aber selbst wenn ihr was erfahrt, werdet ihr da unten nichts finden. Ohne Führer seid ihr aufgeschmissen. Dann müßt ihr jemanden einweihen, den ihr nicht kennt.«

»Wie Leonard schon ganz richtig bemerkt hat, kennen *wir* uns auch nicht«, sagte Howard.

»Stimmt«, gab ich zurück. »Aber ich habe das Gefühl, du und ich und Trudy – das ist schon was ganz Besonderes. Wir könnten eine große glückliche Familie sein.«

Howard ließ die Arme sinken. Ich konnte den Aufnäher auf seiner Hemdtasche sehen. Es stand FLOYD drauf.

»Treibt es nicht zu weit, ihr zwei«, sagte Howard drohend.

»Jetzt fang nicht wieder damit an, Howard«, mischte sich Trudy ein. »Ich will nicht, daß Hap oder Leonard dir eins aufs Maul geben.«

Howard sah sie an, als hätte sie ihm soeben mit einem Messer die Eier aufgeschlitzt. »Diesmal hat er vielleicht nicht so viel Glück«, sagte er.

»Mit Glück hat das gar nichts zu tun«, sagte Leonard.

»Wie wär's mit Armdrücken«, meldete sich jetzt Paco zu Wort.

»Fang du nicht auch noch an, Paco«, protestierte Howard. »Allmählich klingst du auch schon wie die beiden. Deine früheren Verdienste geben dir auch nicht ewig Narrenfreiheit.«

»Also wirklich«, sagte Paco und schüttelte eine Zigarette aus der Packung.

»Floyd?« fragte ich.

»Was?« fragte Howard zurück, dann dämmerte es ihm. »Ist nur ein Hemd.«

»Ein Mann, dem sein Name oder sein Hemd egal ist – da weiß man doch echt nicht, was man von dem halten soll«, sagte Leonard. »Er könnte ja irgendwer sein, und das wäre ihm auch noch egal. Ich würde meinen eigenen Namen auf dem Hemd haben wollen.«

»Ich auch«, sagte ich.

KAPITEL 14

Ich stand auf der vorderen Veranda und schaute in die Nacht hinaus.

Alle lagen im Bett, nur ich nicht. Ich hatte mich hingelegt, aber die Kälte und meine Gedanken hatten mich nicht einschlafen lassen. Ich hatte das unangenehme Gefühl, daß Trudy und ihre Jungs etwas wirklich Dummes vorhatten. Ich hatte keine Ahnung, was, und eigentlich hatte ich auch beschlossen, auf Pacos Rat zu hören und nicht nachzufragen, aber es ging mir nicht aus dem Kopf. Deshalb war ich aufgestanden und stand nun draußen und dachte nach.

Die Luft war kalt und klar, Mond und Sterne leuchteten. Ihr Licht bildete goldene und silberne Pfützen im Hof und webte goldene und silberne Bänder in die Bäume.

Ich hielt nach der Venus Ausschau. Es hatte mal Zeiten gegeben, da wußte ich, wo ich sie suchen mußte. Jetzt konnte ich mich nicht einmal mehr erinnern, ob sie zu dieser Jahreszeit überhaupt sichtbar war. Früher war mir so etwas wichtig gewesen, und ich hatte mich ziemlich gut ausgekannt.

Ich hatte mal gelesen, daß primitive Völker die Venus mit bloßem Auge sogar mittags um zwölf ausmachen konnten. Bis ins 17. Jahrhundert orientierten sich auch Seeleute tagsüber an ihr. Jetzt, wo man diese Fähigkeit nicht mehr benötigte und vielleicht auch gar nicht mehr erstrebenswert fand, konnte niemand mehr die Venus bei Tag erkennen.

Irgendwie beunruhigte mich das. Verdammt, ich konnte den blöden Planeten nicht mal nachts sehen.

Ich gab es schließlich auf und versuchte, meinen Geist zur Ruhe kommen zu lassen. Ich genoß die Nacht und den Mondschein und beobachtete, wie mein Atem im Dunkeln weiße Wölkchen bildete. Und ich wollte partout an nichts anderes mehr denken.

Ich atmete noch einmal tief die kalte Luft ein, ging nach drinnen, warf meinen Mantel auf den schäbigen Sessel, setzte mich auf die Couch und griff nach einem Buch, das Chub auf dem Couchtisch liegen gelassen hatte. Es war eines dieser Bücher, in denen die Vorzüge der Psychoanalyse angepriesen werden. Geschrieben hatte es ein Psychoanalytiker.

Ein Schwarzweißfoto lag als Lesezeichen zwischen den Seiten. Auf dem Foto sah man einen recht gutaussehenden, großen, schwarzhaarigen Mann zwischen 35 und 45 Jahren mit breiten Schultern und einem Lächeln, das eine Reihe perfekter weißer Zähne zeigte. Er wirkte auf mich spontan wie jemand, der früher den einen oder anderen Ball ins Tor geschossen hatte und jetzt den einen oder anderen Konkurrenten abschoß. Neben ihm stand eine attraktive, gutgekleidete Blondine, die aussah, als könnte sie sich für den Job der Königin von England bewerben und würde ihn auch bekommen, wenn er nicht schon besetzt wäre. Zwischen ihnen stand, als hätte es sich dazugemogelt, ein blondes elf- bis zwölfjähriges Kind mit soviel Speck am Körper, daß es locker für zwei weitere gereicht hätte. Es lächelte, aber das Lächeln war nicht sehr überzeugend. Es sah aus wie ein Kind, das sich damit abfinden mußte, beim Fußball immer als letztes ausgewählt zu werden. Das Gesicht eines Jungen, der nur um ganz wenig bittet und noch weniger bekommt.

Das Kind war natürlich Chub, und das Foto machte mich traurig. Ich drehte es um. Auf der Rückseite stand mit kindlicher Handschrift: *Mom und Dad und ich.*

Vielleicht bedeutete ihm das Bild etwas – eine Erinnerung an einen schönen Augenblick, in dem er geglaubt hatte, er würde mal was anderes sein als das fette Kind, erwachsen werden und seinen Eltern gefallen. Aber vielleicht lag ich ja auch völlig daneben, und es war einfach nur ein Lesezeichen.

Ich hatte mich gerade in das Buch vertieft, weil mir so langweilig war, daß ich mir auch mit einer Handvoll Stacheldraht und ein paar Rosen einen runtergeholt hätte, als sich die Tür leise öffnete und Trudy hereinkam.

Sie trug ein rotes T-Shirt und sonst nichts. Es saß sehr eng, und ihre Brustwarzen drückten gegen den Stoff wie die Spitzen von .45er Munition. Es endete ziemlich weit oben auf ihren Hüften, so daß sie nur aus Beinen zu bestehen schien. Ihr Haar war zerzaust, und sie sah müde aus und ohne ihr Make-up auch älter. Trotzdem sah sie gut aus. Sie lächelte mich an, schloß sanft die Tür hinter sich, lehnte sich dagegen und sagte: »Du auch?«

»Ich kann einfach nicht abschalten«, antwortete ich.

Sie nickte zum Buch hinüber. »Und, was gelernt?«

»Alles ist anal und sexuell. Du brauchst nur über scheißen oder vögeln zu reden, schon verrätst du alles.«

»Wirklich? Ich wollte mir ein Glas Milch aus der Küche holen. Meinst du, ich wecke Leonard auf?«

»Wenn er hetero wäre, würde er aufwachen, wenn du nur an ihm vorbeigehst. Erstaunlich, daß nicht schon das ganze Haus wach ist. So wie du angezogen bist, müßte das eigentlich wie Sirenengeheul wirken.«

»Willst du auch ein Glas Milch?«

Sie hatte Komplimente schon immer elegant überhört.

»Gern.«

Sie kam mit zwei kleinen Einmachgläsern voll Milch zurück, reichte mir eins und setzte sich neben mich. Ich konnte nicht anders, ich mußte den Arm um sie legen.

»Du hackst ganz schön auf Howard rum«, sagte sie.

»Ich mag ihn nicht. Er ist ein dummes Arschloch.«

»Er ist gar nicht so übel.«

»Vermutlich nicht, immerhin schläfst du ja mit ihm.«

»Ich mag ihn. Ich hab ihn mal geliebt. Nicht so wie dich, aber geliebt habe ich ihn.«

»Ah, so läuft das also.« Ich zog meinen Arm zurück.

»Leg deinen Arm wieder um mich, Dummerchen.«

Sie schlug die Beine übereinander, und das T-Shirt rutschte nach oben. Sie trug keine Unterwäsche. Ich legte ihr den Arm wieder um die Schulter.

»Hast du nicht was vergessen?« fragte ich.

»Howard hat sie irgendwo hingeschmissen.«

»Das war nicht das, was ich hören wollte.«

»Es stimmt aber.«

»Manchmal ist eine kleine Notlüge aber besser.«

Sie stellte ihr Glas auf den Tisch und küßte mich auf den Nakken.

»Sind heute nacht alle Männer im Haus dran?« fragte ich.

»Willst du mich jetzt wütend machen?«

»Genau.«

Sie küßte mich wieder auf den Nacken. »Du bist doch der einzige *Mann* im Haus.«

»So'n Scheiß, Trudy.«

»Du hörst das doch gern, oder?«

»Wenn ich es glauben könnte, würde ich es noch viel lieber hören.«

»Wie du schon gesagt hast – manchmal ist eine kleine Notlüge einfach besser.«

Ich lächelte.

»Lass uns ein bißchen rumfahren, Hap.«

»Jetzt?«

»Mhmmm.«

»Da könnte dir ein bißchen kalt werden, Lady.«

»Einen Moment.«

Sie stand auf, öffnete die Tür und lächelte mich an, bevor sie im Flur verschwand. Nachdem sie die Tür geschlossen hatte, stellte ich mir vor, wie sie das Zimmer betrat, das Howard und sie bewohnten, und auf Zehenspitzen nach ihrer Unterhose und ihrer Kleidung suchte. Ich hatte mich tagsüber, weil ich neugierig war, im Haus umgesehen. Ihr Zimmer war klein, auf dem Boden lagen eine Matratze mit einem unordentlichen Haufen Decken und einige Coladosen.

Am anderen Ende des Flurs teilten sich Paco und Chub einen nur unwesentlich größeren Raum. Chub schlief auf einem durchhängenden Kastenbett, das mitten im Zimmer stand, und Paco auf einem Feldbett in einer Ecke. Ansonsten war das Zimmer fast leer: ein Stuhl, auf dem ein paar Kleidungsstücke lagen, und ein kleiner Karton mit Chubs Büchern – lauter Titel, die ich nur unter Androhung von Waffengewalt gelesen hätte.

Es dauerte keine fünf Minuten, bis Trudy zurückkam. Sie trug ein blaues Jeanshemd, Jeans, abgestoßene schwarze Arbeitsschuhe und eine dicke, rotblau gemusterte Jacke. Sie sah aus wie die schönste Holzfällerin der Welt.

Sie hielt mir einen Schlüssel vor die Nase. »Der Volvo«, sagte sie.

»Hat Howard nichts dagegen?«

»Doch, klar.«

Ich zog meinen Mantel an, wir gingen nach draußen und stiegen in den Volvo. Trudy setzte sich ans Steuer. Wir fuhren rückwärts vom Hof, und das Eis in der Auffahrt knirschte unter unseren Reifen. Wir fuhren zum Highway und weiter Richtung Tyler, das etwa zwölf Kilometer entfernt lag. Die Heizung erwärmte den Wagen nur langsam, und es war kalt wie in einer Fleischtheke. Der Highway war fast durchgehend eisfrei, wahrscheinlich waren Streuwagen unterwegs gewesen. An den besonders gefährlichen Stellen lag bergeweise Split auf der Straße.

Trudy streckte die Hand nach mir aus, und ich rutschte zu ihr hinüber und lehnte den Kopf gegen ihre Schulter. Sie küßte mich auf die Wange, und legte einen Arm um mich. Ihr Parfum und der leicht schale Geruch ihrer Wolljacke stiegen mir in die Nase.

Ich fühlte mich gut und kam mir gleichzeitig etwas blöd vor. Ein archaischer männlicher Instinkt sagte mir, daß ich eigentlich fahren und sie im Arm halten sollte. Ich hoffte, daß uns niemand sah.

So fuhren wir ziemlich lang vor uns hin. Schließlich sagte Trudy: »Ich wollte spazierenfahren, um in Ruhe mit dir zu reden.«

»Über das, was ihr vorhabt, du und deine Samariter?«

»Samariter?«

»Du weißt schon – gute Taten und all so was.«

»Was bist du bloß für ein Zyniker geworden! Gott, wie ich den alten Hap Collins vermisse.«

»Am meisten hast du mich vermutlich vermißt, als ich den Rest meiner Strafe abgesessen habe.«

»Das hast du mir nie verziehen, stimmt's?«

»Sagen wir mal so: So etwas hinterläßt einen bleibenden Eindruck.«

»Du hast mir gefehlt, verstehst du?«

»Nette Art, mir das zu zeigen.«

»Ich habe nie behauptet, ich sei perfekt. Es tut mir leid, daß es so gelaufen ist, aber es ist nun mal passiert und Schluß. Ich kann es auch nicht mehr ungeschehen machen, also laß uns das Thema endlich abhaken. Außerdem wollte ich gar nicht mit dir über unsere Pläne reden. Ich wollte eigentlich endlich so mutig sein, dir etwas von mir zu erzählen, was du noch nicht weißt, was du aber wissen solltest. Um der alten Zeiten willen.«

»Und, um was geht's?«

»Um was ziemlich Schreckliches.«

KAPITEL 15

»Ich habe Tschilp getötet«, sagte sie.

»Unseren Vogel?«

»Ja. Könntest du bitte auf deine Seite rüberrutschen, während ich dir das erzähle?«

Ich rutschte auf meinen Sitz zurück.

»Es ist ziemlich kompliziert, Hap. Tschilp war nicht nur unser Vogel, er war auch ein Symbol für unsere Beziehung.«

»Klingt, als hättest du Chubs Bücher gelesen.«

»Nein, ich habe nur jahrelang darüber nachgedacht und herauszufinden versucht, warum meine Beziehungen immer schief laufen. Ich stürze mich voller Eifer hinein und wünsche mir, daß sie halten, aber es gelingt mir einfach nicht. Du warst der Beste. Mit dir hatte ich wirklich eine Chance. Aber ich hab's versaut. Und mit all den anderen auch. Weißt du, ich brauche immer meinen furchtlosen Ritter. Und wenn ein Mann, der mir gefällt, kein Ritter ist, versuche ich, einen aus ihm zu machen. Ich schikke ihn auf einen Kreuzzug, und kaum ist der beendet, verliere ich das Interesse an ihm und an der Sache, wegen der ich ihn auf den Kreuzzug geschickt habe. Vielleicht interessiert mich diese Sache irgendwann wieder, aber ohne furchtlosen Ritter an meiner Seite passiert einfach nichts. Als ob sich mein Ritter nicht nur für eine gute Sache in die Schlacht begibt, sondern auch für mich. Vermutlich gibt mir das das Gefühl, geliebt zu werden. Daß ich wichtig bin. Verstehst du das?«

»Was hat das mit Tschilp zu tun?«

»Dazu komme ich noch. Aber wenn die gute Sache meinen Ritter verschlingt – in deinem Fall war es das Gefängnis –, dann fühle ich mich betrogen. Es ist, als bräche die Welt zusammen. Ich will nochmal von vorn anfangen, mit einem neuen Ritter. Aber bei dir ging das nicht, wegen Tschilp. Ich weiß, er war nur ein Vogel, aber durch ihn fühlte ich mich an dich gebunden. Alles andere, unsere gemeinsamen Ziele, unsere Liebe, davon hätte ich mich lösen können. Aber der Vogel war ein lebendes Symbol. Er wollte einfach nicht wegfliegen. War total auf mich angewiesen. Und ich konnte ihn nicht einfach zurücklassen. Er hätte sich draußen überhaupt nicht zurecht gefunden und ziemlich leiden müssen. Aber ich wollte ihn auch nicht mit in ein neues Leben nehmen. Er erinnerte mich daran, was für eine Versagerin ich war. In Beziehungen. So ähnlich jedenfalls.

Also ließ ich Wasser in die Badewanne laufen und drückte Tschilp unter Wasser, bis er ertrunken war. Es hat nicht lange gedauert. Er hat nicht gelitten. Aber ich muß immer noch daran denken. Dieser Vogel liegt mir immer noch schwer auf der Seele.

Aber damals fühlte es sich richtig an. Nicht, daß Tschilp tot war, aber daß ich ohne Hilfe von außen eine wichtige Entscheidung getroffen hatte. Daß ich getan hatte, was ich wollte, ohne jemand anderen vorzuschieben. Das hätte eigentlich ein Wendepunkt sein sollen. Aber damals habe ich nicht verstanden, warum ich tat, was ich tat. Ich wußte, ich wollte irgendwie frei sein, aber ich wußte nicht, wie diese Freiheit aussehen sollte. Du warst meine erste große Liebe, aber ich hatte – wenn auch auf kleinerer Flamme – mit ein paar Jungs an der Highschool schon ein ähnliches Muster entwickelt. Ich habe sie aufgebaut, um sie zu etwas Besonderem zu machen, und wenn sie etwas Besonderes waren und mich liebten, dann war ich auch was Besonderes. Wir zwei gegen den Rest der Welt – so etwas in der Art. Du siehst, als ich Tschilp tötete, habe ich ein Symbol getötet.«

»Tschilp würde das vermutlich anders sehen.«

»Aber das Gefühl von Freiheit hat nicht angehalten. Ich bin in meine alten Muster zurückgefallen. Ich fand einen neuen Ritter und überließ ihm die Führung, und als sein Kreuzzug ihn von mir weg führte, ging ich wieder auf Ritterjagd, und immer so weiter. Heute verstehe ich das alles. Was ich damit sagen will, Hap: Ich bin wieder bereit, einen Vogel zu töten. Diesmal ist der Vogel mein altes Ich. Ich werde diesen Vogel ersäufen und ein neuer Mensch werden. Jemand, der an sich selbst glaubt. An Idealismus um seiner selbst Willen. Nicht als Symbol für Selbstwert oder Liebe. Ich will eine Frau sein, die es nicht nötig hat, sich hinter einem Mann zu verstecken und sich vorzumachen, daß er für mich, seine blonde Maid, die Kastanien aus dem Feuer holt und alles Leid auf sich nimmt. Ich will nicht mehr sagen: Da geht mein Mann. *Ich* kann selbst gehen. Egal, was passiert, ich stehe es durch.«

»Mein Gott, Trudy. Als Erklärung mag das ja herhalten. Aber du bemühst dich überhaupt nicht, unabhängig zu sein. Du hast kapiert, wie selbstsüchtig du immer warst, und jetzt rechtfertigst du das Ganze mit irgendeinem Selbstanalysescheiß, genau wie Chub.«

»Glaub doch, was du willst.«

Eine Zeitlang schwiegen wir beide.

»Das, was du da vorhast«, sagte ich, »hört sich ziemlich ernst an.«

»Sagen wir mal so: Es ist mir ernst damit. Ich hätte dich gern dabei, aber ich brauche dich nicht so wie früher. Und Howard auch nicht.«

»Wenn du uns nicht brauchst, warum sind wir dann hier?«

»Ich hätte gern deine Unterstützung. Aber ich brauche sie nicht unbedingt. Nicht so wie früher, als mein Ritter. Ich möchte so unbeirrbar an etwas glauben, daß mein Glaube und meine innere Überzeugung mich tragen. So wie die Mönche, die sich aus Protest gegen den Vietnamkrieg verbrannt haben.«

»Sie hatten ihre Überzeugung, mag sein. Aber verbrannt sind sie trotzdem.«

»Die Welt ist so viel schlimmer geworden, Hap. Viel schlimmer als in den 60ern, weil es heute niemanden mehr interessiert. Irgend jemand muß etwas unternehmen, selbst wenn man nicht mehr als ein paar kleine Wellen schlagen kann. Wir könnten die Leute wieder zum Nachdenken bringen. Sie sind alle so apathisch. Was macht's, wenn die Ozonschicht von den Schadstoffen in den Spraydosen aufgefressen wird? Was macht's, wenn die Leute auf den Straßen verhungern? Wozu sollte die Regierung Gelder für die AIDS-Forschung ausgeben? Ist ja schließlich nur eine Schwulenkrankheit, nicht wahr? Hap, die Leute gehen nicht mal mehr zur Wahl, weil sie wissen, daß alles nur eine große Lüge ist.«

»Du hast die Ermordung der Robben vergessen«, sagte ich. »Und was ist mit den Walen und mit Spatzen wie Tschilp?«

»Hap, ich habe getan, was ich tun mußte. Es war schrecklich, aber manchmal muß man etwas Schreckliches tun, damit es weitergeht. Manchmal macht man etwas Schreckliches, damit etwas Gutes daraus erwächst.«

»Trudy, du mußt langsam erwachsen werden. Du kannst die Welt nicht retten. Das kann niemand.«

»Du tust mir wirklich leid, Hap. Schau dir doch an, was aus dir geworden ist. Du bist nur noch eine leere Hülle.«

Als wir in Tyler ankamen, drehte Trudy um und fuhr zurück.

»Ich habe den Eindruck, du willst mir bloß nicht erzählen, was ihr genau vorhabt.«

»Eigentlich hatte ich mir vorgenommen, es dir heute nacht zu erzählen, Hap. Aber ich habe es mir anders überlegt. Du würdest es vielleicht aus reiner Bosheit versauen.«

»Ich bin vielleicht nicht immer deiner Meinung, aber ich bin nicht gehässig.«

»Wer weiß? Du hast dich verändert. Vielleicht kenne ich dich nicht mehr so gut, wie ich dachte. Ich wollte dich gern dabeihaben, aber inzwischen halte ich es für besser, du machst einfach deinen Job und nimmst die Dinge, wie sie kommen.«

Danach war es aus mit Kuscheln und Küssen. Wir redeten nicht einmal mehr miteinander. Trudy machte das Radio an. Der Sender spielte nur Musik aus den 60ern. Percy Sledge sang *When a Man Loves a Woman*, und danach kamen die Turtles mit *She Only Wants to Be With Me*. Gute Musik zur falschen Zeit. Es war deprimierend.

Als wir wieder beim Hippie-Nest angelangt waren und ich aussteigen wollte, legte sie mir die Hand auf den Oberschenkel.

»Du kannst dich doch nicht so völlig verändert haben, Hap. Du warst so ... edel.«

Ich legte meine Hand auf ihre, und plötzlich kam mir der Gedanke, daß dies vielleicht die Hand war, mit der sie Tschilp unter Wasser gedrückt hatte. Ich fragte mich, wozu diese Hand sonst noch in der Lage sein mochte. Ich nahm sie und legte sie auf den Sitz zwischen uns.

»Hör auf, Trudy, das ist Ritter-Geschwätz. Du hast dich auch verändert. Du hast vielleicht die Willenskraft und die Überzeugung, die du dir immer gewünscht hast, aber ich habe den Eindruck, dir ist dabei was anderes verloren gegangen.«

»Ich sehe das als Gewinn.«

»Wie auch immer. Ich denke, zwischen uns hat es einfach zu viel böses Blut gegeben.«

Ich stieg aus und ging vor ihr durch die Tür, ging zur hinteren Veranda und zog Mantel, Schuhe und Socken aus und wickelte mich in meine Decken.

Ich hörte, wie Trudy ins Haus kam und durch den Flur ging. Dann war alles ruhig.

Ich lag da und lauschte Leonards Schnarchen. Ich wollte unbedingt ein paar Stunden schlafen, wachte aber immer wieder auf, und jedesmal, weil ich schlecht geträumt hatte.

Es waren Träume, die eigentlich hätten komisch sein sollen, es aber nicht waren. Wie der von der sanften Frauenhand, die mich an der Gurgel gepackt hatte und mich in eine Wanne voller Wasser hinunterdrückte. Mein Mund stand offen, und anstelle von Lippen hatte ich einen Schnabel, und aus dem kamen Luftblasen.

Dann trieb ich mit dem Gesicht nach unten im Wasser, den Rücken voller Federn, das Wasser in der Wanne rot von Blut.

KAPITEL 16

Am nächsten Morgen vergrub ich mich in meinem Schlafsack, bis Trudy und Howard aus dem Haus waren. Ich wollte beiden nicht in die Augen sehen müssen. Weder ihren enttäuschten noch seinen gepeinigten Blick wollte ich sehen. Er war vermutlich mitten in der Nacht aufgewacht, hatte gemerkt, daß sie weg war, und geglaubt, daß wir bis in die frühen Morgenstunden wie wild gevögelt hätten.

Ich glaube, Trudy hätte es gefallen, wenn er das geglaubt hätte. Und ich hoffe, genau so hat es sich abgespielt. Und ich wünsche mir, ich hätte nie die Wahrheit über Tschilp erfahren.

Irgend jemand hatte am Vortag einige Lebensmittel eingekauft, also röstete Leonard ein paar Scheiben Brot in der Pfanne, die wir dick mit Butter bestrichen. Dazu tranken wir den schlechten Kaffee, der vom Frühstück übriggeblieben war und die Konsistenz von Sirup hatte.

Draußen war es kalt, aber weiterhin klar. Wir fuhren die Hauptstraße in die Bottoms hinunter, und wann immer wir eine Abzweigung entdeckten, die befahrbar schien, fuhren wir hinein.

Manchmal führten die Abzweigungen zur Hauptstraße zurück, manchmal auf eine andere kleine Straße.

Wenn eine Straße sich im Wald verlief oder am Fluß endete oder einfach zu schlammig wurde, stiegen wir aus und gingen eine Zeitlang zu Fuß weiter, in der Hoffnung, mir würde irgend etwas bekannt vorkommen, das uns zu einem Nebenfluß oder Creek oder kleinen Wasserlauf führen würde, an dem vielleicht die Eiserne Brücke stünde.

Die meiste Zeit gingen wir zu Fuß, und Leonard verfluchte das Unterholz mit seinen verrotteten Baumstämmen, über die wir immer wieder stolperten. Vermutlich wollte er mich damit ärgern. Bisher hatte es ihm nie etwas ausgemacht, im Wald herumzulaufen. Ich glaube, er wollte mir klar machen, daß er diese ganze Unternehmung für Blödsinn hielt und mir nur gnädigerweise meinen Willen ließ.

Ich versuchte, ihn zu ignorieren und mich auf das Vogelgezwitscher und das Plätschern des Flusses zu konzentrieren. Die Geräusche erinnerten mich an schöne Tage, die ich mit Angeln verbracht hatte, und an amerikanische Welse, jene Welsart, die man auch Sabine-Forelle nennt: metallgrau, schlank und anmutig, mit spitz zulaufendem Kopf und breitem, gegabeltem Schwanz. Und dann gab es noch die größeren Welse, die sich am Grund des Flusses bewegten oder still zwischen den riesigen, tief ins Wasser reichenden Wurzeln der Bäume standen. Manche Leute nannten sie Bottom-Welse, andere flachköpfige Katzenhaie. Sie waren große, bräunliche Frechdachse, die bis zu viereinhalb Meter lang und fünfzig Kilo schwer werden konnten, mit schmalen Schwänzen, breitem Kopf und einem Maul, das groß genug war, um ein Kind zu verschlingen. Und angeblich war ihnen das auch schon gelungen.

Auf jeden Fall gab es dort Knochenhechte, die Kinder gebissen und Hunde, die im Fluß geschwommen waren, als Abendbrot unter Wasser gezogen hatten. Nicht umsonst hießen die größeren unter ihnen Alligatorhechte. Ein Meter achtzig lang, schlank und heimtückisch, waren sie die Barrakudas des Süßwassers, Biester mit wütenden genetischen Erinnerungen an verlorene prähistorische Meere.

Und ab und zu fand sich im Sabine River auch das Original, der Alligator. So weit ich wußte, gab es an diesem Abschnitt des Flusses nicht sonderlich viele, und während meiner Kindheit hatte ich nur ein einziges Mal einen im Fluß entdeckt, und auch den nur aus großer Entfernung. Einen weiteren hatte ich tot auf der Ladefläche des Pick-ups eines Fischers vor Coogens Feed Store gesehen.

So weit mir bekannt war, hielten die Biester Winterschlaf. Hoffte ich jedenfalls. Auch wenn sie selten waren – einer reichte aus, um einen ins Jenseits zu befördern. Die Viecher fraßen einen mitsamt Trockenanzug, Sauerstoffflasche und allem Drum und Dran.

Auf jeden Fall hielten die Wassermokassinschlangen, die gefährlichsten Schlangen in den Vereinigten Staaten, Winterschlaf, und das war sehr beruhigend. Der Winter, sogar einer wie dieser, hatte auch seine Vorteile.

Wir streiften bis mittags umher, dann fuhren wir in die Stadt, kauften Brot, Tatar und ein paar Dosen Bier, fuhren zurück, suchten uns eine kleine Straße, die zum Fluß führte, setzten uns auf die Motorhaube und aßen.

Wir sprachen nur wenig. Wir schauten auf das braune Wasser, das träge vorbeifloß und dort, wo sich der Fluß links von uns verbreiterte, dreckigen Schaum bildete.

»Im Frühjahr wäre es toll, hier zu sitzen und zu fischen.«

»Ja.«

Eine weitere halbe Stunde verging.

»Wir sollten uns wieder an die Arbeit machen«, sagte ich und trank mein Bier aus.

»Ja.«

Wir gingen am Flußufer entlang. Der Wind frischte auf und ließ uns die feuchte Kälte spüren, die vom Wasser hochkam. Der Himmel war grau wie Schlacke.

Wir gingen weiter, bis das Ufer nur noch aus Schlamm und Kies bestand und unsere Füße kaum mehr Halt fanden. Wir wollten gerade umkehren, als ich einen großen, vom Blitz gespaltenen Baum entdeckte, dessen eine Hälfte am Ufer und die andere zum Teil im Wasser lag.

Ich sah ihn mir genauer an.

»Das war mal ein großer Baum«, sagte ich.

»Gut, Kemosabe. Bleichgesicht nichts entgehen. Kennen große Bäume von kleine Bäume. Bleichgesicht kluges Hurensohn.«

»Damals hing eine Kette mit einem Reifen an diesem Baum. Damit konnte man sich über den Fluß schwingen.«

»Willst du etwa behaupten, du kannst dich an was erinnern?«

»Wir sind von dem Reifen ins Wasser gesprungen, wieder raufgeklettert, wieder gesprungen.«

»Heißt das, wir sind in der Nähe der Eisernen Brücke?«

»Nein. Ich erinnere mich nur an den Baum und an die Reifenschaukel.«

»Aber es ist ein Orientierungspunkt, der dir hilft, die Eiserne Brücke zu finden?«

»Wahrscheinlich nicht. Ich erinnere mich an den Baum, aber ich kann ihn nicht mit der Brücke in Verbindung bringen. Ich weiß nur, daß wir oft hierhergekommen sind. Immerhin weiß ich noch, daß die Brücke auf unserer Seite des Flusses stand. Die Brücke ragt zum Teil über einen Creek, der auf dieser Seite vom Fluß abzweigt. Der Baum hat mich daran erinnert.«

»Das ist doch schon mal ein Anfang. Das heißt, wir brauchen nur an diesem Ufer zu suchen.«

»Soweit ich mich erinnere, ist sie nicht sehr nah am Fluß. Sie ist ein ganzes Stück den Creek runter.«

»Redest du von dem Creek, den du nicht finden kannst?«

»Genau.«

»Okay, du Pfadfinder, und was machen wir jetzt?«

»Ist noch Bier da?«

»Nein.«

»Dann suchen wir weiter.«

Kapitel 17

Wir gingen wieder an die Arbeit und fuhren auf allen möglichen Abzweigungen und Straßen herum, die nur so aussahen, als wären sie Straßen. Am späten Nachmittag, vielleicht zwei Stunden, bevor es dunkel wurde, fuhren wir um eine Kurve, und ich schaute zufällig aus dem Wagenfenster und sah diesen rostigen Metallpfahl – und Peng!, mein Gedächtnis schien regelrecht zu explodieren. Zuerst konnte ich das, was da explodiert war, nicht einordnen, aber als wir hinter der Kurve waren und die herumfliegenden Trümmer an die Oberfläche meiner Erinnerung trudelten und sich zu etwas Identifizierbarem verdichteten, sagte ich ruhiger, als ich mich fühlte: »Halt an.«

»Du lächelst ja«, sagte Leonard. »Du hast was entdeckt, stimmt's?«

»Dreh um.«

Er mußte noch ein ganzes Stück fahren, bis wir eine Stelle fanden, die breit genug zum Wenden war. Als wir wieder bei der Kurve und dem Pfahl waren, ließ ich ihn anhalten. Wir stiegen aus, und ich schaute mich um. Mein Lächeln wurde breiter.

»Früher, als wir hier runtergefahren sind, hing an diesem Pfahl ein Metallschild«, sagte ich. »Wahrscheinlich sind unter den Blättern und Piniennadeln und dem Dreck all der Jahre die Bolzen und Schrauben weggerostet. Auf dem Schild stand irgendwas in der Richtung, daß das Land hier einer der Ölgesellschaften gehören würde. Ich kann mich nicht genau erinnern. Zu dem Zeitpunkt, als wir hierherkamen, war das Schild jedenfalls schon von Gewehrkugeln durchlöchert und auch nicht mehr aktuell. Die Ölgesellschaft hatte den Pachtvertrag längst gekündigt, und das Land war an den Bezirk zurückgefallen oder an den texanischen Staat oder wer auch immer der Besitzer war. Aber die kleine Straße für die Lastwagen, die das Material transportiert hatten, war damals noch da, zwar in schlechtem Zustand und teilweise überwachsen, aber immer noch befahrbar.«

»Jetzt ist sie aber nicht mehr da«, sagte Leonard.

Ich untersuchte die Stelle, an der meiner Erinnerung nach die kleine Straße abzweigte. Die Bäume wuchsen hier nur sehr spärlich und waren noch ziemlich jung. An einigen Stellen, an denen sich Dreck mit altem, aufgeschüttetem Kies mischte, hatten weder Bäume noch Unkraut Wurzeln schlagen können. Wenn man genau hinsah, konnte man sehen, wo sich die kleine, schmale Straße durch den Wald Richtung Wasser gewunden hatte.

»Ich glaube, daß Softboy und seine Kumpels nach dem Bankraub diese Straße hier runtergefahren sind«, sagte ich. »Da haben sie diese ganzen tollen Pläne ausgeheckt, und dann sehen diese blöden Trottel Wasser und glauben, sie würden ihr Boot direkt am Sabine River verstecken.«

»Dabei war es der breite Abschnitt des Creeks, der unter der Eisernen Brücke durchfließt?«

»Genau.«

Wir stießen ein paar Äste zur Seite, stiefelten durch das bräunliche Wintergras und folgten den schwach erkennbaren Kurven der ehemaligen Straße. An der Stelle, an der wir auf Wasser trafen, war der Creek so tief und breit wie der Sabine River an seinen breitesten Stellen. Man konnte sich gut vorstellen, wie jemand, der den Fluß nicht kannte, den Creek mit ihm verwechselte.

»Wenn sie mit einem Auto hier runtergekommen sind und es ins Wasser geschoben haben«, sagte Leonard, »dann würde Softboy das doch gleich hier gemacht haben, meinst du nicht auch?«

»Ja, aber kann sein, daß es trotzdem nicht mehr hier ist. Im Lauf der Jahre können Fluten und Hochwasser sogar etwas so Großes und Schweres wie ein Auto von der Stelle bewegen, vielleicht nur zentimeterweise, aber immerhin.«

»Danke, Meisterhirn.«

Wir gingen ein Stück am Ufer entlang. Das Dickicht wurde immer undurchdringlicher und breitete sich bis zum Wasser hinunter aus. Unsere Füße fanden kaum noch Halt. Manchmal mußten wir uns an Ästen und Wurzeln festhalten, die aufs Wasser hinausragten, und uns so an dem steilen Ufer entlanghangeln, bis wir wieder festen Boden unter den Füßen hatten. Es war harte Arbeit, und trotz der Kälte waren wir schweißgebadet.

Schließlich verengte sich der Creek und war nun gerade noch breit und tief genug, daß ein Boot durchfahren konnte. Ich erinnerte mich, daß er sich bei der Brücke wieder verbreiterte und dann, kurz dahinter, wieder so schmal wurde, daß man drüberspringen konnte. Das blieb er dann auch ziemlich lange.

Wir arbeiteten uns durch das Unterholz bis zu der Stelle vor, wo sich der Creek wieder verbreiterte. Hier war auch am Ufer genügend Platz, um problemlos vorwärts zu kommen. Das Wasser war dunkel und von Baumstümpfen und Seerosenblättern durchzogen. Riesige Bäume neigten sich vom Ufer und streckten ihre Äste, die von Rankengewächsen und Moos überzogen waren, dicht wie ein Makramee über das Wasser. Ein Stück weiter unten, wo nicht so viele Baumstümpfe im Wasser lagen und es nicht so dunkel war, stand die Eiserne Brücke.

Besser gesagt, eine halbe Brücke – gebaut, bevor das Geld ausging. Sie war etwas abgesackt und verschwand fast unter Ranken und Moos. Das wenige Metall, das noch durchschimmerte, hatte vom Rost eine rotbraune Farbe angenommen.

»Warum haben sie die ausgerechnet hier gebaut?« fragte Leonard. »Ein Stück weiter oben hätten sie an einem Tag eine Brücke bauen können.«

»Soweit ich mich erinnere, wollten sie hier alles verbreitern, den Sabine River mitsamt seiner Nebenflüsse. Sie wollten einen einzigen gigantischen Fluß daraus machen. Sie hatten, wie Baptisten-Prediger gern sagen, hochfliegende Pläne. Sie dachten, sie würden auf so viel Öl stoßen, daß sie es mit Lastkähnen wegschaffen müßten. Vom Norden sollten Werkzeug und Maschinen hergeschifft und nach Süden Ölfässer abtransportiert werden. Aber die Ölquellen trockneten aus, bevor die Ölfirmen richtig in die Gänge kamen. Hier findest du überall in den Wäldern aufgegebene Bohrlöcher.«

»Weißt du«, sagte Leonard, »ich bin ein ganz klein bißchen aufgeregt. Wenn da unten irgendwo ein Auto liegt, könnte da vielleicht auch ein Boot mit Geld drin sein. Wenn wir das Auto finden könnten, wäre das schon mal ein Hinweis. Wir haben noch eine Stunde, bis es dunkel wird. Was meinst du?«

»Jetzt oder nie«, sagte ich.

Wir gingen zurück zum Auto und öffneten den Kofferraum. Die Sauerstoffflaschen waren dick in Schaumstoff eingewickelt, damit sie nicht aneinanderstießen und uns um die Ohren flogen. Was durchaus möglich war. Sie waren hochexplosiv.

Leonard setzte sich auf den Rücksitz und zog seine Kleidung aus. Er hatte eine Tube Fettcreme dabei, mit deren Hilfe der Trokkenanzug fest an der Haut kleben sollte. Mit der Creme schmierte er sich am ganzen Körper ein und zwängte sich dann in den Anzug. Er stieg aus dem Auto, schnallte sich die Sauerstoffflasche auf den Rücken und schob die Taucherbrille auf die Stirn.

Dann war ich dran.

Die Fettcreme war ekelhaft.

Wir legten unsere Klamotten in den Kofferraum, holten eine Rolle mit fünfzehn Meter dünnen Seils heraus und gingen mit den Schwimmflossen in der Hand zum Wasser hinunter.

Leonard befestigte das Seil an seinem Gürtel und stieg ins Wasser. Ich ließ Seil nach, immer gerade so viel, daß es nicht ganz straff gespannt war.

Nach ein paar Minuten tauchte er wieder auf und schüttelte den Kopf. Er nahm das Mundstück heraus und schob die Taucherbrille nach oben. Sein Gesicht sah grau aus.

»Kein Auto?« fragte ich.

»Scheiß auf das Auto«, sagte er. »Gottverdammt.«

Er ließ sich am Ufer nieder, atmete ein paarmal tief durch und schüttelte den Kopf. Seine Zähne klapperten.

»Kalt, was?«

»Wer diesen Plunder Trockenanzug getauft hat, muß nicht alle Tassen im Schrank gehabt haben. Mir ist überall Wasser reingelaufen, und das Wasser ist kalt, mein Junge, das sage ich dir. Meine Eier sind so groß wie Weintrauben.«

»Bevor du ins Wasser gegangen bist oder jetzt?«

»Wie witzig. Paß auf, da unten geht es tiefer runter, als du glaubst.«

»Ich erinnere mich, daß es tief ist. Ich war hier oft zum Fischen und Schwimmen.«

»Da unten gibt es auch eine kleine Stelle mit Fließsand.«

»Daran kann ich mich nicht erinnern.«

»Der ist nicht allzu gefährlich, aber sei trotzdem vorsichtig. Er ist ungefähr da, wo ich aufgetaucht bin. Scheiße, ist mir kalt.«

»Ich bleib nicht lange unten.«

»Erzähl mir nichts, was ich nicht schon weiß. Wenn du glaubst, hier oben wäre es kalt – verglichen mit dem Wasser haben wir hier tropische Temperaturen. Und es ist dunkel. Total dunkel. Wenn du raufkommst, hast du den Eindruck, die Welt ist so hell, jemand muß sie in Brand gesteckt haben.«

»Wenn du im Physikunterricht besser aufgepaßt hättest, Leonard, anstatt die ganze Zeit an deinem Schwanz rumzukneten, dann wüßtest du, daß man für die Erwärmung eines Quadratzentimeters Wasser mehr Energie braucht als für die Erwärmung eines Quadratzentimeters Luft. Und ohne Licht ist es nun mal dunkel.«

»Jetzt hör mal zu, du Klugscheißer. Am Anfang wirst du das Gefühl haben, daß alles ein bißchen taub und dein Gehirn ein bißchen verwirrt ist. Wenn du merkst, daß du allmählich den Durchblick verlierst, dann warte nicht, bis du so daneben bist, daß du nicht mehr weißt, was du tust. Komm rauf oder zieh am Seil, und ich hol dich rauf. Ich meine das völlig Ernst, Hap. So kaltes Wasser kann dir übelste Streiche spielen.«

»Schon kapiert.«

Ich zog das Seil durch meinen Gürtel und machte einen lockeren Knoten für den Fall, daß es sich irgendwo verhaken sollte. Leonard blieb sitzen und nahm das andere Ende des Seils.

Ich setzte die Taucherbrille auf, schob mir das Mundstück zwischen die Zähne, zog die Schwimmflossen an und tauchte ins Wasser.

Eine Sekunde lang spürte ich gar nichts, aber dann schwappte eine Welle aus Schwärze und Lähmung über mich hinweg. Die Kälte bohrte sich wie ein Laserstrahl durch den Taucheranzug. Es fühlte sich an, wie wenn man mit etwas Kaltem an den falschen Zahn kommt, nur daß es mein gesamter Körper war.

Ich konnte mich gerade noch dazu zwingen, den Sauerstoff einzuatmen.

Dann war mir nicht mehr schwarz vor Augen, aber ich hatte das Gefühl, daß kalte Käferfüße durch meinen Trockenanzug krochen; natürlich war es eindringendes Wasser.

Ich orientierte mich, so gut es ging, und tauchte tiefer. Ich konnte spüren, wie Leonard Seil nachließ.

Es konnte nicht weit sein bis zum Grund, aber mir kam es wie eine Ewigkeit vor. Kopf, Herz und Lungen fühlten sich an, als seien sie völlig vereist. Sehen konnte ich überhaupt nichts. Nach all dem Regen und geschmolzenem Eis war es sehr schlammig. Ich kroch wie eine Krabbe über den Boden.

Ich wollte zur Oberfläche zurückschwimmen, konnte mich dann aber doch nicht dazu durchringen. Es brauchte meine ganze Konzentration, um weiterzuatmen und mir bewußt zu bleiben, wo ich mich befand, was ich tat, und daß frische Luft und Tageslicht nicht allzu weit über mir waren.

Irgendwann fiel mir wieder ein, daß ich eigentlich nach einem Auto Ausschau hielt. Das kam mir total komisch vor. Ein Auto im Fluß. Autos gehörten auf den Highway. Ich hatte mal ein Auto gehabt. Jetzt hatte ich einen Kleinlaster, aber früher hatte ich ein Auto gehabt. Leonard hatte ein Auto. Viele Leute hatten Autos. Oder hatten Autos Leute? Das war ein interessantes Problem. Wenn ich Papier und Bleistift dabeigehabt hätte, hätte ich mir vielleicht ein paar Notizen für später gemacht. Nein, ich konnte ja gar nicht genug sehen, um Notizen zu machen, und Papier wäre hier unten auch nicht so brauchbar. Ich würde mir das mit den Autos merken und später klären müssen.

Ein Ruck ging durch meinen Körper, als ob ich an Drähten festgemacht wäre. Ich konnte mir das nicht erklären. Zog Leonard am Seil?

Nein, das war die andere Richtung.

Hing ich noch an einem anderen Seil?

Nein, das konnte ich mir nicht vorstellen.

Der Fließsand. Ich war ganz in der Nähe, und der Fließsand zog mich tiefer.

Ich mußte nachdenken. Okay. Unter Wasser. Sauerstoff. Kalt wie die Spitze eines Pinguinschwanzes. Auf der Suche nach einem Auto. Huphup.

Der Fließsand zog mich hinunter. Meine Arme waren schwach, und es fühlte sich so an, als könnte ich nicht schwimmen. Ich überließ mich dem Sog. Er war nicht sehr stark, aber stark genug, daß er mich hinunterziehen konnte. Ich hatte das Gefühl, ich müßte etwas tun, aber ich konnte mich nicht erinnern, was.

Dann war der Flußgrund auf einmal weg, und um mich herum war nur noch Wasser und Zerren. Ich war direkt über dem Fließsand. Früher war ich oft über Fließsand hinweg und auch hinein und wieder hinaus geschwommen, aber da war es nie so kalt gewesen. Bier würde prima kalt bleiben in dem Wasser, aber man würde es lieber an einem warmen Ort trinken wollen. Vor einem großen Kamin zum Beispiel. Und dann was zu essen dazu. Ich trank Bier am liebsten, wenn ich etwas dazu aß.

Irgend etwas hinderte mich daran, ganz nach unten zu tauchen.

Das Seil. Es hatte sich gestrafft. Leonard zog mich rauf. Ich nahm an, daß das ganz richtig war, aber ich war mir nicht sicher.

Aber Moment mal. Ich war im Fließsand, und meine Füße berührten etwas.

Die Stelle war nicht tief. Ich fragte mich, wie breit sie wohl war. Vielleicht könnte ich einen Campingtisch hier runter bringen und Bier trinken und ein Sandwich essen. Aber damit würde ich bis zum Sommer warten müssen. Moment mal. Unter Wasser kann man kein Bier trinken. Und mit Sicherheit kein Sandwich essen. Es würde auseinanderfallen. Und nach Wasser schmekken. Außerdem war das Wasser dreckig.

Es war so gottverdammt dunkel. War ich jetzt schon so lange hier unten, daß es Nacht geworden war?

Was war das da unten an meinen Füßen?

Das Seil zerrte an mir. Leonard zog mich nach oben.

Halt mal. Stop. Ich hatte nicht darum gebeten, hochgezogen zu werden. Ich bin hier unten gerade am Nachdenken, verdammt nochmal.

Ich öffnete den Gürtel und ließ ihn los. Das Seil hörte auf, an mir zu zerren.

Ich beugte mich vor und tastete mit den Händen nach dem Gegenstand, auf dem ich gestanden war. Es war etwas, das nachgab. Ich griff mit beiden Händen danach und hielt es fest. Meine Füße drifteten nach oben. Das, was ich in den Händen hielt, gab nach, und ich glitt langsam aufwärts.

Mal schauen, wollte ich denn überhaupt nach oben?

Jetzt hatte mich etwas im Griff, richtig fest im Griff. Ich wollte mich dagegen wehren, aber ich hielt dies Ding in den Händen, und ich wollte es nicht verlieren.

Warum wollte ich es eigentlich nicht verlieren? Wenn ich es losließ, würde ich mich wehren können.

Ich dachte darüber nach, aber gerade, als ich mich entschieden hatte loszulassen, kam ich an die Oberfläche. Leonards Arm lag unter meinem Kinn, und er zog mich zum Ufer. Die Sonne schien extrem hell. Es war überhaupt nicht kalt. Ich sah die Bäume und durch ihre Äste den Himmel. Meine Hände fühlten sich taub an. Noch immer hielt ich meine Trophäe fest. Ich dachte mir: laß sie doch los. Ich mußte meinem Gehirn nur klarmachen, daß es den Fingern sagen sollte: Loslassen, ihr Mistkerle.

Ich ließ los. Ich lag auf dem Rücken. Das, was ich losließ, lag auf meiner Brust. Ein Monster beugte sich über mich. Nein, Leonard. Er schob seine Taucherbrille nach oben. Er nahm das Mundstück heraus. Ich hörte, daß er meinen Namen rief, aber es klang, als käme seine Stimme von ganz weit weg. Er rief auch noch nach jemand anderem. Nach einer Person namens Blettmann. Nein, Moment mal. Das hieß Blödmann. Meinte er etwa mich?

»Antworte schon, Blödmann. Bist du okay?«

»Ich glaub, ja«, sagte ich.

»Du hast den Gürtel und das Seil losgemacht.«

»Echt?«

»Ja.«

»Ich konnte nicht klar denken.«

»Das Wasser, du Klugscheißer. Ich hab's dir doch gesagt. Es ist einfach zu kalt. Wir haben keine sonderlich gute Ausrüstung, und im Grunde genommen wissen wir nicht einmal, was wir da überhaupt treiben ... Bist du wirklich okay?«

»Mhm. Aber da unten ein Auto finden – das kannst du vergessen.«

»So, meinst du?« Er hob etwas hoch, das auf meiner Brust gelegen hatte, wischte ein paarmal mit der Hand darüber und hielt es mir vor die Augen.

Es war ein verrostetes Autokennzeichen.

Wir zogen die Tauchausrüstung aus und wischten uns mit ein paar Kleenex-Tüchern aus dem Handschuhfach das Fett von der Haut. Dann zogen wir uns an und fuhren in die malerische Innenstadt von Marvel Creek, wo wir uns in Bill's Kettle ein paar Lonestars und Hamburger reinzogen. Danach genehmigten wir uns noch Schokoladenkuchen und Kaffee.

Als wir fertig waren, sagte Leonard: »Es könnte natürlich auch ein ganz anderes Auto sein.«

»Wieviele Autos sollen denn mitten in so einem Creek liegen? Und die Stelle mit dem Fließsand ist breit und auch tief genug, daß ein Auto jahrelang trotz Flut und Überschwemmungen festsitzt. Und auch wenn der Fluß nur wenig Wasser führt, ist er an dieser Stelle bestimmt immer noch so tief, daß man das Auto nicht sieht.«

»Wir haben allerdings nur ein Nummernschild, kein Auto.«

»Es war aber an einem Auto befestigt. Es ist nur abgerissen, weil es verrostet war.«

»Weißt du, vielleicht ist das Boot wirklich da draußen. Und mit ein bißchen Glück auch das Geld.«

»Eher mit viel Glück. Habe ich mich eigentlich schon dafür bedankt, daß du mich gerettet hast?«

»Noch nicht so richtig. Ein bißchen mehr Demut könnte dir nicht schaden. Ich bin ohne Seil da runtergetaucht und habe mein Leben riskiert, um dich raufzuholen.«

»Warst du wirklich in Lebensgefahr?«

»Und wie! Ich mußte gegen Fließsand, gegen die Kälte und gegen dich ankämpfen. Mir fällt niemand ein, der tapferer ist als ich.«

»Oder bescheidener.«

Wir machten so weiter, bis wir müde wurden, und dann stellten wir fest, daß wir keine Lust hatten, ins Hippie-Nest zurückzufahren. Keine Lust, auf einer kalten Veranda mit Butangas in den Atemwegen zu schlafen. Wir nahmen ein paar Bier und eine Flasche billigen Wein mit und mieteten uns ein Zimmer in einem heruntergekommen Motel. Dort blieben wir fast die ganze Nacht auf und erzählten uns gegenseitig Lügengeschichten und ein paar traurige Wahrheiten, von denen wir hofften, der andere würde sie für Lügen halten.

Leonard erzählte von seiner Großmutter, und wie toll sie gewesen war und wie sehr er sie geliebt hatte, und von seinem Vater, der ihn geschlagen hatte, bis er vierzehn war und sich wehrte und ihn in den Arsch trat. Daraufhin haute sein Alter ab und kam nie wieder zurück, und seine Mutter starb an Diabetes und zerbrochenen Träumen. Ein Job in der Armee schien ihm genau das richtige zu sein. Über Vietnam sprach er nicht. Den Teil ließ er aus. Natürlich hatte ich das alles schon mehrmals gehört, und das wußte er auch. Aber wenn einer betrunken ist, ist es ihm egal, was er früher gesagt hat, ihn interessiert nur, wie er sich jetzt gerade fühlt. Und wenn du den ganzen alten Mist hochkommen läßt, ist das, wie wenn du einen guten alten Blues-Song auflegst, den du schon hundert Mal gehört hast. Du kennst den Text in- und auswendig, aber er tut dir immer noch gut.

Leonard wandte sich anderen Themen zu. Traurige Geschichten verwandelten sich in stolze Lügen. Er redete von seinen Hunden, vor allem von dem einen – der natürlich schon lange das Zeitliche gesegnet hatte –, der so klug gewesen war wie Lassie. Der durch Reifen gesprungen war und Hilfe geholt hatte. Noch ein Glas Wein, und Leonard hätte mir vielleicht erzählt, daß er Auto fahren und Zigaretten rauchen konnte, eventuell sogar ein paar Integralrechnungen lösen.

Aber soweit kam es dann doch nicht. Er wurde müde und machte immer längere Pausen, und eine davon nutzte ich und fing an, ihm zu erzählen, wie meine Zukunftspläne in die Brüche gegangen waren. Daß die Zukunft nicht die war, die ich mir erträumt hatte. Er hörte mir aufmerksam zu, wie immer, und was ich sagte, war okay. Er nahm Anteil an meinem ewig gleichen Geplapper, nickte wissend an all den richtigen Stellen, so wie ich vorher bei seiner tausendmal gehörten Geschichte von der guten Großmutter und dem davongelaufenen Vater und der toten Mutter. Dann erzählte ich ihm von Trudy und Tschilp, ließ die Geschichte klammheimlich einfließen. Ich sehnte mich nach ein wenig Mitgefühl und war der Meinung, das hätte ich verdient.

»Du Blödmann«, sagte Leonard. »Ich hab dir doch gesagt, die Schlampe ist Gift. Paco hat's dir auch gesagt. Alle durchschauen sie, bis auf die Typen, die sich in sie verlieben. Wenn ich nicht schwul wäre, würde ich mich ja vielleicht auch in sie verlieben. Aber aus meiner Perspektive ist sie nur eine Schlampe mit ein paar dummen Sprüchen, und du bist ein 1-a-Hornochse, der einen steifen Schwanz und wahre, ehrliche Liebe nicht auseinanderhalten kann. Gute Nacht.«

Was ich an Leonard am meisten schätze, ist seine Sensibilität. Trotzdem, eines sage ich euch: Ich hatte mir zum letztenmal eine seiner gottverdammten verlogenen Hundegeschichten angehört. Die konnte er in Zukunft jemand anderem erzählen.

Am nächsten Morgen machten wir uns mit glanzlosen Augen und eingezogenem Schwanz auf den Weg zum Hippie-Nest, um unsere Neuigkeiten loszuwerden.

Kapitel 18

Nachdem wir ihnen von unserem Fund erzählt hatten, dauerte es noch zwei Tage, bis alles geplant und organisiert war. Sie besorgten Kettensägen, Äxte, Buschmesser und ein Aluminiumboot, und Howard konnte seinen Boß überreden, ihm am Sonntagnachmittag den Abschleppwagen auszuleihen.

Sein Boß mußte deutlich mehr Sympathie für ihn empfinden als Leonard und ich. Schlimmstenfalls hätte ich, wenn er in Flammen gestanden wäre, nicht mal auf ihn gepißt, und bestenfalls hätte ich gerade mal das Feuer ausgetreten.

Also fuhren wir an einem arschkalten Sonntag hinunter in die Bottoms. Der Himmel sah ausgesprochen seltsam aus, so als würde eine Regenfront heranrücken. Mit Hilfe der Werkzeuge räumten wir den Weg frei, damit der Abschleppwagen ans Ufer des Creeks hinunterfahren konnte. Das Ergebnis war nicht gerade überwältigend, aber nachdem wir den einen oder anderen Baum gefällt und einen Teil des Unterholzes beseitigt hatten, kam der Abschleppwagen – eines dieser Riesendinger mit Monsterreifen – ganz gut durch. Zur Tarnung legten wir an einigen Stellen Angelruten aus, obwohl ich das für ziemlich bescheuert hielt. Wenn irgend jemand sah, was wir alles veranstalteten, damit der Abschleppwagen durchfahren konnte, und dann auch noch unsere Taucheranzüge entdeckte, konnte er wohl kaum glauben, daß wir nur zum Angeln gekommen waren – außer er wäre noch sehr viel dümmer als Bohnenstroh.

Wir machten den Schwachsinn trotzdem. Wir alle, außer Paco. Er war mal wieder nicht da, wie so oft, aber niemand sagte etwas, und mir war es schnurzegal.

Ich machte mich bereit, in den Trockenanzug zu schlüpfen. Ich wollte nicht wieder da hinunter, aber ich wußte, wenn ich es nicht machte, würde Leonard es tun, und ihn da hinunterzuschicken, nur weil ich ein Angsthase war – das kam einfach nicht in Frage. Nicht, daß es mir nicht durch den Kopf gegangen wäre. Er hatte es mir angeboten, und das Angebot war wirklich verlokkend. Trotzdem hatte ich darauf bestanden, den ersten Tauchgang zu übernehmen. Mein Vater hatte immer gesagt: Wenn du Angst vor etwas hast, dann geh direkt darauf zu. Das erspart dir eine Menge schlafloser Nächte. Andererseits konnte einen diese Einstellung auch umbringen. Ich fragte mich, ob mein guter alter Dad sich dieser Möglichkeit wohl auch bewußt gewesen war.

Ich schmierte mich mit Fett ein, zog den Taucheranzug an, schnappte mir Haken und Kabel des Abschleppwagens und ging zum Ufer hinunter.

Leonard kam zu mir herüber und fragte: »Bist du dir ganz sicher, daß du das machen willst?«

»Natürlich nicht.«

»Aber du machst es?«

»Ich mach es.«

»Wenn's Probleme gibt, hole ich dich raus.«

»Und wie willst du mitkriegen, daß es Probleme gibt?«

»Ich lasse dich einfach nicht allzu lange unten bleiben, auch nicht mit Sauerstoffflasche. Wenn du nicht bald wieder hochkommst, komme ich runter und packe dich am Arsch.«

»Ich weiß, das ist dein Lieblingskörperteil, Leonard, aber hol den Rest von mir doch bitte auch mit rauf.«

»Gebongt.«

Ich setzte die Taucherbrille auf, und Howard ließ Kabel nach. Ich ging ins Wasser und schwamm direkt auf die Fließsandstelle zu. Sobald ich den Sog spürte, ließ ich mich von ihm hinunterziehen. Es war genauso dunkel wie beim letzten Mal und auch genauso kalt, und ich mußte aufpassen, daß ich mich nicht in dem Kabel verhedderte. Ich verspürte einen Anflug von Panik, aber dann konzentrierte ich mich auf das, was ich vorhatte, und schwamm mit der Strömung. Diesmal erwischte es mich nicht so schlimm. Ich fühlte die Kälte wie einen Druck, aber entweder hatte ich mich besser eingefettet, oder der Anzug hielt besser dicht; jedenfalls drang kein Wasser ein.

Sobald mich der Fließsand umhüllte, ließ ich die Füße nach oben treiben und tastete mit den Händen den Gegenstand ab, von dem ich das Autokennzeichen abgerissen hatte. Er fühlte sich wahrhaftig wie eine Stoßstange an. Ich ließ meine behandschuhte Hand ein Stück weitergleiten. Jawohl, das hier war ein Auto. Nach Gefühl befestigte ich den Haken an der Karosserie, in der Hoffnung, daß er sich nicht lösen würde. Dann griff ich nach dem Kabel und folgte ihm rasch nach oben. Die ganze Prozedur hatte nur ein paar Sekunden gedauert, aber als ich die Oberfläche erreichte, kam es mir vor, als sei ich eine Ewigkeit dort unten gewesen.

Howard setzte die Winde in Gang. Sie jaulte, das Kabel straffte sich, dann stoppte die Winde und fing schließlich wieder an zu jaulen. Kurz darauf durchbrach unser Fang die Wasseroberfläche. Ich hätte nicht sagen können, welche Farbe er mal gehabt hatte, denn er war ganz grau und grün von all den Jahren im Schlamm am Boden des Creeks und vom Moder. Das Rückfenster war größtenteils herausgebrochen, und das verbliebene Glas sah so dünn aus, als wäre es überhaupt kein Glas, sondern zerknittertes Plastik. Die Reifen erinnerten an um Felgen gewickelte schwarze Lederlumpen. Die Fenster waren heruntergekurbelt worden, damit der Wagen auch ganz sicher sank, und das Wasser und der Schlamm, die aus den offenen Fenstern liefen, hatten die Konsistenz von Dünnschiß.

Nachdem Howard ihn am Ufer abgesetzt hatte, nahmen wir ihn genauer unter die Lupe.

»Es ist ein Auto«, sagte Howard, »aber ob es das richtige ist?«

»Softboy hat doch erzählt, er hätte zwei Partner gehabt«, sagte ich. »Schauen wir mal, ob wir Knochen finden.«

Die Zeit und die Fische mußten sich längst der Leichen angenommen haben. Knochen konnten davongeschwemmt oder von größeren Fischen mitgeschleppt worden sein, aber wenn der Wagen schon ziemlich bald in den Fließsand gerutscht war, waren vielleicht noch einige an Ort und Stelle. Und wenn nicht, gab es vielleicht andere Hinweise, daß dies hier Softboys Fluchtauto war.

Die Türen ließen sich nicht öffnen, also holte Howard eine Brechstange und machte sich an die Arbeit. Nachdem er sie aufgebrochen hatte, quoll noch mehr Schlamm aus dem Wagen. Trudy und Howard schnappten sich Schaufeln und kratzten den Wagen aus. Nach kurzer Zeit stieß Howard auf einen Schädel. Er wischte ihn mit dem Ärmel ab, bis wir sehen konnten, daß er auf der linken Seite ein großes und auf der rechten ein kleines Loch hatte.

Trudy grub auf dem Rücksitz herum und tauchte schließlich mit einem weiteren schlammverkrusteten Schädel auf. Sie trug ihn auf dem Schaufelblatt zu Howard, der ihn ebenfalls mit dem Ärmel abwischte. Dieser Schädel hatte ein kleines Loch in der Stirn und am Hinterkopf eines in Faustgröße.

»Ich habe den Eindruck, daß Softboy nicht ganz ehrlich war, als er dir von seinen Partnern erzählt hat«, sagte Leonard. »Das waren Schüsse aus nächster Nähe. Die kleinen sind die Eintritts-, die großen die Austrittslöcher. Ich vermute, Softboy hat die beiden selbst erledigt. Geld verdirbt den Charakter.«

»So hat er auf mich aber nicht gewirkt«, entgegnete Howard.

»Tja, manchmal trügt der Schein eben.«

»Immerhin hat gestimmt, was er über das Auto erzählt hat. Und du weißt ja, was das heißen könnte.«

Daraufhin packte uns alle der Ehrgeiz. Ich versuchte, mir vorzustellen, an welcher Stelle Softboy am ehesten mit dem Boot gekentert war, und beschloß, das tiefere Wasser auf beiden Seiten der Brücke abzusuchen und zu sehen, was uns in die Hände fiel. Leonard und ich tauchten abwechselnd. Auf beiden Seiten der Brücke ging es erstaunlich tief hinunter. Vielleicht hatten sie den Creek damals ausgebaggert, im Hinblick auf die große Wasserstraße, die nie zustande kommen sollte.

Wir schwammen am Grund entlang, und am Anfang flippten wir bei allem, was wir berührten, fast aus. Das meiste war der übliche Müll: Dosen, Flaschen und Plastikkanister, die mal Seife oder Cola enthalten hatten – alles Mist, der auf die Müllhalde und nicht ins Wasser gehörte. Manchmal stießen wir auf größere Teile, die wir an der Winde befestigten, damit Howard sie herausziehen konnte. Wir fanden eine Reihe 200-Liter-Fässer, die mit weiß der Teufel was gefüllt waren, außerdem Reifen und Räder, gelegentlich auch ein Getriebe oder einen Rasenmäher, und sehr beliebt waren natürlich auch die unregelmäßig geformten Steinbrocken.

Keine Boote. Nicht mal Teile eines Boots.

Ich hatte inzwischen nicht mehr soviel Angst vor dem Wasser, und ich nahm mir vor, nicht übermütig zu werden. Zuviel Selbstvertrauen ist die beste Art, deine Seele scheibchenweise an den Teufel zu verscherbeln. Der Trockenanzug zwickte mich ein wenig. Nach und nach drang Wasser ein, und ich spürte die Kälte immer mehr. Wir tauchten und tauchten, und am späten Nachmittag war ich völlig erledigt.

Wir hatten weder Geld noch Boot noch Teile des Bootes gefunden. Leonard und ich stiegen aus dem Wasser und aus unseren tropfenden Anzügen und zogen uns an, um Pause zu machen und uns ein bißchen aufzuwärmen. Paco tauchte mit belegten Broten und Kaffee auf, und dann gingen Howard und er ein Stück den Fluß hinunter und unterhielten sich.

Allmählich legte sich das Geldfieber. Ich dachte darüber nach, wieviel Zeit schon vergangen war, seit das Boot gesunken war, und was alles im Laufe der Jahre damit passiert sein konnte, und das deprimierte mich. Wenn es bei dem Unfall auseinandergebrochen war, war es vielleicht stückweise davongeschwemmt worden und das Geld auch. Es konnte schon längst im Meer schwimmen.

Trudy hatte mich die ganze Zeit komplett ignoriert. Sie kramte weiter in dem Zeug herum, das wir herausgeholt hatten, in der Hoffnung, irgendein Fragment zu finden, das wir übersehen hatten und das vielleicht Ähnlichkeit mit einem Boot haben könnte. Ich mußte sie dauernd anschauen. Ihre Bewegungen waren einfach zu verführerisch.

Ein Stück oberhalb der Wasserlinie lag ein Haufen aus Dreck und Ranken und Wildpflanzen, und als Trudy eine Pause machte, lehnte sie sich gegen diesen Haufen, und die Art und Weise, wie sie sich dagegenlehnte, das Becken nach vorne herausgedrückt, tat mir in Herz und Lenden weh. Und ich glaube, daß sie das verdammt genau wußte.

Sie verlagerte das Gewicht von einem Bein aufs andere, ohne mich dabei anzuschauen, und zwar so, daß es ganz natürlich wirken sollte, aber eben nicht hundertprozentig natürlich war. Und plötzlich machte sie einen Schritt weg von dem Haufen, legte die Hand aufs Kreuz und rieb es. Dann drehte sie sich um und rieb an dem, was sich ihr in den Rücken gebohrt hatte. »Das sieht wie ein Knochen aus«, sagte sie mehr zu sich selbst.

Ich ging zu ihr hinüber und schaute mir an, was es war, das da aus dem Dreckhaufen herausragte. Für mich sah das Ding eher wie ein Stein aus, aber selbst wenn es der Knochen eines Wollhaarmammuts gewesen wäre, wäre ich nicht so recht in Stimmung für Paläonthologie gewesen. Ich hatte das Gefühl, daß

Trudy nur einen Vorwand gesucht hatte, um mich hinüberzulocken und mit ihrer Nähe vollends verrückt zu machen.

Sie beachtete mich nicht weiter und begann, den Dreck um das Ding herum wegzukratzen. Ziemlich bald konnte man erkennen, was es war. Und was da allmählich Gestalt annahm, war deutlich aufregender als ein Stein oder ein Knochen.

Es war das Propellerblatt eines Bootsmotors.

Trudy blickte zum Ufer, wo Howard und Paco standen und aufs Wasser hinausstarrten.

»Ich hab da was entdeckt«, rief sie ihnen zu.

Howard und Paco kamen vom Ufer herauf, und auch Leonard und Chub schlenderten zu uns herüber.

Howard sah, was Trudy ausgebuddelt hatte, und sagte: »Oh Mann, das bedeutet ...«

»Das bedeutet, wir haben einen Bootsmotor gefunden«, unterbrach Leonard, »aber nicht unbedingt *den* Bootsmotor.«

»Wie sollte denn ein Boot bis hier oben raufkommen?« fragte Chub.

»Vielleicht ist es bei Hochwasser angespült worden«, sagte ich. »Und nachdem hier oben niemand nach einem Boot suchen würde, ist es einfach liegen geblieben, und mit der Zeit hat sich immer mehr Dreck drumherum angesammelt.«

»Oder«, warf Paco ein, »wir haben hier nur ein Propellerblatt und einen Haufen Dreck. Eins ist jedenfalls klar: Ob da wirklich ein Boot drin ist, kriegen wir mit Reden allein nie heraus.«

Wir schnappten uns Schaufeln und stürzten uns auf den Dreckhaufen wie Würmer auf eine Leiche. Howard, Paco und Leonard arbeiteten auf der einen, Chub und ich auf der anderen Seite, und Trudy kratzte um das Motorblatt herum den Dreck mit einer Maurerkelle weg. Chub war so ungestüm, daß er mir zweimal beinahe den Griff der Schaufel an den Kopf gehauen hätte, und einmal erwischte er mit dem Schaufelblatt meinen Knöchel. Ich mußte ihm erst androhen, ihm eins auf die Fresse zu geben, bevor er besser aufpaßte. Aber wir waren alle etwas hektisch, und als Trudy den größeren Teil eines Außenbordmotors freilegte, waren wir nicht mehr zu halten. Wir gruben und gruben, und als die Sonne unterging und es immer kühler wurde, bekam ich das erst mit, als ich eine kurze Pause machte und spürte, wie der Schweiß auf meinem Gesicht eiskalt wurde. Die kalte Luft schnitt mir in Nasenlöcher und Nasenschleimhäute, rauhte mir die Kehle auf und fauchte in meinen Lungen, so daß sie wie eine Wunde pulsierten.

Aber ich grub weiter.

Irgendwann holte Howard den Abschleppwagen und schaltete das Fernlicht ein, damit wir besser sehen konnten. Daraufhin gruben wir sogar noch schneller. Als wir auf ein paar dicke Wurzeln stießen, holten wir eine Axt, und Leonard meldete sich freiwillig als Holzfäller. Mit kräftigen, präzisen Schlägen durchtrennte er die Wurzeln, die in hohem Bogen davonflogen. Dann stürzten wir uns wieder auf die Schaufeln und gruben. Schließlich traf Howards Schaufel auf etwas, das weder nach Wurzel noch nach Stein klang. Er warf die Schaufel zur Seite, wühlte mit den Händen im Dreck und zog schließlich den verbogenen Deckel einer Aluminium-Kühlbox heraus. Wir hörten auf zu graben und starrten den Deckel an. In dem kalten Scheinwerferlicht und dem schmutzigen Licht des Mondes wirkte er majestätisch wie ein silberner Schild. »Vielleicht, vielleicht«, sagte Howard, und wir stürzten uns wieder in die Arbeit und gruben wie die Wilden. Die gesamte weltweite Maulwurfpopulation hätte kaum tatkräftiger werkeln können. Als nächstes stießen wir auf Holzplanken, die vielleicht Teile des Boots gewesen waren. Sie waren so bröselig wie künstliche Kaminscheite.

Dann traf Howards Schaufel auf etwas Festes. Vorsichtig hob er einen langen Aluminiumkanister mit einem Riß in der Mitte heraus. Gebannt starrten wir ihn an. Ich hatte ein Gefühl, als wäre ich plötzlich voll flüssiger Lava und als wäre ein bißchen von dem Eis in meiner Seele geschmolzen. Ich stand kurz davor, verlorene Jahre zurückzugewinnen. Schlagartig fielen mir tausend Möglichkeiten ein, und alle bekamen sie Köpfe wie eine Hydra. Der Gedanke, daß ein Teil dieses Geldes mir gehören würde, kam mir im gleichen Moment wie der Gedanke, daß es gewaschenes Geld aus einem Bankraub war, und ich fühlte mich gleichzeitig euphorisch und schuldig, so wie ich mich vermutlich gefühlt hätte, wenn meine Mutter mich jemals dabei erwischt hätte, wie ich mir vor dem Foto einer Freundin einen runterholte.

Howard versuchte, den Deckel zu lockern, schaffte es aber nicht. Schließlich bog er den Kanister an der aufgerissenen Stelle soweit auseinander, bis er aufbrach, und Bündel von irgend etwas Dunklem herausfielen. Trudy stand plötzlich mit einer Taschenlampe neben Howard, der das, was aus dem Kanister gefallen war, in die Hand nahm und vorsichtig drückte. Er fluchte.

Ich schnappte mir auch eines der Bündel. Es war Papier – vermutlich Geld. Es war schwarz und fühlte sich an wie nasses Tuch. Noch ein Jahr oder zwei, und man hätte es gut als Gartenmulch verwenden können.

»Da müssen mehrere Kanister sein«, sagte Trudy. »Die können nicht alle kaputt sein.«

»Können sie wohl«, sagte Leonard.

Seine Worte waren so ernüchternd, als hätte uns jemand einen Kübel mit eiskaltem Wasser über die Köpfe geschüttet. Ich fühlte mich ein bißchen schwindlig und leer, so als ob ich Hunger hätte, aber dieses Loch hätte sich mit keinem Essen der Welt stopfen lassen. Das Boot und der Kanister hatten einen Moment lang unsere Träume beflügelt, aber jetzt sah es so aus, als würden diese Träume ihre Flügel nutzen, um gen Süden davonzufliegen und sich zu den anderen Skeletten all unserer Träume zu gesellen.

Tja, das Geld hätte uns für eine Menge nicht eingelöster Versprechen entschädigen können, aber ohne es waren wir nur ein Haufen Verlierer, die durchgefroren und mit leeren Händen am schlammigen Ufer eines namenlosen Creeks herumstanden.

Wir machten uns wieder an die Arbeit und durchsiebten Holz, Metall, Plastikreste und Glasbrocken. Schließlich fanden wir einen weiteren Kanister. Dieser war nicht kaputt. Howard holte Schraubenzieher und Schraubenschlüssel und bearbeitete mit zitternden Händen den Deckel, bis er aufbrach.

Drinnen lag Geld. Es war bündelweise in eine Plastiktüte eingewickelt und offensichtlich unversehrt. Howard riß die Plastiktüte auf, und das Geld fiel heraus. Trudy griff danach, faltete die Bündel auf, sank auf die Knie und fing an zu zählen.

Ich konnte ihren Atem hören, unser aller Atem. Wir stießen kalte, weiße Rauchwolken aus, wie kleine Eisenbahnen, die sich einen letzten steilen Hügel hinaufkämpfen.

Es dauerte ganz schön lange, bis Trudy das Geld gezählt hatte, länger, als ich gedacht hatte. Und während sie zählte, standen wir alle dicht um sie herum und sahen zu, wie sie die Geldnoten von dem Stoß abzählte und auf dem Boden aufschichtete, und nach einer ewig langen Zeit, lang genug, daß ganze Kontinente in den Fluten versanken und neue sich durch vulkanische Eruptionen aus dem Meer erhoben und sich neue Lebensformen entwickelten, sagte sie: »Einhunderttausend.«

Mit vor Gier vibrierender Stimme sagte Howard: »Da muß noch mehr sein.«

Also fingen wir wieder an zu graben, und kurz darauf legten wir einen weiteren Kanister frei. Wieder wurde das Geld gezählt – diesmal schnappte sich jeder von uns ein paar Bündel und schichtete die Scheine zu kleinen Häufchen auf. Es waren knapp zweihunderttausend, und alle Scheine waren in gutem Zustand. Wir machten weiter und fanden noch zwei Kanister, beide mit Geld drin. Bei dem einen waren die obersten Geldscheine ein bißchen angefault, aber der Rest war okay. Wir trugen den Dreckhaufen komplett ab, aber mehr Geld war nicht da.

Wir zählten das Geld aus den beiden letzten Kanistern und rechneten dann alles zusammen. Insgesamt waren es etwas über vierhunderttausend Dollar. Trudy nahm das Geld, rollte es zu festen, kleinen Bündeln, legte es zurück in die Plastiktüten, verschloß die Tüten fest mit irgendeinem Band, das sie dabei hatte, und verstaute die Beute in den beiden am besten erhaltenen Kanistern.

»Das ist deutlich weniger als eine Million«, sagte Howard.

Obwohl es so aussah, als müßten meine Träume ein bißchen bescheidener ausfallen, als ich mir das ursprünglich ausgemalt hatte, war ich froh, überhaupt etwas zu haben. Ehrlich gesagt war mir sogar ein klein wenig schwindlig. Ich sah Howard an. Er nickte. Ich sagte: »Ich finde, das ist eine ganz ordentliche und noch dazu steuerfreie Summe. Vielleicht liegen noch ein oder zwei Kanister irgendwo im Wasser, aber mir reicht, was wir haben. Vielleicht war auch nie mehr da. Über Geldbeträge reden ist so ähnlich wie über Fische reden. Je öfter man davon erzählt, desto größer werden sie.«

»Hap und ich werden uns jetzt unseren Anteil nehmen«, sagte Leonard. »Ich will zurück zu meinen Hunden, und Hap will nach Mexiko.«

Howard warf erst Paco und dann Chub und Trudy einen Blick zu. »So so, jetzt gleich?«

»Genau«, sagte ich.

»Okay«, sagte Howard, »einen Moment noch.«

Er trat einen Schritt zurück, öffnete seinen Mantel, griff in die Innentasche, zog etwas heraus und zielte auf uns. Obwohl er mit dem Rücken zu den Scheinwerfern stand und nur vereinzelt ein wenig Mondlicht durch die Bäume sickerte, hatte ich eine ziemlich genaue Vorstellung von dem, was er in der Hand hielt.

Eine flache, kleine Automatikpistole.

KAPITEL 19

Wie sich herausstellte, hatten sie alle Knarren. Als Howard seine zog, holten die anderen ihre auch heraus. Es war ganz schön irritierend, von allen Seiten mit billigen Automatikwaffen bedroht zu werden.

Howard fuhr den Abschleppwagen, Trudy den Minibus. Chub fuhr Leonards Wagen, und Paco hatte sich auf dem Beifahrersitz zu uns umgedreht und zielte mit einer .32er Automatik auf uns. Die Bottoms rasten an uns vorbei wie schwarze Bänder mit krummen Eichenfingern und mit Pinien, die aussahen wie Eselskappen. Ab und zu, wenn die Wolkendecke aufriss, ergoß sich Mondlicht über die ganze unwirkliche Szenerie.

Ich sah Leonard nicht an. Ich konnte spüren, daß er meinen Blick suchte, aber ich hatte keinen Bock auf seinen *Ich hab's dir doch gleich gesagt*-Blick, auch wenn er völlig recht hatte.

»Ihr seid mir vielleicht ein paar Scherzkekse«, sagte ich zu Paco. »Ich dachte, die drei wollten das Geld für einen guten Zweck, und du wolltest einfach nur das Geld. Und jetzt stellt sich raus, daß ihr alle unter einer Decke steckt und alle einfach nur das Geld wollt.«

»Nein«, sagte Chub, »das stimmt nicht. Wir haben mit dem Geld was Bestimmtes vor. Das Problem ist nur, wir brauchen die gesamte Summe. Wir dachten, es wäre mehr Geld, und wir könnten euch was abgeben. Aber jetzt, wo wir nur so wenig gefunden haben, können wir uns das nicht leisten. Für den Fall, daß das Geld nicht reicht, haben wir ausgemacht, euren Anteil auch einzukassieren.«

»Wir brauchen es, um was zu kaufen«, sagte Paco.

»Drogen?« fragte ich.

»Waffen«, antwortete Chub.

»Ich vermute mal, ihr wollt sie irgendwelchen südamerikanischen Revolutionären zukommen lassen«, sagte ich, »damit sie ihre kapitalistischen Unterdrücker bekämpfen können oder irgend etwas in der Art.«

»Irgend etwas in der Art, ja«, sagte Chub. »Nur daß wir die Waffen niemandem geben wollen. Wir selbst sind die Revolutionäre.«

»Ach du Scheiße«, war alles, was mir dazu einfiel.

»Klasse«, sagte Leonard. »Ein dummer Clown und seine Clown-Freunde mit Knarren. Sagt bloß, ihr wollt auch noch scharfe Munition.«

»Wir brauchen das ganze Geld«, rechtfertigte sich Chub, »das sind nämlich hochmoderne Waffen, die wir da kaufen wollen. Stimmt's, Paco?«

»Genau.«

»Paco meinte, wenn wir das Geld finden, hat er die nötigen Verbindungen, um uns die Waffen umgehend zu besorgen. Von Leuten, mit denen er schon mal zusammengearbeitet hat. Stimmt's Paco?«

»Stimmt.«

»Paco hatte sich schon mal mit ihnen in Verbindung gesetzt für den Fall, daß wir das Geld wirklich finden. Und damit sie uns ein paar Preise nennen. Wir haben ausgerechnet, daß wir jede Menge Waffen und vor allem auch massenhaft Munition brauchen werden. Und dann brauchen wir auch noch Geld, wenn wir in den Untergrund gehen, für Bestechungen, für Essen, für Nachschub, lauter solche Sachen. Genügend Geld, damit wir die Zeit überbrücken können, bis wir richtig loslegen und Banken ausrauben.«

»Banken?« fragte Leonard. »Ihr wollt Banken ausrauben?«

»Ja, aber nicht aus Geldgier. Natürlich werden wir einen Teil von dem Geld behalten, wir müssen das alles ja auch irgendwie finanzieren. Aber das meiste werden wir Leuten geben, die sich für politisch korrekte Projekte einsetzen.«

»Politisch korrekt«, seufzte Leonard. »So was hör ich gern.«

»Wir hatten nicht vor, euch zu bescheißen. Aber nachdem es jetzt nur so wenig Geld ist, und wir so ehrgeizige Pläne haben, bleibt uns keine andere Wahl. Das hat nichts mit Boshaftigkeit zu tun, das ist auch nichts Persönliches, es ist einfach eine Frage der Prioritäten.«

»Aha«, sagte Leonard, »ich verstehe. Und da hatte ich doch wirklich einen Moment lang geglaubt, wir würden einfach nur verarscht.«

»Wir müssen euch jetzt eine Zeit lang festhalten«, fuhr Chub fort, »bis wir den Kauf abgeschlossen haben und in den Untergrund gegangen sind. Wenn wir euch jetzt freilassen, würdet ihr uns vielleicht verpfeifen. Und vorläufig soll noch niemand was von uns erfahren. Bald wird man uns überall kennen, und das wird uns dann auch ganz recht sein.«

»Ich würde niemandem was erzählen«, sagte Leonard. »Meinst du etwa, es soll jeder mitkriegen, daß ich mich von solchen Idioten wie euch hab übers Ohr hauen lassen? Ihr werdet ein paar schöne Revolutionäre abgeben. Ihr würdet euer eigenes Arschloch doch nicht mal beidhändig finden.«

»Paco hat so was schon mal gemacht«, widersprach Chub.

»Ja«, sagte Leonard, »und was hat er davon? Einen verkohlten Schädel.«

»Euch haben wir immerhin ausgetrickst«, entgegnete Paco.

»Das fürchte ich allerdings auch«, sagte ich.

»Wir müssen unbedingt was tun«, sagte Chub. »Dieses Land ist auf dem besten Weg in den Faschismus. Der Geist der 60er darf nicht verloren ...«

»Himmel«, unterbrach Paco, »wenn du nicht endlich das Maul hältst, laufe ich auf der Stelle zu den Scheißkapitalisten über.«

Kapitel 20

Eine weitere kalte Nacht, aber immerhin nicht so kalt wie im Hippie-Nest. Die Heizungen funktionierten hier ganz gut, alle Zimmer waren halbwegs warm, und sie waren auch ein bißchen größer und schöner und lange nicht so deprimierend. Im Kamin im Wohnzimmer knisterten die Holzscheite beruhigend vor sich hin. Trotzdem war es nicht gemütlich. Wir hatten im Sitzen schlafen müssen, in den Sesseln. Was die ganze Ungerechtigkeit noch schlimmer machte, war die Tatsache, daß wir uns in Leonards Haus befanden und Trudy und Howard die Nacht in Leonards Bett verbracht hatten – außer als sie an der Reihe waren, mit ihren Waffen auf der Couch zu sitzen und uns zu beaufsichtigen. Sie führten sich dabei auf, als würden sie jeden Moment mit einer wilden Schießerei rechnen.

So gegen Mitternacht hatten sie gemeinsam die Wache übernommen. Ich hatte auf die Uhr auf dem Kaminsims geschaut. Das Ticken von dem blöden Ding klang, als würde mir Wasser auf den Kopf tropfen. Paco schlief irgendwo in der Küche, und Chub lag, eingewickelt in Decken, auf dem Boden in der Nähe des Kamins.

Dafür, daß sie ein Liebespaar waren, gingen Trudy und Howard nicht gerade herzlich miteinander um. Trudy saß am einen und Howard am anderen Ende der Couch. Zwischen ihnen schienen überhaupt keine Funken zu fliegen. Sie hatten sich in den letzten vierundzwanzig Stunden – zumindest in ihren Köpfen – in abgebrühte Profis verwandelt.

Sie hatten sich alle verändert. Seit wir ihre Gefangenen waren, hatten sie unbewußt ein wichtigtuerisches Gehabe angenommen. Vielleicht hatten sie wirklich nicht gewollt, daß es soweit kam, auch wenn wir keinen Bock gehabt hatten, bei ihren Plänen mitzumachen. Aber jetzt, wo es nun mal geschehen war, ging es ihnen runter wie Öl. So hatten sie wenigstens einen Grund, Waffen zu tragen. Für sie war es wie ein revolutionäres Vorspiel. Ein Vorgeschmack auf den Orgasmus.

Ich sah Trudy und Howard zu, wie sie auf Leonard und mich aufpaßten, und dabei nickte ich immer mal wieder ein. Endgültig wach wurde ich, als Chub plötzlich laut stöhnte. Erstaunlicherweise fühlte ich mich sogar halbwegs ausgeschlafen. Trudy versetzte Chub ein paar Fußtritte, damit er aufwachte. »Du bist dran«, sagte sie. »Da drüben steht der Kaffee. Schlaf ja nicht wieder ein.«

»Red nicht mit mir, als wär ich ein Kind«, knurrte Chub. Unsanft aus dem Schlaf gerissen, hatte er einen Moment lang seine Analyselektionen vergessen. Daß ihm doch eigentlich gar nichts irgend etwas ausmachte.

»Sie nehmen dich nicht ernst, weil du so fett bist«, sagte Leonard.

Ich sah zu ihm hinüber. Ich hatte gar nicht mitbekommen, daß er aufgewacht war. Er war so schlecht gelaunt und sarkastisch wie immer morgens. Kein Wunder, daß er keinen Liebhaber hatte. Wer würde schon jeden Morgen neben Groucho Marx wach werden wollen?

»Wenn du fett wirst«, fuhr Leonard fort, »behandelt dich jeder wie ein wandelndes Schweinekotelett.«

»Du kannst mich nicht ärgern«, sagte Chub.

Ich hatte da so meine Zweifel. Vor ein paar Stunden, kurz bevor er sich hingelegt hatte, hatte ich ihn in einem meiner wachen Momente in der Nähe des Wohnzimmerfensters stehen sehen. Er hatte sein Spiegelbild in dem dunklen Glas angestarrt, und die Art, wie er in den Schultern zusammensackte, ließ keine Zweifel daran, daß ihm nicht gefiel, was er sah. Er stand auf, wusch sich an der Küchenspüle das Gesicht, trank eine Tasse Kaffee, holte seine Pistole unter dem Kopfkissen hervor und setzte sich auf die Couch.

»Wir machen einen kleinen Spaziergang«, sagte Trudy zu ihm.

»Draußen?« fragte Chub.

»Nein«, antwortete Howard. »Wir dachten, wir laufen ein paar Mal um die blöde Couch.«

»Ich hab ja nur gefragt. Es ist ganz schön kalt draußen.«

»Sag bloß!«

»Ihr seid alle so nervös«, sagte Chub. »Kommt schon, das ist doch unser gemeinsames Projekt.« Chubs Gesichtsausdruck war genauso traurig wie auf dem Foto aus seiner Kindheit. Es war ihm so wichtig, als gleichwertig behandelt zu werden, daß er einfach nicht anders konnte, als sich unterwürfig zu verhalten.

Howard atmete tief durch. »Okay, paß auf – wenn wir zurück sind, helfen wir dir, die beiden zur Toilette zu bringen.«

»Ich hab zwar einen großen Schwanz«, sagte Leonard, »aber beim Pissen kann ich ihn schon noch allein halten.«

»Wir wollen doch nicht, daß du dich einsam fühlst«, sagte Howard.

»Und wenn ich jetzt schon pissen muß?«

»Dann kneifst du die Beine zusammen.«

»Und wenn ich groß muß, kacka, was ist dann?«

»Dann kneif gefälligst den Arsch zusammen.«

Leonard sah mich an. »Er ist echt ein harter Bursche. Wenn ich ihn reden höre, spüre ich so ein gewisses Ziehen in den Lenden. Du nicht auch?«

Während dieses Schlagabtausches war Trudy im Schlafzimmer verschwunden. Als sie wieder hereinkam, trug sie ihre Holzfällerjacke, und darunter hatte sie sich dick eingemummelt. »Zieh dir was Warmes an«, sagte sie zu Howard. Er ging ins Schlafzimmer und kam ein paar Minuten später ebenfalls dick eingepackt wieder heraus. Sie gingen zur Vordertür hinaus. Ich schloß die Augen und döste ein.

Das nächste Mal wurde ich davon wach, daß die Hintertür geöffnet und wieder geschlossen wurde.

Trudy und Howard kamen durch die Küche ins Zimmer. Sie hatten von der Kälte ganz rote Gesichter. Howards Hosen waren unten voll mit nassem Dreck, und seine Schuhe sahen aus, als hätten sie in Dreck gebadet. Trudy sah so sauber und appetitlich wie immer aus, ja, in ihrer Winterjacke wirkte sie fast wie eine kleine Bärin.

Unwillkürlich sah ich auf die Uhr. 2 Uhr 48. Die Zeit vergeht wie im Flug, wenn man sich prima amüsiert.

Howard zog seine niedliche kleine Automatikpistole heraus und begleitete Leonard ins Badezimmer. Danach war ich an der Reihe, und dann saß ich wieder im Sessel.

Es war 3 Uhr morgens.

So raste die Zeit dahin.

Leonard schlief sofort wieder ein. Er schnarchte sogar. Ich döste mehr vor mich hin. Irgendwann bekam ich mit, daß Chub sich wieder auf den Boden legte und Paco den Platz auf der Couch einnahm. Die Pistole hatte er auf dem Schoß liegen. Auf der Armlehne stand eine Untertasse, auf der sich Zigarettenstummel sammelten. Im Mundwinkel hing eine Zigarette, und sein Kopf verschwand in einer Rauchwolke. Er machte einen etwas zappeligen Eindruck. Es war das erste Mal, daß ich ihn so erlebte. Schweißperlen liefen an seinem entstellten Gesicht herab, und die coole Fassade, die er sonst zeigte, war wohl gerade auf Urlaub. Als er merkte, daß ich wach war, änderte sich das schlagartig wieder. Er lächelte, winkte mir mit einer Hand lässig zu und packte die Waffe fest mit der anderen.

Ich überlegte, ob ich auf ihn losgehen sollte, aber ich überlegte mir auch, daß ich dabei eine Kugel abbekommen könnte. Wenn Leonard wach gewesen wäre, hätte ich ihm vielleicht ein Zeichen geben und wir hätten gemeinsam auf ihn losgehen können. Der Drecksack hätte uns schließlich nicht beide erschießen können.

Oder vielleicht doch. Und auch wenn er nur einen von uns erwischte, wollte das nicht ausgerechnet ich sein, und ich nahm an, daß Leonard das für seine Person genau so sah. Und selbst wenn wir es schafften, ihn zu überwältigen, würde das wohl kaum ohne größeren Radau abgehen, und dann würden die anderen aufwachen, und sie waren alle bewaffnet.

Ich warf Paco den gemeinsten Blick zu, den ich zustande brachte. Dann rutschte ich ein bißchen in meinem Sessel hin und her und wollte gerade wieder die Augen schließen, als Trudy aus dem Schlafzimmer kam. Sie hatte eine Taschenlampe in der Hand und trug wieder ihre Holzfällerkluft, nur daß ihre Jacke diesmal nicht so ausgestopft aussah.

Paco sah sie fragend an.

»Ich kann nicht schlafen. Ich mache einen kleinen Spaziergang.«

Paco nickte.

Sie ging durch die Küche nach draußen. In dieser Nacht trieb es sie offensichtlich ganz schön um. Ich schloß die Augen und schlief ein. Trudys Rückkehr weckte mich auf. Sie war nicht sonderlich laut, aber ich hatte auch nicht sonderlich tief geschlafen. Wieder war ihr Gesicht ganz rot von der Kälte. Sie zog ihre braunen Baumwollhandschuhe aus, ging zur Couch, warf Paco einen kurzen Blick zu und starrte mich dann lange und intensiv an. Ich starrte zurück.

Ihre Hosenbeine waren unten lehmverkrustet, und auch vorne an ihren Stiefeln klebte Lehm. In der Naht des Stiefels waren ein paar Kieselsteine hängen geblieben, die aussahen wie häßliche Edelsteine auf grellem, rotem Samt. Der große Hap Holmes schloß daraus, daß sie am Rand des Creeks spazierengegangen war, dort, wo Leonard Kies aufgeschüttet hatte, um die Erosion aufzuhalten.

Schließlich gab sie es auf, mich dazu zu bringen, den Blick abzuwenden – Gottseidank, denn lange hätte ich nicht mehr durchgehalten –, ging um die Couch herum ins Schlafzimmer zurück und schloß die Tür.

»Sie fährt immer noch voll auf dich ab«, sagte Paco.

»Halt's Maul«, antwortete ich.

Es war kurz nach fünf.

Ich konnte nicht wieder einschlafen. Um sechs kamen Howard und Trudy ins Zimmer. Trudy hatte bereits geduscht und trug eines meiner Hemden und saubere Jeans. Alle anderen trugen ihre Klamotten vom Vortag. Howard übernahm unsere Bewachung. Die anderen gingen in die Küche und plünderten Leonards Frühstücksvorräte. Leonard wurde gerade rechtzeitig wach, um mitzukriegen, wie sie über seinen Kaffee, sein Brot, seine Butter und vor allem seine Vanillekekse herfielen. Daß sie seine Kekse aufaßen, machte ihm wirklich zu schaffen. Er aß sie leidenschaftlich gern und versteckte sie sogar vor mir. Paco war zufällig darauf gestoßen und hatte sie als Beilage zum Kaffee auf den Tisch gestellt. Sie brachten uns auch ein paar, aber mir war klar, daß es für Leonard nicht gerade spaßig war, seine eigenen Kekse von solchen Arschlöchern serviert zu bekommen.

Ich hatte immer mal wieder ein paar Fitzelchen an Informationen aufgeschnappt, zuerst bei ihren Gesprächen im Hippie-Nest und jetzt hier bei Leonard, und ich konnte mir ungefähr zusammenreimen, was sie vorhatten, auch wenn ich keine Einzelheiten kannte. Bis auf Paco, der ziemlich zugeknöpft und undurchschaubar war, machten sie aus ihrem Vorhaben kein Geheimnis. Sie waren mit uns hierher gefahren, weil der Ort, an dem sie die Waffen kaufen wollten, in der Nähe von LaBorde lag, und Leonards

Haus war in der Nähe von LaBorde wie auch von diesem geheimnisvollen Ort. Außerdem kannte Paco laut Trudy Leute in LaBorde, die ihnen helfen würden, in den Untergrund zu gehen. Keine Ehemaligen aus der Bewegung, sondern Drogenkuriere. Aber die Methoden unterzutauchen waren immer dieselben, egal zu welchem Zweck. Paco hatte das schließlich jahrelang praktiziert. Sie mußten es ihm nur nachmachen.

Ich hoffte, sie würden ihre Pläne möglichst bald in die Tat umsetzen und uns dann in Ruhe lassen. Ich wollte keine weitere Nacht im Sessel schlafen müssen. Die Rosenfelder erschienen mir heute deutlich attraktiver als gestern noch. Ich wollte einfach nur noch raus aus diesem Film, den Projektor an die Wand klatschen und das Kino einreißen, in dem dieser Film gezeigt wurde.

Aber ich hatte keine Ahnung, was ich tun würde, wenn wir erst mal aus diesem Schlamassel heraus waren. Wenn ich zur Polizei ginge, müßte ich ihnen von dem Geld erzählen und daß ich bei der Suche danach geholfen hatte. Vielleicht könnte ich mich eine Zeit lang um die Wahrheit herummogeln, aber sobald sie einen von den anderen erwischten, würde das Ganze auffliegen und ich vielleicht wieder hinter Gitter wandern. Diesmal würden sie mich vielleicht nur nach Huntsville schicken, aber auch das war ein Knast. Daß ich dann feststellen könnte, wie sich die Trainingsräume voneinander unterschieden, machte die Sache auch nicht attraktiver. Und auch wenn ich kein Wort über Leonards Beteiligung sagen würde, würde das mit Sicherheit einer der verhinderten Revolutionäre tun. Leonard würde genau so ungern in den Knast gehen wie ich. Andererseits planten die vier Raubüberfälle, und wenn ich die Klappe hielte, würden dabei vielleicht unschuldige Menschen sterben. Egal wie ich es drehte und wendete, das würde dann auch auf meine Kappe gehen.

Der Vormittag verlief nicht gerade aufregend. Paco telefonierte ein paar Mal von Leonards Anschluß aus und murmelte irgend etwas Unverständliches in den Hörer. Außer Howard, der mit der Waffe in der Hand auf der Couch saß, nahm niemand groß von uns Notiz.

Schließlich setzte Trudy sich neben Howard auf die Couch, griff unter ihr – mein – Hemd, zog die Waffe aus dem Hosenbund und sagte zu Howard: »Ich passe jetzt mal eine Zeit lang auf sie auf.«

Howard stand auf und ging zum Tisch, legte seine Waffe neben die Kekstüte, öffnete sie und machte sich über die Kekse her. Ich konnte spüren, wie Leonard bei jedem Biß zusammenzuckte. Er liebte seine Kekse wirklich über alles.

Ich lächelte Trudy an. Es war kein nettes Lächeln. »Ihr seid ja solche Hornochsen«, sagte ich.

Sie lächelte mich an. Es war kein nettes Lächeln. »Denk, was du willst, Hap. Uns beide verbindet nichts mehr. Gar nichts. Was du sagst, ist mir völlig egal. Wenn du nicht tust, was wir dir sagen, wenn du versuchst abzuhauen, bevor wir soweit sind, dich gehen zu lassen, wenn du versuchst, uns in die Quere zu kommen – dann schießen wir. Wenn es geht, verwunden wir dich nur. Wenn es sein muß, töten wir dich. Glaub ja nicht, daß unsere gemeinsame Vergangenheit mich davon abhalten würde abzudrücken. Kapiert?«

»Nur zu gut.«

»Wie lange sollen wir eigentlich noch hier rumsitzen – was habt ihr mit uns vor?« fragte Leonard.

»Paco muß nachher nochmal anrufen, und dann wissen wir, wann und wo wir unsere Kontaktleute treffen. Dann wissen wir auch genauer, wie es weitergeht.«

»Bestellt sie doch hierher, dann feiern wir eine Party. Sie können ja meine restlichen Kekse wegfressen.«

»Noch besser wäre es«, sagte ich, »wenn ihr uns einfach hier laßt. Ihr könnt ja die Telefonkabel durchschneiden oder die Luft aus Leonards Reifen lassen. Haut einfach ab und kümmert euch nicht weiter um uns.«

»Wenn ich wüßte, daß alles glatt geht, würde ich das tun. Aber ich will euch beide dabei haben, bis wir die Waffen haben und alles soweit erledigt ist, daß wir in den Untergrund gehen können. Falls es bei uns irgendwelche Verzögerungen gibt und ihr beide auf freiem Fuß seid, haltet ihr vielleicht nicht dicht, und wir werden geschnappt, bevor das Ganze überhaupt richtig angelaufen ist. Und falls irgend etwas schief läuft, falls dieser Waffenkauf in die Hose geht, können wir hier ein paar Tage unser Lager aufschlagen und in Ruhe überlegen, wie wir weitermachen. Ich will, daß wir für jeden Notfall gerüstet sind. Wenn alles so läuft wie geplant, nehmen wir euch mit zu dem Treffen und lassen euch anschließend irgendwo raus, wo ihr nicht so schnell zu einem Telefon kommt. Aber nicht an einem so verlassenen Ort, daß ihr erfriert oder es euch allzu dreckig geht.«

»Wir wollen euch natürlich keine Unannehmlichkeiten machen«, sagte Leonard.

»Danach bringt Paco uns mit unseren Untergrund-Kontaktleuten zusammen. Ein neues Fahrzeug steht auch schon bereit. Den Mini-Bus fahren wir in den Straßengraben und ...«

»Und der Rest ist Geschichte«, sagte ich.

»Diesmal wird alles anders ablaufen«, sagte Trudy.

»Warum nimmst du nicht das Geld und spendest es für die gottverdammten Wale? Das hier ist doch verrückt. Du mit 'ner Knarre? Denk doch mal gut nach.«

»Das habe ich schon. Ich war mein ganzes Leben lang für eine Verschärfung der Waffengesetze, und jetzt habe ich selbst eine. Und bald sogar noch mehr. Aber ich habe schon für die Wale gespendet und ich habe Zeit und soviel Geld, wie ich erübrigen konnte, für so ziemlich alles geopfert. Diesmal nehme ich die Sache selbst in die Hand und diesmal wird alles anders ablaufen.«

»Hap hat mir von dem Vogel erzählt, den du ertränkt hast«, sagte Leonard. »Wenn du so etwas fertig bringst, bist du vermutlich zu allem fähig. Eine gnadenlose Mörderin.«

»Ach, Leonard, halt doch die Klappe«, sagte Trudy.

»Nein, im Ernst. Ihr könntet euch die *Sturmvögel* nennen. Weißt du, so wie die *Weathermen* und die *Mechaniker*, nur daß ihr eben die *Sturmvögel* wärt, weil ihr niederträchtig und gemein genug seid, einen Spatzen zu ersäufen. Scheiße, laßt mich mitmachen. Ich fahre und ihr schießt.«

»Für euch beide ist alles immer nur Jux. Ihr lebt von einem Tag auf den anderen, seht zu, daß es euch gut geht, und das war's. Ihr kümmert euch um nichts, was euch nicht unmittelbar betrifft. Wenn etwas keine direkten Auswirkungen auf euch hat, dann ist es unwichtig.«

»Das siehst du völlig richtig«, antwortete Leonard.

Trudy lehnte sich zurück und ließ die Waffe in den Schoß sinken. »Du bist ein hoffnungsloser Fall.«

»Vielleicht«, antwortete Leonard. »Aber wirklich wichtig wäre mir jetzt, einen Freund anzurufen, der meine Hunde versorgt hat, und ihm zu sagen, daß ich wieder zu Hause bin und er nicht mehr rüber zu kommen braucht. Ich will nicht, daß ihr *Sturmvögel* ...«

»Nenn uns nicht so.«

»... plötzlich nervös werdet und einen alten Mann mit einem von diesen bürokratischen, kapitalistischen Schweinen verwechselt, die diese Welt beherrschen, und aus Versehen erschießt. Außerdem würde ich gern meine Hunde füttern. Wenn irgend jemand anders das versucht, beißt Switch ihm den Kopf ab. Ihr könnt euer Waffenarsenal ja mitnehmen, damit ich nicht weglaufe.«

»Ruf ihn an«, sagte Howard. Er hatte die ganze Zeit unbeteiligt dagestanden, aber jetzt gab er Leonard mit der Pistole ein Zeichen, sich aus dem Sessel zu erheben. »Wenn du irgendwelche Tricks versuchst, bist du dran. Oder Hap.«

Leonard erledigte den Anruf. Das Gespräch war kurz, einfach und freundlich. Es gab keine versteckten Botschaften. Er ging hinaus und fütterte die Hunde, und Paco und seine Knarre begleiteten ihn. Der Morgen lag da wie eine ausgeweidete Schildkröte. Gegen Mittag führte Paco ein weiteres Telefongespräch. Nachdem er endlich aufgehört hatte, in den Hörer zu murmeln, sagte er zu den anderen: »Jetzt steht der Treffpunkt fest. Es klingt alles ganz gut. Ich glaube, wir können das ziemlich schnell über die Bühne bringen. Holt das Geld, und dann fahren wir los.«

KAPITEL 21

Wir fuhren mit dem Minibus. Chub saß am Steuer, Paco auf dem Beifahrersitz. Trudy und Howard saßen in der mittleren Reihe. Sie hatten sich umgedreht und bedrohten Leonard und mich mit ihren Pistolen, die sie unter Handtüchern versteckt hielten. Es regnete, und der Regen verwandelte sich allmählich in Eis. Die Scheibenwischer rasten hin und her wie ein Geistesgestörter beim Wassertreten.

»Können wir unterwegs mal anhalten und ein paar Burger kaufen?« fragte Leonard.

Keiner antwortete.

Wir umfuhren LaBorde auf der Umgehungsstraße und dann, hinter dem Ortsausgangsschild, ging es auf eine Straße, die von langen Metallagerhallen gesäumt wurde. Schließlich kamen wir zum ehemaligen Apache Autokino.

Es war schon lange außer Betrieb, und vermutlich würde das Gelände über kurz oder lang mit rechteckigen Aluminiumgebäuden in der Größe von Flugzeughallen zugepflastert werden. Bevor das Fernsehen es mit einer Linken ins Torkeln gebracht, und die Videokassetten es ein paar Jahre später mit einer harten Rechten zu Boden gestreckt hatte, war es ein beliebter Treffpunkt gewesen. Jetzt war es nur noch abbruchreifer Schrott.

Die große alte Figur eines Indianerkopfes, die über der Anzeigetafel des Apache gestanden hatte, war verschwunden, vermutlich gestohlen; aber die Tafel selbst war noch da, hoch oben auf ihren Metallpfosten. An einigen Stellen waren Risse zu sehen, und die wenigen roten Buchstaben, die noch an der Tafel hingen, übermittelten nur noch eine kryptische Botschaft: ED N HE ST.

Wir fuhren an der Tafel und an den Kassenhäuschen vorbei zum ehemaligen Eingang, der jetzt mit einer Sperrholztür verrammelt war. Kinder hatten sie mit Bildern und Graffitis bemalt und besprüht – die üblichen haarumkränzten Mösen, Schwänze und Eier, und die meisten der sexuellen Anspielungen waren falsch geschrieben. Als wir Kinder waren und Wände beschmierten, wußten wir wenigstens noch, daß man *ficken* mit *ck* schreibt.

»Hup«, sagte Paco.

»Was?« fragte Chub.

»Verdammt nochmal, sie haben gesagt, wir sollen hupen.«

Chub drückte auf die Hupe und ließ sie nicht mehr los.

»Nur einmal, du Idiot.«

Die Sperrholztür glitt langsam zurück. Als sie etwa zur Hälfte geöffnet war, trat eine Frau heraus und schob sie noch ein Stück weiter auf.

Als wir an der Frau vorbeifuhren, sah ich, daß sie Ende zwanzig war, groß – über 1,80 – und dunkelhaarig. Attraktiv. Sie trug einen Jogginganzug und darüber eine Jeansjacke. Trotz der Jakke war nicht zu übersehen, daß sie Bodybuilderin war. Ich schätzte sie auf durchtrainierte fünfundachtzig Kilo, und wenn sie sich bewegte, hüpften ihre Muskeln wie Kaninchen.

Ich drehte mich um und sah, wie sie die Sperrholztür an ihren ursprünglichen Platz zurückschob.

Ich warf Leonard einen Blick zu. Er hob die Augenbrauen.

Ich atmete tief durch. Ich spürte, wie meine Hände unruhig über meine Knie strichen. Howards Adamsapfel bewegte sich ruckartig auf und ab. Trudy starrte mich durchdringend an, und ihr Atem war deutlich zu hören.

»Stell den Wagen da drüben hin«, sagte Paco und deutete auf den ehemaligen Kiosk. Chub parkte, und wir stiegen aus. Howard und Trudy zogen die Handtücher von ihren Pistolen. Jetzt sah das Ganze schon etwas professioneller aus. Der kalte Regen prasselte auf unsere Köpfe und durchnässte uns bis auf die Knochen. Ich starrte auf die Stelle, wo früher die Leinwand des Autokinos gewesen war. Ich wünschte mich zehn Jahre zurück, wünschte mir, ich wäre hier, um einen Film anzuschauen.

Paco ging allein in den Kiosk und kam einen Moment später wieder heraus. »Kommt mit.«

Wir folgten ihm. Drinnen war es trocken, aber sehr kalt. Auf dem Boden lag jede Menge Abfall: Bierdosen, Kondome, alte Popcorntüten, Einwickelpapier und Scheißhaufen, die von Tieren oder auch von Menschen stammen mochten.

Wir gingen am Tresen vorbei in einen Raum, über dessen Tür in verblichenen Buchstaben *Büro* stand. In dem Raum stand ein alter, billiger Schreibtisch aus einem Material, das man Preßholz nennt, das aber nicht viel mehr als gehärtete Pappe ist. Auf dem Schreibtisch lagen ein verbeulter schwarzer Filzhut und ein ausgefranster Schirm. Hinter dem Schreibtisch saß ein Mann auf einer umgedrehten Getränkekiste, und durch die Öffnung zwischen den beiden Seitenteilen des Schreibtisches sah man seine Beine und seine Füße.

Er war groß und schlank und trug schwarze Hosen und knöchelhohe schwarze Tennisschuhe. Aus seiner dünnen Windjacke lugte ein schwarz-rot gemustertes Hemd hervor. Trotz seiner dünnen Kleidung schien er nicht zu frieren. Ganz im Gegenteil. Sein schwarzes Haar war kurz geschnitten und mit Gel nach hinten gekämmt. Er trug eine rechteckige schwarze Brille mit dicken Gläsern. Der Steg und der linke Bügel waren dick mit weißem Band umwickelt. Die Augen wirkten riesig hinter den dicken Gläsern. Sie waren so schwarz wie sein Haar, und ihr Blick war nur unwesentlich weniger ölig. Wenn er lächelte, sah man, daß ihm rechts ein paar Zähne fehlten. Sein Gesicht war gerötet und von Schweiß überzogen. Er sah aus, als hätte er Fieber, das gerade im Steigen war.

Wir standen eng aneinander gedrängt in dem kleinen Raum. Die muskulöse Frau kam herein und schüttelte ihr nasses Haar aus wie ein Hund. Eine Hand hatte sie in der Manteltasche. Sie lehnte sich in einer der Ecken an die Wand, zog ein Bein hoch und beugte es, so daß ihre Schuhsohle gegen die Wand drückte. Ihr Gesicht war so ausdruckslos wie das einer Wachsfigur.

»Hallo, ihr Revolutionäre«, sagte der Mann hinter dem Schreibtisch. »Qué pasa? Wie zum Teufel geht's euch?«

»Ganz gut«, sagte Howard.

»Das hör ich gern.«

»Wir würden den Kauf gern möglichst schnell über die Bühne bringen.«

»Natürlich. Aber ich will mich wenigstens erst mal vorstellen ... Oh, jetzt hab ich Mist gebaut. Die Dame zuerst.«

Er nickte in Richtung der Amazone. »Dieses wohlgeformte Stück Fleisch ist Angel. Ich bin Soldier. Ich will, daß ihr euch das gut merkt. Ihr sollt wissen, mit wem ihr es zu tun habt. Falls nicht alles so läuft, wie ihr euch das vorstellt, dann könnt ihr sagen: ›Soldier, die Dinge entwickeln sich nicht zu unserer Zufriedenheit.‹ Und ich kann sagen: ›Leckt mich doch am Arsch‹.«

Ich warf Leonard einen Blick zu. Er sah genau so beunruhigt aus, wie ich mich fühlte. Howard und Trudy hielten immer noch ihre Pistolen in der Hand, aber nicht mehr auf uns gerichtet; sie ließen sie locker gegen ihre Beine baumeln.

»Versteht ihr, was ich damit sagen will?« fragte Soldier.

Howard schaute hinüber zu Trudy. Seine linke Wange zuckte. Trudys Lippen waren nur noch ein dünner, weißer Strich. Chub lehnte sich in der Nähe von Angel an die Wand, so daß er sich zwischen ihr und dem Schreibtisch befand. Paco stand rechts neben Soldier. Er hatte die Hände in den Manteltaschen vergraben und betrachtete den dreckigen, papierübersäten Boden.

»Keiner weiß, wovon ich rede?« fragte Soldier.

»Nein«, antwortete Trudy. »Alles, was wir wollen, sind die Waffen. Du gibst uns die Waffen, und wir geben dir das Geld. Aber erst wollen wir die Waffen sehen.«

»Natürlich.« Soldier sah Paco an. »Hast du das gehört? Sie wollen die Waffen sehen.«

»Ich hab's gehört.«

»Ihr habt doch schon Waffen. Ihr habt doch alle Waffen bis auf den da«, er zeigte mit dem Finger auf mich, »und den Nigger. Stimmt's?«

Er sah wieder zu Paco. »Sind das die dummen Arschlöcher, die euch bei der Suche nach dem Geld geholfen haben? Habe ich richtig geraten? Bei dem Nigger habe ich bestimmt richtig geraten. Er ist der einzige Nigger in diesem Haufen. Du sagst ja immer Schwarzer. Ein Schwarzer – du meine Fresse. Ich erkenne einen Nigger, wenn ich einen sehe.«

»Ja«, sagte Paco, »das sind die beiden.«

»Meine Leute sind hier heruntergekommen, als ich fünfzehn war. Sie sind von Jersey nach Texas gezogen, weil sie dachten, daß ihr Speerwerfer hier noch wißt, wo ihr hingehört. Und dabei seid ihr hier sogar noch unerträglicher. Alles ist inzwischen so verdammt ... Angel, wie heißt das Wort, das mir auf der Zunge liegt?«

»Homogen.«

»Genau, das ist es. Homogen. Inzwischen leben die besten Ku-Kluxer oben im Norden. Die Südstaatler glauben ja neuerdings, die Nigger wären ganz in Ordnung. Da dreht sich mir der Magen um.«

»Menschen wegen ihrer Hautfarbe zu verachten, ist auch keine Lösung«, sagte Chub.

Soldier starrte Chub so überrascht an, als wäre vor seinen Augen gerade ein Wunder geschehen. »Wer zum Teufel hat dir denn erlaubt, die Klappe aufzureißen?«

»Nicht jeder sieht die Dinge so wie du.«

»Nicht jetzt, Chub«, sagte Paco.

Soldier deutete mit dem Finger auf Paco. »Und du hältst auch den Mund.«

Dann bewegte er den Finger in Chubs Richtung und sagte: »Angel, geh zur Seite.«

Angel machte einen Schritt auf mich zu und zog einen kurzläufigen .38er aus ihrer Manteltasche. Rasch wandte ich den Blick zu Soldier. Er stand auf, hob den Hut hoch, griff nach der .45er Automatik, die darunter lag, richtete sie auf Chub und schoß. Chubs Hinterkopf flog wie ein Blitz aus grau und rot an mir vorbei und gegen die Wand, an der Angel noch kurz zuvor gestanden war. Chubs Knie gaben langsam nach, bis sie den Boden berührten, dann fiel er auf den Rücken und blieb mit dem Gesicht zur Decke liegen. Die Reste seines Schädelinhalts flossen heraus wie Abwasser.

Während der Schuß im Raum nachhallte, hielt Soldier die .45er immer noch auf die Stelle gerichtet, an der Chub gestanden war. »Wenn irgend jemand von euch versucht zu schießen, bringe ich ihn um. Oder Angel tut's. Oder Paco.«

Wir starrten Paco an.

»Genau so ist es«, sagte Paco.

KAPITEL 22

»Ja«, sagte Soldier, »genau so ist es. Jetzt seid vernünftig, haltet mir keine Vorlesungen über Nigger und gebt Angel eure Waffen. Schön brav, okay?«

Angel griff vorsichtig nach den Läufen der Waffen und wand sie Howard und Trudy aus den Händen. Die beiden waren so geschockt, daß sie gar nicht richtig mitbekamen, wie ihnen geschah. Angel warf die Waffen auf den Schreibtisch, ging zu Chub, öffnete seinen Mantel und zog ihm die Waffe aus dem Hosenbund. Unwillkürlich mußte ich in seine weitaufgerissenen Glubschaugen schauen und auf das kleine Loch auf seiner Stirn und die Pfütze am Boden um seinen Hinterkopf. Für ihn würde es keine Analyse mehr geben. Und keine Sorgen mehr darüber, der unzulängliche, fette Junge zu sein. Ich hoffte, ich hatte wenigstens einmal etwas halbwegs Nettes zu ihm gesagt, weniger für seinen als für meinen Seelenfrieden.

Angel legte Chubs Waffe zu den anderen auf den Schreibtisch.

»Die sind doch nur Schrott«, sagte Soldier und deutete auf die Waffen. »Euch Hohlköpfen hätte man wirklich alles andrehen können – so ich denn Waffen gehabt hätte. Wenn ich abhaue, lasse ich den Scheiß einfach hier auf dem Schreibtisch liegen. Ihr seht also, es gab nie irgendwelche Waffen und auch keinen gottverdammten Untergrund. Da gab's nur Paco, und Paco hat mit mir gesprochen, weil er mich kennt und weil er weiß, daß ich ein paar Deals am Laufen habe, und weil er diesmal richtig absahnen will. Nicht immer nur Peanuts, versteht ihr? Bergeweise Kohle, der ganz große Wurf, wie immer ihr den Scheiß nennen wollt. Abgesehen davon – wer außer mir würde mit dem häßlichen Hurensohn wohl sonst einen größeren Deal durchziehen wollen? Das sollte keine Beleidigung sein, Paco. Verbrennungen machen einen nun mal häßlich. Wie zerknautschtes ... Wie heißt doch dieses Einwickelpapier, Angel? Das, womit zum Beispiel die Twinkies eingewickelt sind?«

»Zellophan.«

»Das ist es. Paco, dein Gesicht sieht genauso aus wie dieses Zeugs.«

Soldier wandte sich wieder uns zu. Die .45er folgte der Bewegung seines Kinns. Unsere Augen wanderten zwischen seiner Waffe und dem armen Chub hin und her. Eine Waffe und eine Leiche können einen hypnotisieren, vor allem, wenn einem der Schuß noch in den Ohren klingt und der Kupfergeruch des Blutes und der Geruch nach Scheiße noch schwer in der Luft liegen.

»Euer Gesichtsausdruck ist echt filmreif«, sagte Soldier grinsend zu Trudy und Howard. »Jetzt seid ihr so richtig auf hundertachtzig, was? Ihr kommt hier reinmarschiert, um Waffen zu kaufen, schleppt dabei Gefangene mit, als wärt ihr richtig große Gangster, und schon seid ihr alle meine Gefangenen. Und dabei habe ich nur eine Pistole, keine Waffen, wie ihr sie haben wolltet. Nicht, daß ich die nicht kriegen könnte. Das kann ich jederzeit. Könnte ich. Aber ich mache fast keine Waffengeschäfte mehr. Es gibt einfach zuviel Schwierigkeiten. Man wird zu leicht erwischt. Rauschgift macht weniger Probleme. Aber dann kommt Paco und erzählt mir, er hat da was, das macht noch weniger Probleme. Er hat da ein paar Dumpfbacken am Haken, mit denen muß ich gar nicht erst ein Geschäft machen. Ich muß einfach nur hier sitzen und ihr Geld einkassieren. Und da ihr hoffentlich wißt, was das Beste für euch ist, solltet ihr das Geld jetzt auch schleunigst rausrücken, ich lasse mich nämlich nicht gern verarschen. Da bin ich wie mein alter Herr. Der ließ sich auch nichts bieten. Wenn meine Mutter frech wurde – zack. Hey, schaut euch mal mein Ohr an.« Er drehte den Kopf, so daß wir sein linkes Ohr sehen konnten. »Seht ihr, ich habe da so eine Art Blumenkohlohr. Nicht so gruselig wie bei unserem guten alten Paco, aber eben ein bißchen ramponiert, versteht ihr? Das war mein alter Herr. Hätte mich beinahe totgeschlagen. Ich hatte es aber auch verdient. Ich hatte mich respektlos benommen ... So, her jetzt mit dem Geld. Wer von euch hat es?«

Ich schaute Trudy an. Sie starrte vor sich hin. Howard sah erst sie an und dann Soldier. Niemand sagte etwas.

»Ihr wollt also nicht reden«, stellte Soldier fest. »Es sollte aber bald jemand das Maul aufmachen, sonst muß ich ein bißchen nachhelfen. Erst kommt der Nigger dran, dann sein Kumpel. Paco, wie heißt der Kumpel?«

»Hap.«

»Hap. Happy, alter Junge ... Los jetzt, raus mit der Sprache. Ich kriege das Geld sowieso. Ich kann euch auch erschießen und dann durchsuchen. Aber ich würde es lieber etwas lockerer angehen. Ich wünsche mir ein bißchen mehr Respekt. Respekt ist mir echt wichtig. Versteht ihr, was ich sagen will?«

»Wir wollen die Waffen«, sagte Trudy. Ihre Stimme klang überraschend fest.

Soldier lächelte. »Was soll das jetzt? Waffen? Du willst die Waffen?« Er warf Paco einen Blick zu. »Sie will die Waffen.« Dann wandte er sich wieder Trudy zu. »Du dumme Kuh, ich habe dir doch schon gesagt, es gibt keine Waffen. Keine Peng-Pengs. Nicht mal eine Kugel, mit der du werfen üben kannst. Genauso ist das, klar? Du gibst mir das Geld, und ich blase dir nicht das Gehirn weg. So läuft das und nicht anders.« Soldier richtete seine Pistole auf Leonard. »Als erster ist der Bimbo dran, dem trauert sowieso keiner nach. Dann arbeiten wir uns langsam vor, und zum Schluß ist die Frau dran.«

»Wir haben es nicht dabei«, sagte Howard.

»Was sagst du da? Wovon redest du eigentlich? Du warst wohl ein bißchen in Eile, als ihr losgefahren seid, und hast es liegen lassen, wie? Willst du mir das weismachen? Los, rede, du Arschloch.«

Howards Adamsapfel schien seine Stimmbänder abzudrücken. »Wir haben das Geld nicht dabei.«

Soldier legte die Automatik auf den Schreibtisch und sah zu Paco. »Was soll der Scheiß? Habt ihr jetzt Geld oder nicht?«

»Das Geld ist da. Ich habe es selbst gesehen.«

»Du würdest Soldier doch nicht verarschen, oder?«

»Ich habe das Geld gesehen. Und ich habe ihnen gesagt, sie sollen es mitnehmen.«

»Hast du ihnen gesagt, ja? Aber du hast nicht gesehen, wie sie es eingesteckt haben, verstehe ich das richtig?«

»Das Geld existiert jedenfalls. Es sind schätzungsweise vierhunderttausend.«

»Okay, du ... wie heißt du?«

»Howard.«

»Okay, Howard. Also dieses Geld, das ihr nicht dabei habt.«

»Wir ... Trudy und ich hielten es für besser, es nicht mitzunehmen. Wir dachten, der Deal könnte vielleicht nicht so laufen wie geplant ... daß wir erst länger verhandeln müßten. Daß die Waffen vielleicht nicht in Ordnung wären, und wenn wir das Geld dann nicht dabei hätten, dann ... naja dann ...«

Soldier zeigte mit dem Finger auf Howard. »Dann hättet ihr ein Druckmittel gehabt. Richtig? Rede.«

»Genau.«

Soldier griff nach der Automatik. »Dann hättet ihr euch bei Soldier beschweren können, und er hätte gesagt, ach herrje, euch gefällt das Angebot nicht. Okay, machen wir ein neues. Eines, das euch gefällt. Mann, du mußt wirklich vom ... was für einen Heuwagen meine ich, Angel?«

»Den sprichwörtlichen.«

»Genau den meine ich. Howard, mein Freund, du mußt von dem sprichwörtlichen Heuwagen gefallen sein. Wie du siehst, gibt es hier nichts zu verhandeln.«

»Ich habe fünftausend dabei. Wir dachten, das würde als Anzahlung reichen, wenn was nicht in Ordnung wäre. Wir wollten einfach nur vorsichtig sein. Wir haben uns das letzte Nacht so überlegt.«

Soldier wandte sich an Paco. »Sie haben sich das letzte Nacht überlegt? Und dir nichts davon gesagt? Ich denke, du bist einer von ihnen, und dann sagen sie dir nichts?«

Paco schüttelte den Kopf.

»Es war einfach eine Vorsichtsmaßnahme«, sagte Howard, »falls ... falls da irgendein falsches Spiel laufen würde.«

»Ein falsches Spiel. He, ich mag das nicht, wenn man mir nicht vertraut. Das ist respektlos.«

»Wir sind doch davon ausgegangen, daß du Waffen für uns hast. Wir dachten nur, daß vielleicht die Menge oder die Qualität nicht stimmt. Wir haben gelesen, daß so etwas schon mal vorkommt.«

Soldier nickte. »Soso, habt ihr gelesen. Also gut, wieviel sagst du, habt ihr dabei?«

»Fünftausend.«

»Das ist ja wie in die hohle Hand geschissen. Sag's ihm, Angel.«

»Das ist wie in die hohle Hand geschissen.«

»Da müßtest du mir ja schon mehr hinblättern, wenn ich deine Schwester ficken sollte, selbst wenn sie zwei Meter lange Beine und eine Möse wie eine Venusmuschel aus Samt hätte. Das ist doch gar nichts. Soviel Geld verdiene ich an einem Tag, Mr. Howard. Du verschwendest hier nur meine Zeit. Gib mir die fünftausend.«

Howard holte die fünftausend aus seiner Jackentasche, machte einen Schritt nach vorn und gab sie Soldier. Dann drehte er sich um und stellte sich neben Trudy. Soldier legte die Automatik auf den Tisch und blätterte die Scheine durch. »Na gut, fünftausend. Die behalte ich als Anzahlung auf meinen Anteil. Ist das okay? Paco? Angel?«

Beide schwiegen. Soldier hatte es nicht wirklich als Frage gemeint.

»So, jetzt erkläre ich dir mal, was wir jetzt machen werden. Du wirst mir jetzt erzählen, wo das Geld ist, Mr. Howard.«

»Auf Leonards Grundstück. Wir haben es vergraben.«

»Verstehe. Vergraben. Eigentlich sollte ich euch jetzt alle bis auf Howard erschießen. Und dann, Howard, gehen wir beide los und graben das Geld aus.«

»Nehmen wir sie lieber alle mit«, sagte Paco, »dann gibt's hier nicht so eine Schweinerei.«

»Hast du was gesagt, Mann?«

»Ich will niemand umbringen, außer wenn es unbedingt sein muß. Ich habe schon Leute umgebracht, aber nur, wenn es sein mußte.«

»Wenn ich sage, es muß sein, Paco, dann tust du's auch. Oder glaubst du etwa, ich hätte das Arschloch da vorhin nicht erschießen sollen? Ist es das, was du denkst? Daß wir das bißchen Blutvergießen hätten vermeiden können? Ich sage dir, das Arschloch hatte keinen Respekt. Das ist der Unterschied zwischen dir und mir, Paco. Ich verlange Respekt.«

Soldier setzte sich auf den Getränkekasten und sah uns an. »Und du, Mädel,« sagte er zu Trudy, »was hältst du von der ganzen Sache?«

»Ich gebe dir das Geld nicht.«

»Verstehe. Mumm. Nicht viel Respekt, aber Mumm. Egal, ich habe heute meinen großzügigen Tag, also machen wir es so, wie

Paco vorgeschlagen hat. Wir fahren zu Leonard ... Leonard, das ist der Nigger, stimmt's?«

»Stimmt«, sagte Paco.

»Wir fahren dahin, wo der Nigger wohnt, graben das Geld aus, und dann ziehen wir frohgemut unseres Weges. Und dann könnt ihr euch meinetwegen in Ruhe gegenseitig die Eier kraulen. Na, wie klingt das? Bist du bereit, Howard? Bereit für eine kleine Ausgrabung?«

Tränen liefen über Howards Wangen. »Ja«, sagte er.

»Gut. Wenn ihr zufrieden seid, bin ich auch zufrieden.«

KAPITEL 23

Soldier durchsuchte Chubs Taschen und nahm sein Geld und die Schlüssel vom Minibus an sich. Er setzte den Filzhut auf und griff nach seinem Schirm. Wir ließen Chub einfach liegen und gingen hinaus in den Regen.

Zuerst gingen wir zu Soldiers und Angels altem, verbeultem Lincoln, der auf der anderen Seite des Kiosks geparkt war. Während wir in dem kalten Regen standen, hielt Soldier uns einen Vortrag über Respekt. Dann setzte Paco sich ans Steuer des Lincoln. Angel setzte sich auf den Beifahrersitz und drehte sich um, damit sie Howard und Trudy, die hinten einsteigen mußten, im Auge behalten konnte.

Sie fuhren vor uns los.

Soldier ließ mich den Minibus fahren. Leonard saß neben mir, und Soldier setzte sich nach hinten. »Fahr nicht zu schnell und laß dir ja keine bescheuerten Tricks einfallen wie einen Unfall oder so. Ihr habt beide eine Kugel im Leib, bevor wir uns um einen Telefonmast gewickelt haben.«

Ich war mir nicht sicher, was mir lieber wäre, ein Telefonmast oder eine Kugel. Genaugenommen war ich auf beides nicht scharf.

Ich legte den Gang ein und fuhr los. Als wir auf dem Highway waren, klopfte Soldier mir mit der Automatik auf die Schulter. »Angel. Was hältst du von ihr? Wie sie aussieht, meine ich.«

»Sie sieht nicht schlecht aus. Die Waffe stört allerdings ein wenig.«

»Die Muskeln wären kein Problem für dich?«

»Nein.«

»Tja, eins sag ich dir. Wenn man auf sie draufsteigt, fühlt sich das an, als würde man einen Felsblock besteigen. Du kannst dir glatt blaue Flecken holen. Wenn ich meinen Schwanz in sie reinstecke, weiß ich nie sicher, ob ich ihn wiederkriege. Ihre Möse ist wie eine Bärenfalle. Wir wollen vielleicht heiraten. Was hältst du davon?«

»Ihr seid ein echtes Traumpaar.«

»Ja, vielleicht. Aber sollte ein Mann wirklich eine Frau heiraten, die mehr Gewicht stemmen kann als er? Falls du verstehst, was ich meine. Ist es noch weit bis zum Haus von dem Nigger?«

»Ziemlich.«

»Na gut. Fahr vorsichtig. Bei so einem Wetter habe ich schon so manchen schlimmen Unfall gesehen.«

Während der Fahrt verschlechterte sich das Wetter zunehmend. Vom Himmel, der so dunkel war wie kurz vor Sonnenuntergang, fiel ein Gemisch aus Regen, Schnee und Eis, und dazu wehte ein kräftiger Wind. Ich hatte am frühen Morgen das letzte Mal etwas gegessen, und ich war hungrig und fühlte mich ein wenig schwindelig.

Als wir ankamen und ins Haus gingen, stand Angel mit der Waffe in der Hand neben der Couch. Paco hatte seine Automatik in den Hosenbund gesteckt. Er stapelte gerade Anzündholz in den Kamin. Trudy und Howard saßen mit den Händen auf den Knien nebeneinander auf der Couch. Sie sahen auf, als wir eintraten, und gleich wieder weg.

Soldier schüttelte seinen Schirm auf dem Wohnzimmerboden aus und ließ ihn dann so energisch zuschnappen, daß wir alle zusammenzuckten. Er grinste und lehnte den Schirm gegen den Türrahmen.

Angel winkte Leonard und mich zur Couch und ließ uns neben Trudy und Howard Platz nehmen. Zu viert war es ganz schön eng auf der Couch: Leonard, Trudy, Howard und ich, die vier dummen Arschlöcher.

Angel lehnte sich an die Wand beim Kamin, hielt die Waffe auf Höhe ihres Oberschenkels und beobachtete uns. Ihre Augen waren dunkel und ausdruckslos.

»Sieh dich um«, sagte Soldier zu Angel. »Paco, du hältst die Stellung. Ich muß mal aufs Klo.« Er machte sich auf die Suche nach dem Badezimmer, und Angel ging durch die Hintertür hinaus.

Paco zog die Automatik aus der Hose, als würde ihn das Ganze fürchterlich langweilen, dann stellte er sich neben die Couch und vermied möglichst jeden Augenkontakt.

Mit sanfter Stimme sagte ich zu ihm: »Ich nehme an, das hast du mit dem Lastwagen gemeint, der den Berg runterrast.«

»Vermutlich.«

»Wenn du den Weltverbesserern einfach nur das Geld abgenommen hättest«, sagte Leonard, »dann wäre der Dicke noch am Leben.«

»Ich wollte nicht, daß das geschieht. Aber was passiert ist, ist passiert. Wenn ich mit Soldier zusammenarbeite, habe ich ganz andere Möglichkeiten. Diesmal spiele ich um den Hauptgewinn. Wenn ich nur diese Idioten hier übers Ohr gehauen hätte, hätte ich gerade mal vierhunderttausend und sonst nichts.«

»Aber dann hättest du doch selbst irgendwelche Geschäfte aufziehen können«, sagte ich.

»Soldier hat die besseren Verbindungen. Er ist ganz dick im Geschäft.«

»Drogen?« fragte Leonard.

»Drogen.«

»Aber der Typ ist verrückt«, sagte ich. »Er hat vielleicht die nötigen Verbindungen, aber auch nicht mehr alle Tassen im Schrank. Er hält sich wohl für so eine Art Gangster.«

»Das ist er ja auch ... klar, dem Typen haben sie ins Gehirn geschissen, und ich kann ihn auch überhaupt nicht ausstehen. Aber ich sehe ja, wieviel Kohle er macht. Wenn ich da investiere, kann ich Millionen rausholen, und dann kann ich die ganze Scheiße endlich hinter mir lassen. Dann kaufe ich mir ein neues Gesicht und ein neues Leben.«

»Du hast immer noch die Wahl«, sagte ich.

»Meinst du, das weiß ich nicht? Aber wenn ich mich auf eure Seite schlage, was habe ich dann davon? Eure Dankbarkeit? Dafür kann ich mir nichts kaufen. Ein Typ wie ich – mit meiner Vergangenheit und so, wie ich aussehe. Dies ist meine letzte Chance, und diesmal setzte ich alles auf eine Karte.«

Soldier kam wieder ins Zimmer.

»Die Spülung ist ganz schön langsam, Nigger. Der Wasserdruck stimmt nicht.«

Angel kam durch die Vordertür herein.

»Wie schaut's aus?« fragte Soldier.

Sie nickte.

Paco steckte die Automatik wieder in seine Hose, legte ein paar

Holzscheite auf das Anmachholz und zündete den Stapel mit einem der langen Streichhölzer an. Zuerst rauchte er nur ein wenig, aber dann begann er zu brennen. »Ich stelle die Heizungen an«, sagte er, und dann ging er durchs Haus und tat genau das. Als er wieder zurück kam, ging er zum Kamin und legte ein weiteres Holzscheit in die Flammen.

Soldier sah ihm zu, schob seinen Hut zurück und legte seine rechte Hand auf den Griff der Automatik, die er vorne in die Hose geklemmt hatte. Sein Gesicht hatte immer noch diesen ungesunden Schweißglanz. Er ließ seine Zunge um seine untere Lippe spielen und sagte: »Machst du jetzt als nächstes belegte Brote, Paco? Machst es uns gemütlich, vielleicht mit einem kleinen Picknick?«

Paco drehte sich um. »Hör mal, Soldier, mach mir keinen Streß. Ich habe die Schnauze voll von der Kälte. Und ich sollte wirklich ein paar belegte Brote machen. Wir könnten alle was zu essen vertragen. Von uns hat noch keiner gegessen.«

»An so einen Mist mußt du vorher denken. Angel und ich haben gegessen, nicht wahr, Angel?«

Angel nickte.

»Wann war das, genau um zwölf, wenn man normalerweise ißt? Wir haben Sandwiches gegessen. Was waren das für Sandwiches, Angel?«

»Bologna.«

»Ja, Bologna. Jetzt hör mal zu, wenn wir die Sache hier erledigt haben, kaufe ich dir ein Steak. He, ich kaufe sogar diesen Arschlöchern hier ein Steak. Okay? He, du, Obermacker, wie heißt du nochmal? Harry?«

»Howard«, sagte Angel.

»Komm, wir gehen jetzt ein bißchen graben. Zum Teufel, ihr kommt alle mit raus. Wenn ich bei diesem Scheißwetter raus muß, dann geht ihr gefälligst mit. Brauchen wir eine Schaufel?«

»Ja«, sagte Howard, »das Geld ist in der Scheune.«

»Vielleicht haben du und das Mädel ja eine kleine Schatzkarte gezeichnet. Etwas mit einem X drauf, weißt du. Und das X bedeutet: hier mußt du graben. Erzähl's mir, Howard, habt ihr eine kleine Schatzkarte gezeichnet?«

»Wenn wir das Geld ausgegraben haben, läßt du uns dann in Ruhe?« fragte Howard.

Soldier spreizte die Hände. »He, wenn du mir nicht zeigst, wo das Geld ist, hast du keine Chance. Wenn ich eine Stange Geld sehe, kann ich richtig glücklich werden. Und dann können viele nette Dinge passieren. Also los.«

Wir gingen zur Scheune. Die Hunde kläfften uns an, als wir an ihren Zwingern vorbeigingen. »Sag ihnen, sie sollen die Schnauze halten«, sagte Soldier, »oder ich puste ihnen ihre Scheißköpfe weg. Ich hasse Hunde.«

»Ruhig«, sagte Leonard. »Beruhigt euch.«

Die Hunde hörten allmählich auf zu bellen, und wir traten durch die Seitentür in die Scheune. Drinnen war es nur unwesentlich wärmer als draußen. Soldier lehnte sich an Trudys Volkswagen und atmete eine Wolke Dampf aus. »Oben im Norden beheizen sie ihre Scheunen. Okay, du, wie heißt du nochmal, wo haben wir das Geld denn nun?«

»Wir haben es hier in der Scheune vergraben«, sagte Howard. Soldier faltete sorgfältig seinen Schirm zusammen und legte ihn auf das Dach von Trudys Auto. »Ihr wolltet beim Graben wohl nicht frieren, was? Los, hol die Schaufel.«

»Das wird nichts nützen«, sagte Trudy.

»Soso. Eins sage ich dir, du Fotze. Halt die Klappe. Angel, wenn sie noch ein Wort sagt, richtest du ihr ein bißchen die Nase.«

Angel nickte.

Howard holte die Schaufel. Er ging zu einer Stelle vor dem Volkswagen und begann zu graben.

»Die Scheunen im Norden haben Fußböden«, sagte Soldier. »He, Nigger, und du, du weißer Penner, ihr solltet endlich mal lernen, wie man das richtig macht. Die beschissenen Wände könnt ihr auch vergessen.«

Howard hörte auf zu graben, ging auf die Knie und fuhr mit den Fingern durch den Dreck. Dann sah er zu Soldier hoch. »Es ist ... nicht da.«

Sofort mußte ich an letzte Nacht denken und an Trudys zweiten Spaziergang, an den Lehm und die Kiesel an ihren Hosen und Stiefeln. Sie hatte das Geld geholt und irgendwo in der Nähe des Creeks versteckt. Sie war vielleicht härter geworden, was die Durchsetzung ihrer Überzeugungen betraf, aber Männern vertraute sie immer noch nicht. Und nun war sie diejenige, die auf dem Streitroß saß.

Ich schaute sie an. Sie blickte starr vor sich hin. Howard warf ihr einen Blick zu wie ein Welpe, dem man einen Tritt versetzt hat. Sie hatte ihn wieder einmal betrogen.

»Verstehe«, sagte Soldier, und dann, zu Angel gewandt: »Es ist verschwunden, Schatz, was sagst du dazu?«

Angel zuckte mit den Schultern.

Soldier zog die Automatik aus seinem Hosenbund, dann schob er sie wieder hinein. Er nahm seinen Hut ab und fuhr sich mit der Hand durchs Haar. Dann setzte er den Hut wieder auf, nahm eine Packung Papiertaschentücher aus der Tasche seiner Windjacke, riß sie vorsichtig auf und zog ein Taschentuch heraus. Er steckte die Packung in die Tasche zurück und putzte seine Brille. Dann setzte er sie wieder auf und tupfte sich mit dem Taschentuch das Gesicht ab.

»Okay«, sagte er, »das Geld ist nicht hier.« Er warf das gebrauchte Taschentuch auf den Boden. »Howard, gib mir die Schaufel.«

Howard hockte immer noch neben dem Loch und versuchte, sich einen Reim auf das Verschwinden des Geldes zu machen. Er stützte sich beim Aufstehen auf die Schaufel und gab sie dann Soldier.

Soldier sagte: »Danke, Howard. Stell dich da rüber, okay? Ungefähr da.« Er schaute erst auf das Loch, dann auf Howard. »Bist du sicher, daß du tief genug gegraben hast?«

Howard nickte.

Soldier faßte die Schaufel oben am Stiel, ließ das Schaufelblatt sanft hochschwingen und schlug es mit der Rückseite gegen Howards Kopf, direkt oberhalb des Ohrs. Howards Kopf dröhnte, als sei er hohl. Er fiel auf den Rücken und rührte sich nicht mehr. Soldier setzte Howard das Schaufelblatt auf den Hals und hob den Fuß.

»Laß ihn in Ruhe!« schrie Trudy. »Ich habe das Geld ausgegraben und versteckt, du Kretin! Du niederträchtiger Hurensohn! Laß ihn in Ruhe!«

Kapitel 24

Soldier nahm die Schaufel von Howards Kehle und warf sie zur Seite. Sie flog etwa zwanzig Zentimeter an meinem Kopf vorbei.

»Verdammt nochmal, Paco«, sagte Soldier, »du hast gesagt, wir hätten leichtes Spiel. Wir ziehen unsere Trikots an, tanzen herein und holen uns das Geld. Bis jetzt ist nichts leicht. Es ist langweilig. Es ist beschissen.«

»Trudy«, sagte Paco, »gib uns das Geld. Gib es uns, und wir lassen dich gehen. Anders läuft das nicht.«

»Du verlogener Scheißverräter!«

»Du hast es erfaßt. Und jetzt gib uns das Geld. Wenn du's nicht tust, wird es ziemlich unangenehm für dich.«

»Da kannst du dich drauf verlassen«, knurrte Soldier.

»Jetzt rede ich«, sagte Paco. »Du bist hier nicht der einzige, der schon mal jemanden umgebracht hat.«

»Oh, jetzt hört euch den an. Diese verdammte Kreatur aus der Hölle gibt auf einmal Befehle. Vergiß nicht, du Freak – ich bin hier derjenige, der die Befehle gibt.«

Sie starrten sich eine halbe Ewigkeit lang an. Paco hielt seine Automatik in der Faust, Soldiers Hand lag auf seiner Waffe, die noch in seinem Hosenbund steckte.

»Das ist doch totaler Scheiß, Paco, wenn wir uns hier so aufplustern. Wir sind Partner. Stimmt's? Stimmt doch, oder?«

»Im Prinzip schon.« Pacos Stimme war fest, aber ich konnte sehen, daß seine Beine ganz leicht zitterten.

»Laß uns nichts sagen, was wir später bereuen. Laß uns ins Haus gehen und ein bißchen reden. Trudy hier wird schon noch vernünftig werden. Nicht wahr, Trudy?«

»Ich werde dir nicht sagen, wo das Geld ist.«

»Okay, du sagst es uns nicht. Jedenfalls nicht gleich. Das kann sich aber noch ändern. Du da, Happy Man. Du und der Nigger.

Ihr nehmt – wie heißt er nochmal, Howie, Howard – scheißegal. Tragt ihn ins Haus.«

Wir legten Howard auf die Couch. Trudy und Paco nahmen sich Stühle, und Leonard und ich setzten uns auf die gemauerte Kaminsohle vor das Feuer. Angel stand mit ihrer Waffe vor uns. Sie schien hier hineinzupassen, als wäre sie Teil des Mobiliars.

Soldier saß am Küchentisch und rief uns zu: »Vielleicht hat Paco recht. Wenn wir eine Kleinigkeit essen, fühlen wir uns alle besser. Kooperativer, versteht ihr? Ist er wach?«

Angel ging hinüber zur Couch, legte die Hand auf Howards Kopf und drehte ihn zur Seite. Über seinem Ohr saß eine Beule von der Größe einer Orange. Die Beule hatte in der Mitte einen Riß, aus dem Blut lief.

»Nein? Naja, wir können ihm ja ein bißchen was für später aufheben. Paco, was hältst du davon, wenn du ein paar belegte Brote machst? Oder kommandiere ich dich jetzt wieder rum?«

»Ich mach's schon«.

Paco richtete Brote, die er mit übriggebliebenem Hackbraten belegte. Ich kann mich nicht genau erinnern, davon gegessen zu haben – was, wenn man weiß, wie Leonards Hackbraten schmeckt, nicht unbedingt ein Verlust ist –, aber gebrauchen konnte ich es schon. Ich fühlte, wie ich wieder ein wenig zu Kräften kam.

»Alle fertig mit Essen?« fragte Soldier. »Okay. Das wäre dann also erledigt. Jetzt sind wir alle nicht mehr so mürrisch, habe ich recht? Doody, komm und setz dich her zu mir.«

»Trudy«, sagte Angel.

»Okay, dann also Trudy. Komm einfach hier rüber.«

»Ich sage dir nicht, wo das Geld ist.«

»Komm trotzdem her zu mir. Angel, hilf ihr mal ein bißchen.«

Angel zog Trudy vom Stuhl und schubste sie in Richtung Küchentisch. Trudy ließ sich auf den Stuhl gegenüber von Soldier fallen.

Soldier lächelte sie an. »Du bist doch nicht mehr hungrig, oder? Möchtest du ein Glas Wasser? Nein? Auch gut. Jetzt hör mir mal gut zu. Eigentlich haben wir nur ein winziges Problem, aber du machst daraus ein, wie heißt es doch gleich ... Angel, hilf mir mal.«

»Dilemma.«

»Genau. Ein Dilemma. Dabei ist das alles doch ganz einfach. Du gibst mir das Geld, und wir verschwinden. Du gibst mir das Geld nicht, und ich erschieße dich. Und alle deine Freunde auch. Den Nigger und Happy. Ihr endet alle genauso wie der fette Junge im Apache. Mit eurem Gehirn an der Wand. Das ist nicht gut, Trudy.«

»Du bringst uns doch sowieso um.«

»Nein, nein. Ich lasse euch laufen. Ich nehme das Geld, dann hauen wir ab, und bevor ihr euch verseht, ist es schon morgen, und das Leben ist wieder so, wie es war, bevor wir uns getroffen haben.«

»Sobald ich dir sage, wo das Geld ist, bringst du uns alle um. Und wenn du uns sowieso umbringst, sage ich dir auch nicht, wo das Geld ist. Wenn ich schon sterben muß, dann mit dem Wissen, daß du das Geld nicht gekriegt hast.«

»Das ist stark, Trudy. Du bist eine zähe kleine Fotze, das muß ich dir lassen. Da siehst du, wie einem Mann das Gehirn rausgepustet und dem anderen eins mit der Schaufel übergezogen wird, aber du führst dich immer noch auf, als gäbe es was zu verhandeln. Beim letzten Mal habt du und, wie heißt er doch gleich nochmal? Howie? Henry?«

»Howard«, sagte Angel.

»Ja, genau der. Ihr zwei habt das nicht so gut hingekriegt, verstehst du? Was ich sagen will, ist, ihr habt keine Waffen. Ihr habt gar nichts.«

»Und du hast kein Geld. Das Geld war für eine Idee bestimmt, für eine wichtige ...«

Soldier bewegte seine Arme, als würde er Geige spielen. Er schürzte die Lippen, so daß sie an den Seiten schlaff herunterhingen.

»... und du willst es einfach verprassen.«

»Du glaubst also, ich will das Geld einfach verprassen? Das kann doch jeder Idiot. Du kaufst 'nen Liter Milch, ein Pfund Butter, ein neues spritsparendes Auto. Oder eine Reise nach Tahoe. Scheißdreck. Man kann Geld so oder so ausgeben. Verdammt nochmal, ich bin ein Cona ... was will ich sagen, Angel?«

»Connaisseur.«

»Das ist es. Weißt du, Baby, es gab Tage, da habe ich mehr Kohle gemacht, als du da draußen versteckt hast. So ein lächerlicher Betrag, vierhunderttausend oder so, das ist doch gar nichts. Aber das hier sollte alles problemlos laufen, und wegen dir dauert es jetzt eine halbe Ewigkeit, und allmählich vergeht mir die Lust. Jetzt geht's ums Prinzip. Was glaubst du wohl, wie ich mich fühle, wenn ich das hier nicht zu Ende bringe? Ich habe gesagt, ich kriege das Geld, also kriege ich es auch. Wenn's ein Weilchen dauert, na gut, dann dauert es eben ein Weilchen. Aber wenn es dauert, dann wird dir die Zeit verdammt viel länger vorkommen, Doody. Hörst du mir zu? Und zum Schluß kriege ich das Geld, egal wie.«

»Nicht, wenn ich es dir nicht sage.«

»Du wirst es mir sagen. Paß auf, wir machen das folgendermaßen. Damit du siehst, daß ich kein Unmensch bin.« Er zog die fünftausend, die Howard ihm gegeben hatte, aus der Hosentasche und legte sie auf den Tisch. »Die gebe ich dir zurück. Die gehören dir. Die brauchst du mit niemandem zu teilen. Alles deins. Kauf dir 'ne nette Kleinigkeit. Ein neues Kleid. Laß dir die Haare machen. Was immer du willst. Es ist dein Geld. Du mußt mir nur erzählen, wo der Rest der Kohle ist. Wenn ich den Löwenanteil kriege, lasse ich dich und die anderen laufen. Sogar den Nigger. Und dir bleibt immerhin ein bißchen Kleingeld. Und weißt du was? Wenn ich das Geld erst habe, bin ich vielleicht so gut drauf, daß für jeden noch ein kleiner Bonus rausspringt. Was meinst du? Sind wir uns einig?«

»Fick dich ins Knie.«

Soldiers verschwitztes Gesicht lief rot an. »Du hast es so gewollt.«

Er stand auf und ging um den Tisch herum. Er legte die Hände auf die Rücklehne von Trudys Stuhl und beugte sich so weit vor, daß er ihren Scheitel berührte. Meine Rückenmuskeln krampften sich zusammen, als würde jemand einen Knoten daraus machen.

»Bist du dir ganz sicher?« fragte Soldier.

»So sicher wie noch nie zuvor.«

Soldier richtete sich auf und sah sich in der Küche um. Dann ging er zu dem Schrank, an dem Leonard gerade arbeitete, und nahm sich den Hammer und einen der langen Nägel aus der Papiertüte. Er ging zurück zu seinem Stuhl am Küchentisch und sagte: »Angel! Kommst du mal einen Moment her? Ich brauche deine Hilfe.«

»Soldier«, sagte Paco, »tu's nicht.«

»Paco, ich habe mir jetzt lange genug angeschaut, wie du mich verarschst. Glaub nicht, daß meine gute Laune ewig anhält. Ich will das Geld. Du doch auch, oder? Und du willst, daß ich etwas für dich erledige?«

Paco schwieg.

»Nun?«

»Ja«, sagte Paco mit kaum hörbarer Stimme.

»Dann wollen wir mal loslegen.« Er nahm seinen Hut ab und warf ihn in die Ecke. »Angel, schnapp dir ihre linke Hand.«

Kapitel 25

Bisher hatte ich nur geglaubt, ich sei hilflos. Mir war klar, was kam, und ich wollte es verhindern, wollte irgend etwas Heroisches tun – über die Couch springen, auf Soldier losgehen und ihm den Hals brechen. Ich wäre fähig gewesen, ihm den Hals zu brechen, aber ich sah nicht, wie ich an ihn hätte herankommen können. Paco war vielleicht nicht ganz glücklich darüber, wie die Dinge abliefen, aber er hatte eine Entscheidung getroffen und würde mich erschießen, bevor ich auch nur einen Meter geschafft hätte. Und wenn nicht er, dann Angel. Ihre Waffe steckte im Bund ihrer Jogginghose, aber sie stand weit genug entfernt, um ziehen und feuern zu können. Und schließlich war da auch noch Soldier.

Wenn ich starb, mußten Leonard und Howard und Trudy allein mit dieser Bande fertig werden, und Trudy würde in Kürze nicht mehr zu viel zu gebrauchen sein. Howard spielte jetzt schon keine Rolle mehr. Ich mußte abwarten, bis sich der richtige Moment ergab.

Ich hätte ihm sagen können, daß das Geld irgendwo unten am Creek sein mußte, aber selbst wenn, hätte ich nicht gewußt, wo genau. Kurz gesagt: Ich konnte sie nicht direkt zum Geld führen, und ich konnte mich nicht einfach auf mein Glück verlassen. Aber selbst wenn sie das Geld bekämen – Trudy sah das schon vollkommen richtig: Soldier würde uns alle umbringen.

»Leg die Hand auf den Tisch«, sagte Soldier zu Trudy. Trudy rührte sich nicht. Sie hatte die Hände im Schoß liegen und starrte vor sich hin.

Angel griff nach Trudys Hand. Trudy ballte die Hand zur Faust. Angel knallte ihr eine. Trudy schrie. Angel öffnete mit beiden Händen Trudys Faust und drückte ihre Hand dann flach auf den Tisch, mit der Handinnenfläche nach unten, und hielt sie am Handgelenk fest.

»Mach schon, du Schwein«, sagte Trudy. »Los, mach schon.«

Soldier setzte den Nagel auf Trudys Handrücken auf. Der Hammer sauste herab, der Nagel glitt durch die Hand hindurch. Trudy schrie. Der Tisch erzitterte. Ihre Finger trommelten auf den Tisch wie die Beine einer Raupe auf einer heißen Herdplatte.

Angel ließ Trudys Hand los und trat einen Schritt zurück. Sie drehte sich um und sah aus dem Küchenfenster, als hätte sie da draußen gerade einen Vogel entdeckt.

»Also gut«, sagte Soldier. »Das Geld oder die andere Hand.«

Trudy öffnete den Mund, aber es kam kein Wort heraus.

»Schon in Ordnung. Ruh dich ein bißchen aus. Deine Stimme wird sich schon wieder erholen. Aber wenn du mir dann nicht sagst, wo das Geld ist, ist die andere Hand dran. Wenn das immer noch nicht reicht, nehmen wir 'ne Titte.«

Ich war aufgesprungen, als Soldier zugeschlagen hatte, aber es gab nichts, was ich hätte tun können, ohne umgebracht zu werden.

»Setz dich«, sagte Paco.

Ich setzte mich. Ich fühlte mich sehr klein und sehr hilflos. Ich konnte Trudys Gesicht nur von der Seite sehen. Ihr Augenlid flatterte in einem irren Tempo. »Wenn ich an deiner Stelle gewesen wäre«, sagte Soldier, »wäre ich wahrscheinlich ohnmächtig geworden. Du hast wirklich Mumm, Schwester. Das muß ich dir lassen. Aber, he, das muß doch schrecklich weh getan haben. Hab ich recht? Wollen wir diesen unerfreulichen Quatsch nicht beenden? Ich möchte, daß du jetzt aufhörst, reni ... wie heißt das nochmal, Angel?«

»Renitent.«

»Genau. Renitent zu sein. Also, wo ist das Geld?«

Trudys Stimme klang wie eine Raspel, aber ihre Worte waren deutlich zu verstehen. »Verreck, du Sau.«

Soldier lehnte sich über den Tisch und haute ihr eine runter. Sie fiel hintenüber vom Stuhl, der Tisch kippte um und seine Kante stieß ihr gegen den Hals. Durch den Sturz war ihre Hand soweit gedehnt worden, wie es der Nagel gerade noch zuließ. Trudy lag da und gab leise schluchzende Geräusche von sich, während die fünftausend Dollar durchs Zimmer flatterten wie ein zerrupfter Kopfsalat.

Ich hätte ihr in dem Moment gern gesagt, was sie eigentlich selbst wissen mußte: Laß ihnen das Geld, laß sie uns erschießen, damit wir's hinter uns haben. Aber im gleichen Moment spürte ich, wie mein Überlebenswille sich aufbäumte, und mir ging auf, daß ich noch genau ein As im Ärmel hatte. Ich mußte es spielen oder uns verloren geben.

»Ich weiß, wo das Geld ist«, sagte ich.

»Was?« fragte Soldier. »Du, Happy. Was soll das heißen?«

»Ich weiß, wo das Geld ist.«

»Er lügt«, sagte Paco. »Er hat das Haus kein einziges Mal verlassen. Er kann nicht wissen, wo sie es vergraben hat. Und falls er es wirklich wüßte, hätte er sie eben nicht so leiden lassen. Er versucht nur, Zeit zu schinden.«

Leonard betrachtete Paco wie ein Hund seinen Lieblingsknochen. Das war somit geklärt. Leonard würde Paco übernehmen. Darauf konnte ich mich verlassen.

Blieben also noch Angel und Soldier.

»Mir ist gerade aufgegangen, wo es sein muß«, sagte ich. »Mir ist eingefallen, was an ihren Schuhen klebte, als sie wieder reinkam.«

»Schuhe?« fragte Soldier. »Reden wir jetzt über Schuhe? Ich rede über Geld, Schuhe interessieren mich nicht, Mr. Happy. Geld, Kohle, Zaster.«

»Ich weiß wegen ihrer Schuhe, wo das Geld ist.«

»Verstehe. Das soll wohl so ein Detektivspiel sein, wie?«

»So was in der Art. Gib mir 'ne Schaufel, und ich besorge dir das Geld.«

»Na also, es geht doch. Angel. Er will uns das Geld besorgen. Hast du das gehört?«

Angel nickte.

»Du bist schwer in Ordnung, Happy. Du könntest mir glatt gefallen.«

»Ich will dir nicht gefallen. Ich will das hier hinter mich bringen. Ich besorg dir das Geld, und du läßt uns laufen.«

»Habe ich denn jemals was anderes gesagt? Genau davon rede ich doch schon den ganzen Tag. Du besorgst mir das Geld, ich lasse euch laufen. Das sage ich doch schon die ganze Zeit, stimmt's? Angel?«

»Stimmt.«

»Dann laß uns beide mal rausgehen.«

»Wir alle.«

»Wir alle? Ist das dein Ernst? Wir alle? Hier hält sich wohl jeder für den Boss. Verstehst du, ich bin hier der Boss, aber keiner hört auf mich.«

»Ich will, daß Trudy verarztet wird. Und ich will, daß sie mitkommt. Ich will sie nicht mit Angel zurücklassen. Angel macht das, was sie tut, zuviel Spaß.«

»Wir lassen Trudy bei Paco.«

»Nein.«

»Jetzt fängst du auch noch an zu verhandeln. Du hast doch gesehen, wohin das führt. Zu einem Nagel in der Hand. Und dann windest du dich am Boden.«

»Wenn wir's so machen, wie ich will, dauert es zwanzig oder dreißig Minuten und du hast das Geld. Auf deine Art dauert es vielleicht den ganzen Tag.«

»Wenn du so zäh bist wie sie.«

»Wahrscheinlich nicht. Aber 'ne Zeitlang halte ich auch durch. Länger jedenfalls als zwanzig oder dreißig Minuten.«

Der Schweiß auf Soldiers Gesicht sah aus wie eine dicke Schicht Vaseline. Er zog die Augenbrauen hoch und nickte.

»Das mit der Zeit ist ein Argument, Happy Man. Kein sonderlich gutes, aber immerhin. Ach, was soll's. Ich hab's satt, meine Zeit zu vertrödeln, ich würde das Ganze gern ... Wie nennt man das, wenn man die Sache gern beschleunigen möchte, Angel?«

»Forcieren.«

»Forcieren. Genau das. Also, einverstanden.«

Soldier ging hinter dem umgestürzten Tisch in die Hocke, nahm den Hammer und schlug kräftig auf die Spitze des Nagels. Trudy jaulte auf, ihr Oberkörper bäumte sich auf, bis sie fast in einer sitzenden Position war, um dann auf den Boden zurückzufallen. Der Nagelkopf schaute jetzt ein Stück aus ihrem Handrücken heraus, aber der Nagel saß immer noch im Tisch fest.

Angel packte Trudys Handgelenk und zog es mit einem Ruck nach oben. Der Nagel rutschte aus dem Tisch, und der Nagelkopf wurde fest gegen Trudys Handrücken gepreßt. Angel schob den Nagel von unten ein Stück hoch, dann packte sie den Nagelkopf mit zwei Fingern, riß den Nagel heraus und warf ihn auf den Boden. Sie ließ Trudys Handgelenk los, stellte den umgefallenen Stuhl wieder auf und setzte Trudy darauf. Trudy war so weiß wie Gips.

»Hol Jodtinktur, bind ihr irgendwas um, egal was«, sagte Soldier. »Laß uns den Scheiß endlich über die Bühne bringen.«

Kapitel 26

Angel holte Wundalkohol aus Leonards Medizinschränkchen, zerriß einen Kissenbezug und schaute zu, wie ich Trudys Hand über der Küchenspüle verband. Trudy sah immer noch ganz weiß aus und war ziemlich wackelig auf den Beinen. Sie zuckte zusammen, als ich ihr den Alkohol über die Hand schüttete, aber nur ein wenig. Wenn man an einen Tisch genagelt worden ist, ist Alkohol schon fast ein Vergnügen.

»Es tut mir leid«, sagte ich.

»Ich hab es selbst so gewollt«, antwortete sie. »Du weißt überhaupt nicht, wo das Geld ist, oder, Hap?«

Ich gab keine Antwort.

»Wenn du es wirklich weißt, sag es ihnen nicht. Sie bringen uns sowieso um. Und dann sollen sie nicht auch noch das Geld kriegen. Das sind solche Drecksäue, die kaufen von dem Geld Drogen und verkaufen sie sogar an Kinder, Hauptsache, die Kohle fließt.«

»He«, sagte Soldier, »hör auf rumzumaulen. Happy Man gibt mir das Geld. Und eins sage ich dir: Es ist gar nicht so verkehrt, wenn ein Kind auch mal ein bißchen Stoff kriegt, so wie's in dieser Welt zugeht. Es gibt schlimmere Dinge als ein bißchen Stoff. Los, auf geht's.«

Ich wickelte die Streifen des Kissenbezugs fest um Trudys Hand. Es dauerte nur ein paar Sekunden, bis das Blut durchgesickert war, aber mehr konnte ich nicht für sie tun.

»Raus mit euch in die freie Natur«, sagte Soldier. Er ging zur Couch und stupste Howard mit dem Lauf seiner Automatik in die Seite, aber Howard rührte sich nicht. Soldier beugte sich hinunter und legte den Kopf auf Howards Brust. »Der hat das Zeitliche gesegnet. Scheiße. Da gibt's Typen, denen hab ich ganz anders eins über den Schädel gegeben, und die waren nicht gleich tot.«

»Du Hurensohn«, sagte Trudy. »Du unterbelichteter Hurensohn.«

»Wenn du nicht das Geld ausgegraben und Howard ausgetrickst hättest, wäre er jetzt noch am Leben. Aber nein, du mußtest ja unbedingt die Superschlaue spielen. Und dann hast du dir auch noch für nichts und wieder nichts einen Nagel durch die Hand jagen lassen. Der gute alte Happy Man zeigt mir nämlich jetzt doch, wo das Geld ist.«

»Er hat doch keine Ahnung, wo es ist.«

»Habe ich doch«, widersprach ich. »Ich kann es mir jedenfalls denken.«

»Das will ich schwer hoffen«, sagte Soldier. »Wenn nicht, kracht es hier gleich 'ne Minute lang, als wäre heute der vierte Juli. Also los.«

Soldier nahm seinen Schirm und setzte seinen Hut auf. Ich legte einen Arm um Trudy, Soldier winkte Leonard zu uns herüber, und zu dritt gingen wir voran nach draußen, Paco und Angel und Soldier dicht hinter uns.

Der peitschende Regen und die Graupelschauer hatten sich verzogen, aber es war kalt und naß, und in der Ferne donnerte es. Ich beugte mich zu Trudy, gab ihr einen Kuß aufs Ohrläppchen und flüsterte: »Komm einfach mit.«

»Hört auf zu reden«, sagte Soldier. »Wenn ihr redet, werde ich nervös. Wenn hier einer redet, dann ich.«

Ich ging schnurstracks zur Scheune. Als wir drinnen waren, ließ ich Trudy los. Sie schwankte. Leonard trat zu ihr und hielt sie fest. Ich ging zu der Stelle, an die Soldier die Schaufel geschmissen hatte, und hob sie auf.

Dann wandte ich mich wieder dem Ausgang zu. »Ist das Geld nicht hier drin?« fragte Soldier. »Müssen wir etwa wieder in dieses Scheißwetter raus?«

Ich gab keine Antwort, sondern ging nach draußen. Leonard kam mit Trudy am Arm hinterher. Den Schluß der Prozession bildete das bewaffnete Trio.

Ich ging zu Switchs Zwinger. Als Leonard sah, wohin ich ging, wurde er ein wenig schneller. Vor dem Zwinger blieb ich stehen. Switch kam aus seiner Hundehütte und lief vorsichtig auf mich zu.

»Geht es jetzt?« sagte Leonard zu Trudy.

»Mir geht's gut. Ich kann wieder allein stehen.«

Leonard ließ sie los, kam zum Zwinger und sagte: »Switch, alter Kumpel.«

Switch lief zu ihm. Leonard sah mich aus dem Augenwinkel heraus an, und ich wußte, daß ihm aufgegangen war, was ich vorhatte.

»Was soll das jetzt? Warum bleibt ihr hier stehen und streichelt den Straßenköter?« sagte Soldier. »Seid ihr hier etwa auf Urlaub?«

»Das Geld ist in einem dieser Zwinger«, entgegnete ich. »Ich weiß nicht, in welchem, aber in einem davon muß es sein. Als sie in der Nacht zurückkam, das zweite Mal, hatte sie Hundescheiße an den Schuhen. Und aller Wahrscheinlichkeit nach hat sie sich die hier geholt. Ich glaube, sie hat das Geld in einem dieser Zwinger vergraben.«

»Hast du gerade ›glauben‹ gesagt?« fragte Soldier.

»Ich bin mir ziemlich sicher.«

»Du solltest dir besser ganz sicher sein. Paco, was hältst du von der Sache?«

»Könnte stimmen. Tut's wahrscheinlich auch.«

»Angel?«

Angel zuckte mit den Schultern.

»Für was frage ich dich eigentlich? Drei anständige Mahlzeiten am Tag, ab und zu einen von deinen Protein-Milchshakes, dazu ein paar Hanteln, und schon bist du glücklich, stimmt's?«

Angels Gesichtsausdruck blieb unverändert.

»Du könntest eins von diesen Dingern sein. Wie heißen die noch mal, Angel? So was ähnliches wie Roboter?«

»Androiden.«

»Genau, einer von denen. Weißt du, manchmal machst du mich echt nervös.«

Ich öffnete die Zwingertür, griff nach Switchs Halsband und sagte: »Braver Hund.« Als ich ihn nach draußen zog, konnte ich fühlen, wie sich seine Muskeln beim Geruch so vieler fremder Menschen anspannten.

»Was treibst du da?« fragte Soldier.

»Ich schaffe ihn aus dem Weg, damit ich in Ruhe graben kann. Leonard, halt ihn mal.«

Leonard packte das Halsband, machte einen Schritt nach hinten und zog Switch mit sich. Dann berührte er mit der freien Hand Soldiers Schulter und sagte: »Aua.«

Mehr brauchte es nicht, damit Switch glaubte, jemand habe sein Herrchen verletzt. Er wand sich in Leonards Griff. Leonard ließ ihn los. Switch ging sofort auf Soldier los. Soldier ließ seinen Schirm fallen und riß den Arm hoch. Der Hund hatte sich mit voller Wucht und gebleckten Zähnen auf ihn gestürzt.

Ich hatte mich schon mit der erhobenen Schaufel auf die Gruppe zu bewegt, und als Switch Soldier angriff und Soldier aufschrie und Angel und Paco sich umwandten, ließ ich die Schaufel mit voller Wucht heruntersausen und erwischte Angel mit der Kante seitlich am Hals. Es war, als hätte ich einen Betonpfeiler getroffen. Sie ging in die Knie, die Hand, mit der sie die Waffe gehalten hatte, fiel herunter, ihr Hals platzte auf, und eine Blutfontäne schoß hinaus in die kalte Luft und den Regen.

Leonard ging hinter Soldier und dem Hund in Deckung, vollführte eine rasche Drehung auf dem linken Fuß, und in dem Moment, in dem Paco die Waffe hob und zielte, schnellte Leonards rechter Fuß hoch und traf Paco im Nacken. Paco flog nach vorn, aus seiner Waffe löste sich ein Schuß, traf aber niemanden. Im nächsten Moment lag er mit hochgerecktem Hintern auf dem Boden. Er sah aus wie ein Wurm, der zu kriechen versucht.

Leonards Tritt hatte Paco den Hals gebrochen.

Switch hatte Soldier zu Boden gerissen und sich in seinen Arm verbissen. Er zog ihn über den schlammigen Boden und nagte sich dabei durch Windjacke, Hemd und Fleisch.

Ich riß die Schaufel ein weiteres Mal hoch und knallte sie Angel mit voller Wucht auf den Kopf. Sie ließ die Waffe los und fiel auf die Hände, als wolle sie Liegestützen machen. Ich wollte mir ihre Waffe schnappen, aber in diesem Moment gelang es Soldier, Switch seine Automatik an den Kopf zu setzen und abzudrükken. Switch schnellte hoch, und im nächsten Moment lag er sterbend am Boden. Soldier kam auf die Knie, sein Hut war davongeflogen, und seine Brille hing nur noch an einem Ohr.

Er knirschte mit den Zähnen, hob die .45er auf und richtete sie auf Trudy.

Trudy war die ganze Zeit über nur stocksteif dagestanden. Blitzschnell legte ich meinen Arm um ihre Taille und riß sie zur Seite. Die Kugel zischte an uns vorbei. Als ich mich umdrehte, sah ich Leonard hinter den Hundezwingern in Richtung Creek rennen und Angel auf ihre Waffe zukriechen. Ich packte Trudy wie einen Sack Kartoffeln und rannte mit ihr im Zickzackkurs auf den Creek zu.

Bald wurde mir Trudy zu schwer, und ich ließ sie los. Plötzlich hatte ich ein Gefühl, als würde mich jemand mit der Spitze einer Zaunlatte von rechts in die Seite boxen. Ich fiel auf die Knie und schrie: »Lauf!« Dann war ich wieder auf den Beinen und rannte, und Trudy rannte vor mir, ihre langen Beine flogen durch die Luft und dann über die Böschung des Creeks und ins Wasser. Ich hörte einen weiteren Schuß, dann war ich direkt hinter Trudy im Creek, das Wasser spritzte auf, und ich rannte um mein Leben. Wir liefen Richtung Wald, und das Gebüsch auf beiden Seiten wurde dichter.

Hinter uns, beim Haus, hörte ich mehrere Schüsse, ein Hund jaulte, Soldier schrie. Ich war erstaunt, daß sie nicht hinter uns herkamen, und fragte mich, ob sie Leonard verfolgten.

Während ich weiterlief, spürte ich, wie sich die Schmerzen in mir nach einem Ort umschauten, wo sie sich dauerhaft niederlassen konnten. Es fühlte sich an, als würde meine Seele aus mir herausfließen, ins Wasser hinein, und davonschwimmen.

Aber als ich den Blick senkte, war es nicht meine Seele, die da ins Wasser floß.

Es war Blut.

KAPITEL 27

Mein Tempo war nicht gerade rekordverdächtig, und Trudy war noch nie eine große Läuferin gewesen. Ich hörte Angel und Soldier hinter uns durchs Wasser plantschen. Es klang, als wären sie noch ziemlich weit weg, aber sie holten rasch auf. Angel hatte die Konstitution eines Pferdes und einen Kopf wie eine gußeiserne Bratpfanne. Soldier hatte den guten alten Howard nur halb so heftig und auch nur einmal geschlagen, und er hatte es nicht überlebt.

Ich schloß zu Trudy auf, packte sie am Ellbogen und deutete zum Ufer. Wir kletterten aus dem Wasser und krochen durch dichtes, blätterloses Brombeergebüsch in ein Wäldchen aus Pinien und Amberbäumen.

Wir waren noch nicht weit gekommen, als ich mich hinsetzen mußte. Ich lehnte mich mit dem Rücken an einen Amberbaum und ließ mich langsam auf den Hintern hinunterrutschen. Trudy, die heftig atmete, hockte sich neben mich und betrachtete meine Seite. Mein Mantel war blutig, und ich spürte, wie das Blut kalt wurde und mein Hemd mit der Haut verklebte.

»Oh Hap.«

Ich legte einen Finger auf die Lippen. Ich konnte Soldier und Angel durch das Wasser im Creek rennen hören. Sie liefen an uns vorbei.

Als ich überzeugt war, daß sie weit genug weg waren, sagte ich sanft: »Wie geht es deiner Hand?«

»Sie ist ganz taub. Das Schlimmste ist der Schock. Aber das gibt sich schon wieder. Alles in allem geht es mir ganz gut.«

»Tja, mir nicht. Hilf mir hoch.«

Sie schob ihre gesunde Hand unter meinen Arm, und ich drückte mich hoch und stützte mich einen Moment lang auf sie. »Wir müssen zum Robin-Hood-Baum.«

»Was?«

»Hör einfach auf mich.«

Er war nicht weit von der Stelle entfernt, an der wir standen, aber der Weg dahin kam mir länger als eine Meile vor. Anfangs war meine rechte Seite eher taub gewesen, aber jetzt fühlte es sich an, als hätte jemand den Griff eines Wagenhebers erhitzt und in mich reingebohrt. Und nun stocherte er darin herum.

Die Bäume standen jetzt dichter beieinander. Dann gelangten wir auf eine Lichtung, und in ihrer Mitte stand die riesige Eiche, die Leonard und ich ›Robin-Hood-Baum‹ getauft hatten. Darunter saß, mit dem Rücken zum Baum, Leonard.

Wir gingen zu ihm, und er öffnete die Augen und sah uns an. »Wenn ihr Angel oder dieser andere Arsch gewesen wärt, wäre ich jetzt ein toter Mann.«

»Hast du 'ne Kugel abgekriegt?«

»Im Rücken, rechts unten. Ist hier am Bein wieder rausgekommen.« Vorsichtig berührte er seinen rechten Oberschenkel. »Die Kugel ist wahrscheinlich am Knochen abgeprallt. Angel hat auf mich geschossen. Das Miststück hat echt was drauf. Ich bin gerannt wie der Teufel, war sogar ein gutes Stück vor euch, fast schon im Wald unten am Creek. Ich hatte schon gedacht, ich hätte es geschafft.«

Ich hockte mich neben ihn, wischte ihm mit den Fingern den kalten Schweiß von der Stirn und die Finger an meiner Hose ab. »Es wird schon wieder, Leonard.«

»Klar doch. Mir ging's schon mal dreckiger. Scheiße, Mann, dich haben sie ja auch erwischt.«

»Oben an der Seite, ist hier unten wieder rausgekommen. Ich traue mich gar nicht, genau hinzugucken, aber ...«

»Dir ging's schon mal dreckiger.«

»Genau.«

»Trudy«, sagte Leonard. »Das war ein Mordsspaß, Revolutionär zu spielen, was?«

»Ich glaube, woran ich glaube. Daran ändert das hier auch nichts.«

»Das hier ist noch nicht vorbei«, sagte Leonard. »Aber eins muß ich dir lassen: Wenn ich das gewesen wäre, und Soldier hätte den Hammer gehoben, ich hätte gesungen wie ein Papagei.«

Vom Norden her setzte der Eisregen wieder ein, fiel schräg durch die Bäume, dann auf die Lichtung, die Eiche und auf uns.

»Wenn wir hier bleiben, erfrieren wir«, sagte ich.

»Können wir nicht durch den Wald laufen?« fragte Trudy. »Der muß doch irgendwo aufhören.«

»Das schon«, antwortete ich, »aber erst nach ein paar Meilen. So kalt, wie es ist, und so kurz vor Einbruch der Dunkelheit, glaube ich kaum, daß Leonard und ich das mit unseren Wunden schaffen.«

»Trudy könnte es schaffen«, sagte Leonard. »Sie könnte Hilfe holen.«

»Ich kenne mich im Wald nicht aus. Ich würde schon im Kreis gehen, bevor ich auch nur außer Sichtweite wäre.«

»Ich glaube sowieso nicht, daß wir noch leben würden, wenn du zurückkämst«, sagte ich. »Wenn Soldier und Angel uns nicht finden, erfrieren wir oder wir verbluten. Wir können den weiten Weg zur Straße gehen, oder wir gehen zurück zum Haus. Vielleicht haben wir Glück, und Soldier und Angel sind noch irgendwo unterwegs. Wir schnappen uns Leonards Auto und hauen ab.«

»Für mich ist das das einzige, was in Frage kommt«, sagte Leonard. »Wenn ich weit gehen muß, egal in welche Richtung, vielleicht sogar nur bis zum Haus, wächst im Frühjahr schon Gras über mir.«

»Wir könnten auch warten, bis sie aufgeben«, sagte Trudy.

»Bis dahin sind wir Eiszapfen«, sagte Leonard. »Außerdem habe ich ein Gewehr im Kofferraum und im Haus eine Sportpistole. Das ist vielleicht unsere Versicherung.«

»Dann wäre das also geklärt«, sagte ich.

»Hap, brich mir mal ’nen Ast ab. Ich brauch ’ne Krücke.«

Ich konnte nur ganz langsam gehen, aber ich schleppte mich bis zu einem Amberbaum am Rand der Lichtung, packte einen fünf Zentimeter dicken Ast und versuchte, ihn abzubrechen. Es fühlte sich an, als würden mir die Eingeweide herausgerissen, aber ich gab nicht auf, bis ich es schließlich knacken hörte. Dann zerrte ich den Ast hin und her, bis ich ihn herunterreißen konnte. Ich schaffte es, die dünnen Zweige, die an dem Ast hingen, wegzutreten. Es würde nicht gerade eine sonderlich bequeme Krücke sein, aber wenn Leonard sie sich unter die Achsel klemmte, würde es vielleicht funktionieren. An der Stelle, wo ich den Ast abgedreht hatte, lief er spitz zu, und ich dachte mir, das wäre ganz gut, um den Ast beim Gehen in den Boden zu rammen.

Trudy half mir, Leonard hochzuhieven. Er brachte den Stock in die richtige Position, machte ein paar vorsichtige Schritte, und es klappte ganz gut.

»Wartet nicht auf mich«, sagte er. »Einer von uns muß es bis zum Haus und zum Auto schaffen und Hilfe holen.«

»Alles oder nichts«, antwortete Trudy.

Kapitel 28

Vorsichtig bewegten wir uns durch den Wald, umgingen weiträumig den Creek und bahnten uns einen Weg bis zu der Lichtung, von der aus wir das Haus durch die immer dichter werdenden Schauer eisigen Regens sehen konnten. Zu allem Übel war auch noch Wind aufgekommen, der uns den Regen wie gefrorene Nadeln ins Gesicht trieb. Ich fühlte mich, als hätte ich Fieber und als ob irgend etwas Wichtiges in mir zerbrochen war. Alles war ein klein wenig surreal, und ich verlor immer noch Blut.

Trudy und ich stützten Leonard auf beiden Seiten. Er sah aus, als gehörte er in eine Kiste aus Fichtenholz mit sechs Fuß Erde darüber.

Ich dachte an Soldier und Angel. Wenn sie über den Creek zurückgekommen waren, konnten sie schon am Haus auf uns warten. Aber wenn wir es bis zum Wagen schafften und ihn auch noch starten konnten ... Aber das war zu weit in die Zukunft gedacht.

Geh einfach weiter. Immer einen Fuß vor den anderen. Das Fieber ist die Glut der Sonne mitten im Juli, die Fische beißen, das Gras färbt sich schon braun, und die Bäume lassen die Flügel hängen wie überarbeitete Wäscherinnen. Genau, mein Herr, es ist nicht kalt, es ist heiß, es ist heiß, links, rechts, links, rechts, hinter'm Hauptmann stinkt's recht, links, links. Meine Herren, vielleicht hätte ich die Einberufung doch nicht verweigern sollen. Das Marschieren hatte ich jedenfalls drauf. Plötzlich merkte ich, daß ich laut gesprochen hatte. Ich hielt den Mund, visierte die Hundezwinger an und hielt darauf zu. An Soldier und Angel versuchte ich nicht mehr zu denken, auch nicht daran, daß sie vielleicht schon darauf warteten, daß wir in Schußweite kamen, um unser Gehirn in der ganzen Umgebung zu verteilen. Allerdings wäre das schneller und angenehmer, als in den Wäldern langsam zu erfrieren.

Als nächstes erinnere ich mich daran, daß wir vor den Hundezwingern standen und mir klar wurde, warum wir überhaupt einen Vorsprung bekommen hatten, und was die Schießerei zu bedeuten hatte, die wir gehört hatten. Leonards Hunde. In seiner Wut hatte Soldier alle umgebracht.

»Diese beschissene Drecksau«, fluchte Leonard. »Wenn ich den Schwanzlutscher erwische, wenn ich den in die Finger bekomme, mache ich ihn kalt.«

Paco lag immer noch so da, wie wir ihn zurückgelassen hatten, auf den Knien, den Kopf nach unten gekrümmt, als hätte man ihn zusammengefaltet. Das war vielleicht ein Tritt gewesen. Seine falschen Zähne lagen im Schlamm neben Soldiers geöffnetem Regenschirm, dem zerknüllten Filzhut und der Schaufel. Trudy drehte Paco zur Seite, um zu sehen, ob seine Waffe noch unter ihm lag, doch Soldier war zwar blöd, aber so blöd auch wieder nicht.

»Wenn ich nicht am Stock gehen müßte«, sagte Leonard, »würde ich den Scheißkerl solange treten, bis er von den Toten wieder aufersteht.«

»Los, zum Auto«, sagte ich.

Es stand neben dem Haus nahe der vorderen Veranda, dort, wo die *Sturmvögel*, wie Leonard sie nannte, es abgestellt hatten.

Leonard kramte die Schlüssel aus der Hosentasche. Trudy öffnete die Tür, Leonard glitt hinein und versuchte, den Wagen zu starten. Nichts. Nicht einmal ein Klicken.

Ich ging nach vorn und öffnete die Motorhaube. Dabei hatte ich das Gefühl, als fielen mir die Eingeweide aus dem Bauch, und als ich mir den Motor anschaute, wußte ich, es lag nicht am Wetter. Und mir wurde endgültig klar, warum Soldier und Angel unsere Verfolgung erst mit einiger Verzögerung aufgenommen hatten. Sie hatten die Verteilerkappe ausgebaut. Ich hinkte zum Minibus und schaute unter die Motorhaube. Dasselbe. Und beim Lincoln. Und beim Volvo. Ich dachte daran, auch den Volkswagen in der Scheune zu überprüfen, aber ich konnte mir nicht vorstellen, daß sie ihn ganz gelassen hatten, nicht nachdem sie sich soviel Mühe mit den anderen gegeben hatten. Abgesehen davon fühlte ich mich so, als würde ich es gar nicht bis zur Scheune schaffen.

»Das Gewehr«, sagte Leonard.

Ich schnappte mir die Schlüssel, hinkte mit Trudy um den Wagen herum und wollte gerade den Kofferraum öffnen, als ich einen Knall hörte und die Heckscheibe von Leonards Auto explodierte. Ich sah, wie Soldier und Angel die Böschung hochkamen. Sie waren bis zu den Knien voller Schlamm. Ihre Gesichter waren rot und von Ästen zerkratzt. Allzu fröhlich wirkten sie nicht. Sie waren noch ein gutes Stück entfernt und bewegten sich wegen des herunterprasselnden kalten Regens auch nicht mit Höchstgeschwindigkeit, aber ihre Waffen hatten eine beträchtliche Reichweite.

Ich wirbelte herum, rannte los, hörte einen zweiten Schuß, und Trudy, die ein paar Schritte vor mir stand, breitete die Arme aus und fiel mit dem Gesicht voran zu Boden. Ich packte sie am Mantelkragen, schrie Leonards Namen und schon fiel ein weiterer Schuß. Ein kleineres Kaliber diesmal, die .38er. Ich zog Trudy in Richtung vordere Veranda und spürte, wie sich meine Organe an meinen Knochen rieben. Leonard hinkte hinter uns her. Ich hörte ihn stöhnen, schaute zurück und sah, wie er auf ein Knie sank. Ein dunkler Blutschwall ergoß sich auf den vereisten Boden. Ich sah auch, wie Soldier und Angel schnell und unerbittlich näher kamen.

Leonard krabbelte zu seinem Stock, zog sich schreiend daran hoch. Er brüllte mir etwas zu, das vom trommelnden Regen verschluckt wurde. Als ich Trudy endlich auf der Veranda hatte, erwischte mich eine Kugel an der Schulter. Stöhnend öffnete ich die Tür, hievte Trudy halbwegs hindurch und torkelte zurück zu Leonard.

Bevor ich den Rand der Veranda erreicht hatte, rannte er mich schon fast über den Haufen. Er stieß einen Schrei aus, und ich spürte einen Schlag gegen die Brust. Ich packte ihn und schubste ihn durch die Tür, daß er mitsamt seinem Stock den Boden entlang schlidderte. Schnell hinkte ich ihm nach, zog Trudy über die Schwelle, knallte die Tür zu und sperrte ab. In dem Moment prallte Soldiers Körper dagegen. Er schrie. Ich dachte schon, als nächste käme Angel zum Einsatz, und sie würde die Tür gleich aus den Angeln reißen, aber nichts geschah. Alles blieb ruhig. Die Stille war beängstigender als der Lärm. Ich durchquerte das Zimmer und ging in die Küche und zur Hintertür. Ich hatte gerade abgesperrt, als der Türknopf zu ruckeln und Soldier zu fluchen begann. Er feuerte zwei Schüsse durch die Tür, schnell hintereinander und etwa in Kopfhöhe. Sie verfehlten mich nur knapp, und die Kugeln schlugen in der gegenüberliegenden Wand ein und holten einen Tontopf vom Regal. Die Scherben segelten durchs ganze Zimmer.

Ich taumelte in Richtung Wohnzimmer, und als ich am Küchenfenster vorbeikam, schlugen zwei weitere Schüsse durch die Scheibe, schleuderten die Vorhänge hoch und knallten in die Wand. Aber da war ich schon draußen und ins Wohnzimmer geschlüpft.

Ich kroch unter dem Fenster vorbei und weiter zu Leonard. Er lag am Boden, und Blut strömte aus seinem Bein und aus einem Loch knapp unterhalb der Rippen. Das war wohl der Schuß, der ihn auf der Veranda erwischt hatte – ein glatter Durchschuß, der auch mich noch getroffen hatte, wenn auch nicht so schlimm. Wirklich schlimm hatte es mich in der rechten Seite und in der Schulter erwischt. Der unten rechts in meiner Brust juckte bloß.

Leonard hatte seine Jacke ausgezogen und sein Hemd heruntergerissen. Er band es sich ums Bein, um die Blutung zu stoppen. Seinen Stock hatte er die ganze Zeit mitgeschleppt, und jetzt krallte er sich erneut an ihm fest.

Soldier befand sich an der Längsseite des Hauses und brüllte: »Los, kommt raus, es ist vorbei. Peng. Eine Kugel in den Kopf. Wenn ihr nicht rauskommt, dann laß ich mir Zeit mit euch.«

Ich kroch zur Couch, wo der arme, tote Howard lag, und warf einen Blick auf Trudy. Ihre Jacke war vorne, wo die Kugel ausgetreten war, eine einzige dunkle, feuchte Masse. Durch das Loch in der Jacke konnte ich ihre Eingeweide sehen. Mein Gesichtsausdruck sagte Leonard alles.

»Tut mir leid«, sagte er, »aber du hättest nichts tun können.«

Ich versuchte, ihr mit der Hand die Augen zu schließen, damit ich sie nicht mehr sehen mußte, aber die Lider ließen sich nicht hinunterdrücken.

Zwei Schüsse pfiffen durch das Wohnzimmerfenster, trafen das Kaminsims und prallten gegen irgend etwas, das ich nicht erkennen konnte. Der arktische Regen peitschte durchs Fenster, klatschte mir ins Gesicht und vermischte sich mit den Tränen auf meinen Wangen. Ich empfand ihn schon fast als angenehm.

»Alles okay mit dir, Hap?« fragte Leonard.

»Ja«, sagte ich, aber so sicher war ich mir da gar nicht. Ich hatte das Gefühl, als hätte sich mein Schwerpunkt verlagert.

»Vor einiger Zeit«, brüllte Soldier, »habe ich mir einen Nigger geschnappt, der mich bei einem Drogendeal übers Ohr hauen wollte. Ich hab ihm die Schnauze poliert, seinen Sack an einen Baumstumpf genagelt und ihn so hängen lassen. Mit einem spitzen Messer. Hörst du mich, Nigger?«

»Bloß ein paar Schläge mit dem hier«, sagte Leonard und wakkelte mit seinem Stock, »mehr verlange ich ja gar nicht.«

»Wo hast du die Sportpistole?« fragte ich.

»Im Nachttisch neben dem Bett. Nicht geladen. Patronen sind in einer Schachtel ... Verdammt, Hap, mich hat's bös erwischt.«

»Halt die Ohren steif, Kumpel.«

Von Soldier war nichts mehr zu hören. Kein gutes Zeichen.

»Paß auf, ich hol die Pistole. Du warst doch schon mal schlimmer dran, stimmt's?«

»Stimmt.«

Um nicht von Querschlägern erwischt zu werden, kroch ich hinter der Couch vorbei und durch die offene Tür ins Schlafzimmer. Ich kroch weiter, bis ich das Nachttisch fast erreicht hatte. Ich hörte auf zu kriechen, als ich auf ein Paar Joggingschuhe stieß. Mit Angels Füßen drin.

Kapitel 29

Ich blickte hoch, direkt in ihre stubsnasige .38er und in ihr ausdrucksloses Gesicht. Ihre rechte Gesichtshälfte und ihre Stirn hatten von meinen Schaufelschlägen überdimensionale Beulen davongetragen. Ein Auge war beinahe zugeschwollen. Sie sah aus wie ein Neandertaler. Das Schlafzimmerfenster hinter ihr stand offen, die Vorhänge flatterten im eisigen Wind über dem Bett, und auf dem Laken waren schlammige Fußabdrücke zu sehen.

Sie drückte ab.

Die Knarre war leer.

Das hatte sie gewußt.

Miststück.

Sie holte aus und versetzte mir mit der Knarre einen Schlag gegen die Schläfe; dann warf sie sie beiseite, packte mich am Mantel und zerrte mich hoch. Ein Netzwerk aus Schmerzen tobte durch meine Wunden und fand noch ein paar neue Verbindungen.

Sie rammte mir das Knie in die Eier, stieß einen Schrei aus und schleuderte mich nach hinten.

Ich flog durch die offene Tür ins Wohnzimmer und stürzte hinter die Couch. Draußen hörte ich Soldier brüllen. »Angel? Angel?«

Ich rollte mich herum und versuchte aufzustehen, aber sie packte mich am Kragen, riß mich hoch und stieß mich über die Couch. Ich landete auf dem Rücken. Sie beugte sich über die Couch, schnappte Howard an Mantel und Schritt und schob ihn mehr über mich, als daß sie ihn warf. Er landete bäuchlings auf meinen Beinen.

Mit langen Schritten kam sie um die Couch herum. Ich kämpfte mich unter Howard hervor und kam wacklig auf die Beine.

»Paß auf, paß auf«, schrie Leonard, als könnte ich vielleicht vorhaben, erst einmal eine Runde fernzusehen. Als sie auf unserer Seite der Couch war, verpaßte sie Leonard, der gerade verzweifelt hochzukommen versuchte, einen Tritt an die Schläfe. Aber in erster Linie hatte sie es auf mich abgesehen. Leonard schien ohnehin so gut wie außer Gefecht zu sein. Und sie hatte mich und die Schaufel nicht vergessen.

Sie ging auf mich los, und ich knallte ihr eine linke Gerade ins Gesicht. Ihr Kopf schnellte zurück, ihre Nase platzte auf und Blut schoß heraus. Ich schlug wieder zu. Und wieder. Satte Schläge.

Aber sie fing sich wieder, packte mich und prügelte auf mich ein, bis ich auf die Couch zurückfiel. Sie warf sich auf mich, doch ich wand mich unter ihr hervor, erwischte sie unter dem Arm und drehte sie auf den Rücken, hockte mich auf sie drauf und verpaßte ihr eine harte Links-Rechts-Kombination. Ihr Gesicht bestand nur noch aus Blut.

Sie rammte mir ihre Unterarme in die Seiten, und die Schmerzen schlugen mir erneut ihre Krallen in die Wunden. Ich stürzte zu Boden, wollte schreien, brachte jedoch keinen Ton heraus. Im nächsten Moment saß sie auf mir und hämmerte mir ihre Fäuste ins Gesicht. Ich konnte nicht mehr denken, mich nicht mehr orientieren, nicht mehr zurückschlagen.

Dann tauchte in meinem Blickfeld etwas Langes, Dunkles, Scharfes auf und stieß Angels Kopf zurück. Blut spritzte mir übers Gesicht.

Leonard hatte sich über den Boden gewälzt und ihr das spitze Ende seines Stocks ins rechte Auge gerammt.

Steif stand sie auf. Der Stock ragte mehr als einen Meter weit aus ihrem Gesicht, steckte aber fest in ihrem Schädel. Sie ließ ihn einfach stecken. Sie schaffte es, über mich drüber zu steigen und Richtung Kamin zu gehen, blieb dann aber an Howards Füßen hängen, stolperte und fiel nach vorn. Ihr Körper krachte auf die Couch, nur der Kopf verfehlte die Polster. Der Stock in ihrem Auge schlug auf den Boden auf, ihr Kopf zuckte leicht, aber ruckartig nach hinten, dann rührte sie sich nicht mehr.

Unmittelbar darauf waren vom Wohnzimmerfenster her Schläge zu hören. Soldier drosch mit einer Schaufel die noch verbliebenen Glasscherben aus dem Rahmen. Bevor ich aufstehen konnte, wurde die Schaufel zurückgezogen, Soldier trat den Rahmen aus der Fassung, zog den Kopf ein und sprang ins Zimmer, die

.45er im Anschlag. Leonard, der immer noch auf dem Boden lag, streckte sich und erwischte Soldiers Knöchel, bevor dieser sein Gleichgewicht gefunden hatte. Er taumelte vorwärts, fing sich aber wieder und wollte gerade auf Leonard losgehen, als er über Trudys ausgestreckten Arm stolperte und diesmal der Länge nach hinschlug. Ich rollte mich zu ihm hinüber, kämpfte die Explosionen in meinem Körper nieder und versetzte ihm einen Handkantenschlag aufs Handgelenk. Seine Finger sprangen auseinander wie ein aufgescheuchter Seestern, und die Knarre schlitterte über den Boden. Er kroch hinterher, aber ich schlang ihm einen Arm um den Hals und versuchte, ihn zu erwürgen. Er schaffte es, auf die Knie zu kommen. Ich auch. Ich verstärkte den Druck meines Unterarms auf seinen Hals und versuchte, alles Leben aus ihm herauszuquetschen. Er zog ein Messer aus der Tasche, ließ es mit einer Hand aufschnappen und schlitzte mir den Ellbogen auf, doch ich ließ nicht locker. Er stieß noch einmal zu, und diesmal ließ ich locker.

Auf Händen und Füßen krabbelte ich hastig zum Wohnzimmerfenster, wo Leonard lag, der inzwischen zu viel Blut verloren hatte, um sich noch bewegen zu können. Ich drehte mich um und stützte mich auf ein Knie. Schon stand Soldier vor mir und stieß mit dem Messer nach meinem Gesicht. Ich erwischte die Klinge mit der Hand. Der Schnitt drang tief in meinen Daumen ein und schabte über den Knochen. Ich versuchte, wieder auf die Füße zu kommen, aber irgend etwas in mir war endgültig kaputt gegangen. Ich schaffte es einfach nicht.

Soldier zog die Klinge zurück und schnitt mich dabei noch einmal, aber in dem Moment spürte ich es nicht mehr. Ich duckte mich nach vorn, bis mein Kopf zwischen seinen Beinen war, umfaßte seine Kniekehlen und ließ meinen Kopf hochschnellen, erwischte voll seine Eier und zog ihm gleichzeitig die Beine weg. Sein Kopf schlug hart auf dem Boden auf. Sehr hart. Ich krabbelte auf ihn drauf, packte mit meiner unverletzten linken Hand seine Messerhand und bog seinen Daumen nach hinten, bis er das Messer fallen ließ.

Ich packte das Messer und drückte es ihm an die Kehle. Ich mußte nur zustoßen und ihn aufschlitzen. Hatte dieses gottverdammte, durchgeknallte Rassistenarschloch nicht gerade versucht, mich umzubringen?

Er sah mich durch seine Mitleid erregende Brille hindurch an, und ich stellte mir diesen unbeholfenen, schweißtriefenden Dreckskerl als kleinen Jungen vor. Sein Vater hatte ihm ein Blumenkohlohr verpaßt und ihm auch noch eingeredet, es wäre zu seinem Besten, und daß der liebe alte Daddy, der Kind und Frau prügelte, ein guter Mensch sei, der Respekt verdiene. Und in diesem flüchtigen Augenblick fiel mir ein, daß ich deshalb nicht in den Krieg gezogen war, weil ich nicht sinnlos für eine Sache töten wollte, an die ich nicht glaubte. Und hier gab es nicht einmal eine »Sache«. Nur einen bemitleidenswerten Versager ohne jede Hoffnung.

Ich stieg von ihm herunter, hielt ihn mit dem Messer in Schach und sagte: »Dreh dich auf den Bauch, Soldier, sonst bring ich dich um.«

»Immer mit der Ruhe«, sagte er. »Ich bin übel von einem der Hunde gebissen worden.«

Er wälzte sich auf den Bauch. Ich zerschnitt seine Jacke vom Kragen bis zur Mitte und zog dann die Ärmel bis auf die Ellbogen herunter. Aus seinen Hosenbeinen schnitt ich ein paar Streifen und fesselte ihm damit die Handgelenke. Ich schnitt seine Hosen hinten auf, damit ich sie ihm bis auf die Knie herunterziehen konnte. Dann zog ich ihm die Tennisschuhe aus und fesselte mit den Schnürsenkeln seine Knöchel. Die Socken rollte ich fest zusammen und stopfte sie ihm ins Maul – nur für den Fall, daß er was sagen wollte. Ich hatte schon mehr von ihm gehört, als ich jemals hatte hören wollen.

Leonard versuchte, sich aufzusetzen. Ich klappte das Messer zusammen, steckte es in die Tasche und half ihm soweit hoch, daß er sich an die Vordertür lehnen konnte.

»Du hättest ihn töten sollen«, sagte er.

»Ich weiß.«

»So wird alles nur komplizierter.«

»Ich weiß.«

»Immer dasselbe mit dir.«

Mühsam versuchte ich aufzustehen. Ich mußte mich am Rand der Couch abstützen, aber ich schaffte es. Von nur zwei Stürzen unterbrochen kam ich bis zu der Stelle, wo eigentlich das Telefon hätte sein sollen, aber ich sah, daß es aus der Wand gerissen und auf den Boden nahe des Küchentisches geknallt worden war.

Soldier oder Angel hatte es in aller Hast unbrauchbar machen wollen, so wie die Autos auch. Stöhnend und fluchend mühte ich mich hinüber, bekam es schließlich zu fassen, und als ich es überprüfte, schlug mir das Herz bis zum Hals. Das kleine Verbindungsstück am Kabelende war bei dem Ruck, mit dem es aus der Wand gerissen worden war, kaputtgegangen. Das Telefon war so hart auf dem Boden aufgeschlagen, daß die Rückseite des Gehäuses aufgebrochen und die Innereien herausgefallen waren, aber die Innereien selbst schienen noch intakt zu sein. Anscheinend waren sie in zu großer Eile gewesen, um diesen Job gründlich zu machen. Hoffte ich zumindest.

Ich schob die Teile des Telefons wieder an ihren Platz zurück, kroch hinüber zum Wandstecker und ließ den Clip einschnappen. Als ich die Null wählte, stand ich kurz vor dem Herzinfarkt. Die Vermittlung meldete sich nach dem dritten Klingeln, und ich ließ mich mit der Polizei verbinden. Ich erzählte ihnen, was sie meiner Meinung nach wissen sollten, und hängte auf. Der Hörer war ganz glitschig vom Blut aus meiner zerschnittenen Hand.

Ich kroch zur Tür hinüber und setzte mich neben Leonard.

»Wir sollten uns irgendeine Geschichte zurechtlegen«, sagte er.

Ich dachte eine Weile nach, legte dann meinen Mund ganz nah an sein Ohr, damit Soldier mich nicht hören konnte.

»Das ist doch komplett für'n Arsch«, sagte Leonard.

»Weißt du was Besseres?«

Er schüttelte den Kopf. »Hap, weißt du – als ich dir gesagt habe, ich wär schon mal schlimmer dran gewesen?«

»Ja.«

»Ich hab gelogen.«

»Ich auch«, sagte ich.

»Glaubst du, wir schaffen es?«

»Ich schon«, sagte ich.

Leonard versuchte zu lachen, aber seine Schmerzen waren zu stark. Er hielt mir die Hand hin. Ich nahm sie und hielt sie fest.

KAPITEL 30

Ich erinnere mich, in einem Notarztwagen auf dem Weg ins Krankenhaus wach geworden zu sein. Bei mir saß ein Polizist und wollte unbedingt so etwas wie eine Aussage von mir. Ich glaube, ich habe ihm sogar etwas erzählt. Danach verschwammen die Dinge, alles wurde weiß, ich sah ein Licht und Leute, die sich über mich beugten, dann war ich wieder weg. Als ich zu mir kam, strahlte mich die Sonne durch ein Krankenhausfenster an.

Eine Schwester kam ins Zimmer, sagte etwas zu mir, reichte mir ein Glas Wasser und setzte mich im Bett auf, damit ich besser aus dem Fenster sehen konnte. Später kam sie mit einem Krankenpfleger und einem Rollstuhl wieder. Sie hoben mich hinein und rollten mich ans Fenster, damit ich eine noch bessere Aussicht hatte.

Ich saß da und schaute hinaus auf den Rasen vor dem Krankenhaus. Das schlechte, nasse Wetter war vorüber. Die Sonne stand am Himmel, und die Bäume auf der großen Rasenfläche wiegten sich sanft im Wind. Wahrscheinlich war der Wind recht kalt, aber nichts im Vergleich zu den Tagen davor. Ich wollte das als Zeichen für eine bessere Zukunft deuten, aber es dauerte nicht lange, und ein Arzt kam ins Zimmer und mit ihm ein großer Mann in langem, schwarzem Mantel und noch ein zweiter großer Mann mit Hut und Stiefeln und den Standardklamotten, die von der hiesigen Polizei als Dienstkleidung zur Verfügung gestellt werden.

Der Arzt war ein kleiner Mann mit nichtssagendem Gesicht und sich lichtendem blonden Haar. Er stand da, die Hände vor sich, die Linke über der Rechten. So wie er da stand, erinnerte er mich an einen Prediger. Er war sehr höflich und sagte: »Mr. Collins, ich bin Dr. Dumas. Sie waren drei Tage bewußtlos.«

»Drei Tage?«

»Genau. Und eins kann ich Ihnen sagen: Sie hatten noch ziemliches Glück.«

»So glücklich fühle ich mich gar nicht.«

Der Polizist nahm seinen Cowboyhut ab und präsentierte mir seinen kahlen, von Venen überzogenen Schädel. Er ging in eine Ecke und lehnte sich an die Mauer. Der große Mann mit dem langen Mantel nahm den einzigen Stuhl und drehte ihn so herum, daß er sich rittlings daraufsetzen konnte. Beide sahen mich an.

»Sie hatten trotzdem Glück. Ein paar Millimeter hier, ein paar Millimeter da, das hätte einen ziemlichen Unterschied bedeuten können. Eine Kugel hat Sie in den Rücken getroffen, direkt oberhalb Ihres Hinterns, ungefähr hier, aber sie hat ein Fettpolster erwischt, wurde abgelenkt und ist rechts vor Ihrem Hüftknochen wieder ausgetreten. Die Kugel in Ihrer Schulter hat ein paar Muskeln zerfetzt, ist aber glatt durchgepfiffen. Und eine saß direkt unter der Haut etwas rechts unterhalb des Brustbeins. Wir konnten Sie ganz gut wieder zusammenflicken.

»Was ist mit Leonard?« fragte ich.

»Die Medizin hat sicherlich ihren Anteil an Mr. Pines Überleben, aber seine Konstitution ist sogar noch erstaunlicher als Ihre. So schnell wie Sie wird er allerdings nicht wieder auf dem Damm sein. Er hat ein paar scheußliche innere Verletzungen, und sein Bein ... also ich weiß nicht. Es muß nicht amputiert werden, aber er wird damit vielleicht nicht mehr besonders gut gehen können.«

»Danke für alles, was Sie für uns getan haben, Dr. Dumas.«

»Das ist schließlich mein Beruf. Diese beiden Männer hier möchten Ihnen ein paar Fragen stellen. Sie können sich selbst vorstellen.«

Dr. Dumas verließ Zimmer.

Der Mann im langen Mantel sagte: »Ich bin Jack Divit.« Der Polizist stellte sich nicht vor. Er schaute sich im Zimmer um, als langweile ihn das Ganze.

»Ich bin vom FBI«, sagte Divit. »Die hiesige Polizei hat bereits eine Aussage von Ihnen, und jetzt, da es Ihnen wieder besser geht, hätten wir auch gern eine. Sie haben sicher nichts dagegen, wenn wir das Ganze nochmal durchgehen.«

Ich holte kurz Luft und erzählte die Geschichte, die Leonard und ich uns zurechtgelegt hatten.

»Meine Ex-Frau, Trudy Fawst, kam vorbei und sagte, sie hätte für mich und Leonard einen Job. Wir sollten für sie und ihre Leute ein Boot bergen und bekämen dafür etwas Geld.«

»Haben sie gesagt, wozu Sie das Boot bergen sollten?«

»Nein. Das spielte auch keine Rolle. Es war nur ein Job. Wir haben das Boot raufgeholt und jede Menge Geld in wasserdichten Kanistern gefunden. Sie wollten uns nicht auszahlen, sondern haben uns mitgenommen und behauptet, sie würden uns später laufenlassen. Dann stellte sich heraus, daß sie mit dem Geld Waffen kaufen wollten. Vielleicht waren sie so was wie Revolutionäre. Eine blöde Idee. Einer aus dem Haufen, ein Kerl namens Paco, wollte aber sein eigenes Ding durchziehen und brachte sie mit 'nem Typen namens Soldier und einer Frau zusammen, die Angel hieß. Es gab überhaupt keine Waffen, und Trudy hatte das Geld nicht dabei, außer fünftausend Dollar. Sie behauptete, der Rest sei bei Leonard, also fuhren wir zu ihm, bloß daß da auch kein Geld war, und dann ist alles aus dem Ruder gelaufen.«

»Was ist mit dem Geld?« fragte der Polizist. »Sie sagen, Sie hätten jede Menge Geld gesehen, und auf einmal waren's bloß fünftausend Dollar.«

»Keine Ahnung. Es sah wie mehr aus. Aber ich hab's nicht gezählt. Wenn mehr da war, weiß ich auch nicht, was damit passiert ist.«

»Dieser Kerl, Soldier«, sagte Divit, »erzählt die Geschichte etwas anders.«

»So? Wie geht's ihm denn?«

»Körperlich ganz gut«, sagte Divit. »Aber den Jungen wollten wir schon eine ganze Weile mal sprechen. Er hat ein paar Vorstrafen.«

»So was.«

»Er hat allerhand auf dem Kerbholz. Drogen, Waffen, Mord, Vergewaltigung. War gut beschäftigt, der Typ. Und Angel, seine Begleiterin, war auch nicht gerade eine Kandidatin für den Kirchenchor. Aber trotzdem, Soldier erzählt eine andere Version. Er behauptet, es gäbe da schon eine Menge Geld, und es stamme aus einem Raubüberfall, von dem dieser Howard erfahren habe. Angeblich habt ihr alle unter einer Decke gesteckt.«

»Ich hab Ihnen gesagt, was ich weiß. Ich hab keine Ahnung, wo das Geld ursprünglich her war oder was sie damit gemacht haben. Howard hat behauptet, es wäre auf Leonards Grundstück vergraben, aber Trudy hat mir, bevor sie starb, was anderes gesagt.«

»Sie hat Ihnen gesagt, wo es ist?« fragte Divit.

»Nein. Sie hat mir gesagt, es wäre nicht da. Sie hätte das bloß Soldier vorgelogen, um ihn hinzuhalten. Wenn Sie den Kerl in Aktion gesehen hätten, hätten Sie auch gelogen, wenn Sie geglaubt hätten, das könne Sie retten. Der ist wie ein Tier. Aber der springende Punkt ist der, daß das Geld für immer verloren ist. So hat sie sich jedenfalls ausgedrückt.«

»Und was, glauben Sie, hat sie damit gemeint, Mr. Collins?«

»Ich hatte den Eindruck, sie wollte damit sagen, das Geld sei vernichtet worden. Aber vielleicht war sie da schon nicht mehr ganz bei Verstand. Sie hatten ihr einen Nagel durch die Hand geschlagen, Schock und so, Sie wissen schon.«

»Ja«, sagte Divit, »so ein Schock ist eine schlimme Sache. Aber was Soldier sagt, paßt mit ein paar Fakten zusammen. Und Paco entpuppt sich als berühmt-berüchtigter Revolutionär, als Chef der *Mechaniker*. Wir haben ihn längst für tot gehalten.«

»Tatsächlich?«

»Ja. Und Soldier sagt, Paco habe ihm erzählt, das Geld stamme aus einem Banküberfall. Ein Typ namens McCall habe ihn vor ein paar Jahren geplant und durchgezogen. Und Howard war mit diesem McCall zusammen im Knast. Paßt alles ganz gut zusammen, hm? Das Geld – die fünftausend Dollar –, die wir im Haus Ihres Freundes sichergestellt haben, war sauber. Das heißt, es war möglicherweise nicht gestohlen. Es könnte aber auch heißen, daß es gewaschen worden war, damit man es nicht mehr zurückverfolgen kann. Und außerdem behauptet Soldier, laut Paco gäbe beziehungsweise gibt es noch viel mehr Geld, als damals bei dem Bankraub erbeutet wurde. Schmutzige Geschäfte, wohin man auch schaut.«

»Ich hab eher das Gefühl, Soldier erzählt Ihnen Märchen.«

»Ist mir auch schon in den Sinn gekommen, genau so wie mir durch den Kopf gegangen ist, daß mir die Bankmanager eine Story vom Pferd auftischen.«

»Ein Banker, der lügt?«

»Wer hätte das gedacht? Sie bleiben also dabei, daß es keinen Grund gibt, Soldiers Geschichte zu glauben?«

»Jedenfalls nicht die ganze. Für mich hört sich das an, als wolle er Leonard und mich aus Rache in die Sache mit hineinziehen. Sie werden doch einem Drecksack wie Soldier nicht mehr glauben als mir, oder?«

»Sie haben doch selbst eine kleine Vorstrafe«, sagte der Polizist.

»Das können Sie vergessen«, sagte Divit, »das ist keine richtige Vorstrafe.«

Der Polizist schaute nicht beleidigt drein. Er zog sein Taschenmesser heraus und begann, sich die Fingernägel zu säubern.

Divit musterte mich von oben bis unten. »Hören Sie zu, Collins. Ihr Freund Pine, der Kriegsheld, erzählt die geiche Geschichte wie Sie. Und für mich ist das eine bessere Geschichte als die von Soldier. Aber wenn das Geld auftauchen sollte, würden Sie mir ja wohl Bescheid geben, oder?«

»Sie wären der erste. Werden wir wegen irgendwas angeklagt?«

»Kein Mensch landet einfach so mitten in einem Schlachtfest, ohne danach die eine oder andere Erklärung abliefern zu müssen. Aber Sie haben da einen prima Fall von Selbstverteidigung. In ein paar Tagen sind Sie wieder draußen. Suchen Sie sich einen gerissenen Rechtsanwalt und Sie kommen ganz gut dabei weg.«

»Danke.«

»Danken Sie mir nicht«, sagte Divit. »Danken Sie mir für gar nichts.«

Ein paar Tage später ließ man mich zu Leonards Zimmer hinunterhumpeln. Sein ganzer Körper steckte voller Schläuche und Drähte. Beutel an Stangen waren übers ganze Zimmer verteilt wie Früchte an einem Obstbaum. Ich war nicht darauf gefaßt gewesen, daß er so schlecht aussah.

Er drehte den Kopf zu mir. »Hi.«

»Hi.«

»Alles okay mit dir?«

»Geht schon. Ich kann schon bald nach Hause. Ich weiß nicht, ob meine Versicherung das alles hier übernehmen wird.«

»Mann, ich liege da und denke an meine Hunde. Und auch an den alten Chub. Daß er die volle Ladung dafür abgekriegt hat, daß er sich für mich eingesetzt hat. Naja, vielleicht nicht für mich, aber für eine Idee. Wenn er gewußt hätte, wie irre Soldier war, hätte er vielleicht die Klappe gehalten. Aber weißt du, vielleicht war er letztlich doch kein ganz so schlechter Kerl ... Hap, was ich da gesagt hab, daß du nicht mein Typ bist? Weißt du noch?«

»Ja.«

»Ich wollte bloß, daß du weißt – das hab ich ernst gemeint.«

Ich lachte.

Drei Tage später ließen sie mich nach Hause. Ich sprach noch mal mit Divit, aber die Unterhaltung unterschied sich nicht wesentlich von der vorherigen. Er meinte, er sei ziemlich sicher, daß Soldier ein paar Jahre wegen allem Möglichen bekommen würde. Allerhand Jahre. Vielleicht so dreimal lebenslänglich. Er erwähnte auch das Geld wieder und daß ich mein Versprechen halten und ihm Bescheid sagen solle, falls es wieder auftauchte.

Ich log ihn wieder an.

Ich blieb ein paar Tage zu Hause und ruhte mich aus, dann fuhr ich zu Leonards Haus hinüber. Calvin hatte den Reserveschlüssel ins Versteck gelegt. Ich holte ihn heraus und ging hinein. Das ganze Tatortzeugs war verschwunden, und irgendwer hatte ein wenig sauber gemacht.

Calvin hatte die Hunde begraben und Sperrholzbretter über die zerschossenen Fenster genagelt. Ich ging in den Schuppen und schaute mich um. Die Schaufel, mit der Howard getötet worden war und mit der ich Angel eine übergebraten hatte, war nicht mehr da. Vielleicht hatten die Bullen sie als Beweisstück mitgenommen. Ich fand eine Hacke und hinkte hinaus zum Ufer des Creeks. Auf dem Weg dahin stellte ich fest, daß hier fleißig gegraben worden war. Die Löcher waren sorgfältig verfüllt und geglättet worden, aber ich ließ mich nicht täuschen. Ein Junge vom Land kennt sich in solchen Dingen aus: Diese Löcher waren frisch. Ich fragte mich, ob Divit das hier wohl alles überwacht hatte. Und ob sie das Geld gefunden hatten. Wenn ja, müßte ich eventuell noch einmal mit ihnen reden und mir noch mehr Lügen ausdenken.

Aber das war nicht sehr wahrscheinlich. Ich hatte ihnen gegenüber einen Vorteil, nämlich eine Ahnung, wo es sich befinden könnte.

Ich ging am Ufer entlang und fand die Stelle, wo Leonard den

Kies aufgeschüttet hatte. Ich suchte die Umgebung ab, fand aber keine Stelle, an der sie gegraben haben könnte.

Ich schätze, ich hielt mich ein paar Stunden damit auf, einfach so herumzusuchen, hier und da aus einer Laune heraus ein Loch zu graben, aber ich fand nichts. Ich ging bis dicht an den Creek heran und versuchte mir vorzustellen, was Trudy gedacht haben könnte, hier draußen im eiskalten Wetter mit einer Taschenlampe und einer Schaufel; wie sie versuchte, schnell und schlau zu sein. Ich ging zur Scheune zurück und von da aus in gerader Linie von der Hintertür zum Ufer des Creeks, spazierte zu der Stelle, wo der Kies lag, und stieg danach zum Wasserlauf hinab.

Also gut. Jetzt betrachte mal den Kies und den Lehm nur als Anhaltspunkte. Sie kommt her und leuchtet mit der Taschenlampe herum. Vielleicht leuchtet sie bis auf die andere Seite. Ich schaute hinüber, sah aber keine Grabungsstellen. Aber ich sah den Bau eines Gürteltiers auf der gegenüberliegenden Seite. Er lag hinter Baumwurzeln verborgen, die aufgrund der Erosion teilweise aus dem Boden ragten.

Ich sprang über den kleinen Creek, ging zum Loch und schaute hinein. Nicht weit unterhalb der Öffnung war alles mit Dreck verstopft, was bedeutete, daß das Gürteltier hier nicht mehr lebte. Hier lebte gar nichts mehr. Ich kratzte den Dreck heraus und schaute ins Innere des Baus. Da lagen mehrere Plastikbeutel.

Ich packte sie und zog sie heraus. Volltreffer. Ich stopfte die Beutel in meine Manteltaschen, trug die Hacke zur Scheune und ging ins Haus zurück. Ich fühlte mich überraschend entspannt. Weder das FBI noch die Polizei warteten in der Küche.

Ich legte das Geld auf den Tisch und setzte mich. Als ich einen der Beutel nahm und öffnen wollte, sah ich im Tisch das Loch, wo Trudys Hand angenagelt gewesen war. Ich legte meine Hand darüber, und zwar so, daß das Loch genau in der Mitte war.

Arme Trudy.

Dann öffnete ich die Beutel, schüttete das Geld auf den Tisch und zählte es. Es waren etwas mehr als dreihundertfünfzigtausend Dollar. Zieht man die Fünftausend ab, die die Polizei hatte, fehlte immer noch etwas, aber nicht viel. Trudy hatte in jener Nacht vielleicht nur grob gezählt, oder Paco hatte heimlich was verschwinden lassen. Es spielte keine Rolle.

Hunderttausend Dollar legte ich in einen der Beutel. Sie paßten gerade so hinein. Ich stand auf, zog unter Leonards Spüle einen großen schwarzen Müllsack hervor und durchsuchte die Schubladen, bis ich eine große Papiertüte, Klebeband und eine Schere fand. Ich ging zurück zum Tisch und setzte mich. Ich steckte das Geld in die Plastikbeutel zurück und legte alles, bis auf die hunderttausend Dollar, in den Müllsack. Ich faltete den Sack um das Geld herum zusammen und bastelte ein hübsches, kompaktes Bündel. Dann öffnete ich die Papiertüte, legte den Müllsack hinein, faltete die Tüte drum herum und schnürte mit Hilfe von Klebeband und Schere ein hübsches Päckchen.

Ich stand auf und suchte einen schwarzen Filzstift. Damit schrieb ich in großen, fetten Buchstaben GREENPEACE auf das Päckchen. Den Rest der Adresse wollte ich später nachschauen, aber das eine Wort da geschrieben zu sehen, fühlte sich schon sehr gut an. Das war nicht, was Trudy damit vorgehabt hatte, aber letztlich hatte sie geplant, Organisationen wie diese zu unterstützen. Ich stelle mir gern vor, daß sie stolz auf mich wäre. Nachdem Leonard und ich so viel darüber geredet hatten, nichts den Seehunden oder den Walen zu geben, lag meiner Meinung nach eine gewisse wohltuende Ironie in dem ganzen.

Die Hunderttausend waren für Leonard. Die würde er brauchen, wenn er wieder nach Hause käme. Wenn die Versicherung seine Krankenhauskosten nicht übernehmen würde, würde ihm die Summe nicht viel helfen, so hoch wie die Rechnungen waren, aber er konnte sich immerhin etwas zu essen kaufen, bis er wieder fit für die Arbeit war.

Ich steckte die Hunderttausend in meine Manteltasche und schob das Päckchen unter die Couch. Nicht eben erstklassige Verstecke, aber sie würden es wohl tun, bis ich wiederkam und mir etwas Besseres ausdachte. Und abgesehen davon war das ganze Geld gewaschen worden. Wer könnte da behaupten, es sei gestohlen? Wie ließe sich so etwas überhaupt beweisen? Greenpeace konnte diese Kohle genauso gut ausgeben wie jede andere Spende.

Ich legte die *Greatest Hits, Volume 2* von Hank Williams auf und drehte die Lautstärke hoch. Dann nahm ich eine von Leonards vierzig Pfeifen und holte ein paar Tabakreste vom Kaminsims, stopfte die Pfeife und zündete sie an. Ich zog den Schaukelstuhl auf die vordere Veranda, saß einfach da und schmauchte die Pfeife, bis mir wieder einfiel, warum ich nicht rauchte. Ich klopfte den Tabak aus und blieb den kalten Nachmittag über einfach sitzen, hörte Hank Williams, drehte ab und zu die Platte um und fühlte, wie die Kälte immer kälter wurde.

Und als ich so da saß, ging mir auf, daß Trudy trotz all ihrem blinden Idealismus auf der richtigen Spur gewesen war, unterwegs zum richtigen Bahnhof, nur daß sie unterwegs entgleist war.

Und ich? Ich meinem Leben gab es nicht einmal mehr einen Bahnhof. Sie hatte den Nagel auf den Kopf getroffen. Ich lebte einfach in den Tag hinein und glaubte, das sei so in Ordnung. Aber sie hatte mir wieder etwas über Herz und Seele beigebracht, und ich wußte, warum ich immer wieder auf sie gehört hatte. Im Grunde hatte sie geglaubt, die Welt könne besser sein, als sie es war. Daß das Leben nicht bloß ein Spiel ist, daß man eben durchstehen muß. Früher war ich davon ebenfalls überzeugt gewesen, aber diese Überzeugung hatte ich verloren, und aus diesem Grund hatte ich mich immer gefreut, wenn sie vorbeikam, egal, was das für Folgen für mich hatte und ohne den genauen Grund zu kennen. Sie gab mir immer wieder zu verstehen, daß einzelne Menschen tatsächlich etwas bewirken könnten. Am Ende waren ihre Methoden schlecht oder jedenfalls schlechter als die ihrer Gegner. Aber der Idealismus war da.

Mit alldem, was ich jetzt wußte, konnte ich nicht zu meinem früheren Leben zurückkehren. Ich hatte zu viele Erfahrungen gemacht und war zu pragmatisch veranlagt, um das Leben je wieder durch eine rosarote Brille zu betrachten oder zu glauben, man könnte mit Papier und Rechenschieber die Fragen nach dem Sinn des Lebens beantworten.

Aber der Verlust meines Idealismus, der Verlust des Glaubens daran, daß die Menschen über ihre Grundinstinkte hinauswachsen können, bedeutete, alt und verbittert zu werden und niemandem mehr von Nutzen zu sein, nicht einmal mehr sich selbst.

Mit dem Idealismus war es ein wenig wie mit der Venus bei Tageslicht. Es hatte eine Zeit gegeben, da konnte ich sie sehen. Aber die Zeit verging, und ich brauchte sie seltener und wollte die Verantwortung loswerden, und schließlich hatte ich die Fähigkeit verloren, sie zu finden und an sie zu glauben. Aber jetzt, dachte ich, wenn ich mich nur genügend anstrengen und suchen würde, dann könnte ich sie eines Tages vielleicht wieder sehen.

Ich ging ins Haus und drehte die Platte zum x-ten Mal um, drehte voll auf, ging wieder hinaus, zog den Schaukelstuhl auf den Hof, wickelte mich in meinen Mantel, schaute zum Himmel hinauf und versuchte, die Venus ausfindig zu machen, bevor der Tag zu Ende ging und es dunkel wurde.

Die Serie mit Hap Collins & Leonard Pine

Savage Season (1990, dt. *Wilder Winter*)
Mucho Mojo (1994, dt. *Texas Blues*)
The Two-Bear Mambo (1995, dt. *Mambo mit zwei Bären*)
Bad Chili (1997, dt. *Schlechtes Chili*)
Rumble Tumble (1998, dt. Übersetzung bei FUNNY CRIMES in Vorbereitung)
Captains Outrageous (2001)

INTERVIEW

»Die 60er Jahre haben auch bei mir deutliche Spuren hinterlassen …«
Joe R. Lansdale über Hap & Leonard, die 60er Jahre und einiges mehr

Welche Idee steckte dahinter, ein Paar wie Hap und Leonard zu erschaffen?

Ich war schon immer ein großer Fan von Serien mit Privatdetektiven oder Abenteurern, und ich habe auch immer gern Buddy-Filme[1] gesehen, und meine Protagonisten haben sich in gewisser Weise aus diesen beiden Leidenschaften heraus entwickelt. Ganz sicher hatte die *Hardman*-Serie von Ralph Dennis[2] einen großen, vielleicht sogar den größten Einfluß, auch wenn sich meine Figuren dann in eine ganz andere Richtung entwickelt haben.

[1]) »buddy film«, wörtl. Kumpelfilm: gekennzeichnet dadurch, dass sich zwei Protagonisten unterschiedlichen beziehungsweise gegensätzlichen Charakters irgendwie zusammenraufen müssen, um ihr Leben zu meistern, Verbrecher zu fangen oder jedenfalls dem Film zu einem guten Ende zu verhelfen. Berühmte Beispiele für »Buddy-Pärchen« sind etwa Stan Laurel und Oliver Hardy, Fernandel und Gino Cervi (Don Camillo und Peppone), Jack Lemmon und Walter Matthau (*Ein seltsames Paar, Buddy Buddy*), Eddie Murphy und Nick Nolte (*48 Stunden*) und Mel Gibson und Danny Glover (*Lethal Weapon*-Reihe).

[2]) Zwischen 1974 und 1977 veröffentlichte Ralph Dennis zwölf Bände mit Jim Hardman, einem ehemaligen Polizisten in Atlanta, der jetzt als Privatdetektiv ohne Lizenz arbeitet, und seinem schwarzen Partner Hump Evans, einem Ex-Football-Profi. Die Serie wurde in Deutschland nie veröffentlicht und ist inzwischen auch in den USA weitgehend in Vergessenheit geraten, was aber weniger der Qualität der Bücher als einer unglücklichen Vermarktung seitens des Verlages zu »verdanken« ist. Dennis, der 1988 verstarb, steht in der Tradition der Spillane-Schule, allerdings mit differenzierteren Personen und ausgefeilteren Plots. (A.d.Ü.; Quelle: www.thrillingdetective.com)

Haben Sie von Anfang an geplant, eine Serie mit den beiden zu schreiben?

Als ich *Wilder Winter* schrieb, habe ich keine Minute lang daran gedacht, daß das mal eine Serie werden könnte. *Wilder Winter* war als Einzelband geplant, aber mir haben die Figuren dann einfach zu gut gefallen. Haps Stimme ist mir immer im Kopf geblieben, und drei Jahre später, in *Texas Blues*, hat er sich dann wieder Gehör verschafft. Viele Leute glauben ja, *Texas Blues* sei der erste Krimi mit Hap und Leonard, aber das stimmt nicht. *Wilder Winter* ist der erste.

Die 60er Jahre haben auf die eine oder andere Art ihre Spuren bei fast allen Hauptfiguren von Wilder Winter *hinterlassen. Alle haben seither ihre Illusionen verloren, außer Leonard, der als Vietnamveteran ohnehin keine hatte. Wie haben Sie diese Zeit erlebt und wie beurteilen Sie sie heute?*

Die 60er Jahre haben auch bei mir deutliche Spuren hinterlassen. Ich finde, die 60er werden zunehmend unterschätzt, und dabei hätte diese Generation es wirklich verdient, als die große Generation, die sie war, auch Anerkennung zu finden. Die 60er-Generation hat viele Dinge in Bewegung gebracht: Bürgerrechte, das Ende des Vietnamkriegs, die Emanzipation der Frau und auch eine schärfere Überwachung dessen, was unsere Regierung macht. Das alles hat sich bis in die 70er Jahre hinein erstreckt, aber es war eine wichtige Zeit und eine wichtige Generation. Leider ist vieles, was damals begonnen wurde, wieder rückgängig gemacht worden. Aber ich bin mir sicher, daß es einen Umschwung geben wird, wenn auch nur einen langsamen, denn die Leute verlieren zunehmend wieder das Vertrauen in die Regierung und ihre Big-Brother-Mentalität.

Natürlich hatten die 60er Jahre auch ihre negativen Seiten. Am schlimmsten waren die Drogen und die Besessenheit, mit der sie konsumiert wurden.

In den meisten Ihrer Bücher findet man verschiedene Formen von Rassismus. Ihre Haltung dazu könnte gar nicht eindeutiger sein. Warum nimmt dieses Thema so viel Raum in Ihren Werken ein, und woher nehmen Sie die Beharrlichkeit, immer weiter gegen Rassismus zu kämpfen?

Als Kind und auch als Jugendlicher wurde ich oft mit Rassismus konfrontiert, und ich war jung genug, daß sich mir der Zweite Weltkrieg und die schrecklichen Dinge, die dort passiert waren, aus den Erzählungen derer, die dabei gewesen sind, eingeprägt haben. Und als dann die schwarzen Soldaten zurückkamen, durften sie sich im Café nicht einmal einen Hamburger kaufen. Es war verstörend.

Ein Merkmal vieler Ihrer Bücher – und besonders der Hap & Leonard-Romane – ist eine Art grimmiger Humor. Sie haben in einem Interview einmal gesagt: »Beinahe alles hat auch eine komische Seite, obwohl nicht alle Leute über dieselben Dinge lachen können.« Wo würden Sie die Grenzlinie zu diesem »beinahe allem« ziehen?

Wo und ob ich eine solche Grenze ziehen würde, könnte ich erst sagen, wenn ich an diese Grenze stoßen würde.

Sie haben es immer abgelehnt, als Genre-Autor etikettiert zu werden, obwohl Sie Horror-, Western-, Suspense- und Science Fiction-Geschichten geschrieben haben. Statt dessen haben Sie immer betont, Sie würden »Lansdale-Genre« schreiben. In den letzten Jahren haben Sie Romane wie Die Wälder am Fluss *und* A Fine Dark Line *veröffentlicht, die eher dem Crossover oder Mainstream zuzurechnen sind. Ist dies der »neue« Lansdale-Stil?*

Meine Romane entwickeln, während ich sie schreibe, ein ausgeprägtes Eigenleben, aber insgesamt denke ich schon, daß gerade diese Bücher einfach stärker für das stehen, was mir vorschwebt. Aber Bücher wie *Zeppelins West, Flaming London* und *Drive In 3* zeigen ja, daß ich meine alten Pfade nicht gänzlich verlassen habe.

Das erste Kapitel des lange erwarteten neuen Hap & Leonard-Romans wurde schon vor etlichen Jahren im Internet veröffentlicht. Was ist der Grund, daß die Fans nun schon so lange auf Blue to the Bone *warten müssen?*

Die ersten sechs Hap & Leonard-Romane wurden von einem anderen als meinem jetzigen Verlag herausgegeben, deshalb hat es da ein paar Probleme gegeben. Ich denke, ich werde das bald geklärt haben.

Dieses Interview wurde im April 2006 per E-Mail geführt.
Unter www.joerlansdale.com, Joe R. Lansdales offizieller Homepage, kann man jeden Donnerstag eine kostenlose Kurzgeschichte lesen sowie alle Neuigkeiten über den Autor erfahren.

Joe R. Lansdale
Sturmwarnung

Das 20. Jahrhundert ist noch kein ganzes Jahr alt, da bahnt sich vor der Ostküste der USA eine Katastrophe an, die als »Sturm des Jahrhunderts« in die Geschichte eingehen wird ... Auf der kleinen Insel Galveston, nur wenige Meilen vor Houston (Texas) im Atlantischen Ozean gelegen, geht der Alltag seinen gewohnten Gang. Nur der junge farbige Boxer »Li'l Arthur« will sich nicht mit den festgefahrenen Verhältnissen abfinden: Er trainiert, um sich in einer von den Weißen dominierten Welt nach oben zu kämpfen. Und er hat den Pokal des örtlichen »Sporting Club« gewonnen, eine Schmach, die die guten Bürger der Insel nicht auf sich sitzen lassen können. Sie bezahlen den berüchtigten Schläger John McBride, den »Nigger« ein für allemal fertig zu machen. Doch sie haben die Rechnung ohne den Hurrikan gemacht, der am Horizont aufzieht ...

• Klappenbroschur 166 Seiten ISBN 3-926126-38-8

»Lansdale beherrscht die große und seltene Kunst, einen Erzählstoff wie einen klassischen amerikanischen Western aufzubauen, also einfach und klar, ein Plot wie aus Stein gemeißelt.«

• Lutz Bunk, Deutschlandradio

»Lansdale protokolliert gemeines, ekelhaftes Denken, das die politischen und sozialen Verhältnisse präzise beschreibt. All das, was mindere Belletristik verdrängt oder notfalls opulent stilisiert, verfremdet oder ästhetisiert, kommt hier mit einer gewissen archaischen Rohheit zum Ausdruck, die alles andere als Naivität, sondern Intention ist.«

• Thomas Wörtche, FREITAG